Aux Éditions Alain Bargain

Dans la collection

ENQUÊTES ET SUSPENSE :

Stéphane Jaffrézic
- Chili-Concarneau
- Ville bleue et beaux dégâts
- Disparitions en Pays Fouesnantais
- Tri Yann Tro Breizh
- Vengeances croisées à Nantes
- Escale forcée à Brest
- Dolmens sanglants en Bigoudénie
- Escapade à Landerneau *(épuisé)*
- Le mauvais fils de Guidel
- Murder party à Quimper
- Rendez-vous raté à Quimperlé
- La Korrigane de Concarneau
- Coup de chaud à Bénodet
- Trafic en Finistère
- Sirènes au Guilvinec
- Été torride à Névez
- Vendetta à Auray

Martine Le Pensec
- Onde de choc sur Fermanville *(épuisé)*
- Angoisse sur Penmarc'h
- Lumière noire sur la Penfeld *(épuisé)*
- Printemps funeste à Brest
- 13e lune à Concarneau *(épuisé)*
- 32 octobre à Roscoff *(épuisé)*
- Terminus à Lannilis
- L'Enfer de Plogoff
- Alerte rouge à Brest *(épuisé)*
- Bad Trip à Lorient
- Le Cobra de Brest
- Le Mouton noir de Roscoff
- Sang pour sang à Recouvrance
- Amnésie sur Quimper
- Chat noir à Brest
- Bain acide à Douarnenez
- Noces de feu à Plouzané
- Pot aux roses au Cap Coz
- Enquête corsée à Crozon

Jacques Minier
- Traque mafieuse à Saint-Malo
- Double peine à Rennes
- Saint-Brieuc de mille feux
- Celtitude en Argoat
- Erquy on the rocks

Michèle Corfdir
- Le Crabe
- Mortel Hiver sur le Trieux *(épuisé)*
- Chasse à corps à Bréhat
- Larmes de fond *(épuisé)*
- Vent contraire à Loguivy-de-la-Mer
- Herbes amères à Belle-Isle-en-Terre *(épuisé)*
- Il court, il court, le furet des Abers *(épuisé)*
- Fest-Noz sur le Nil *(épuisé)*
- Eau dormante en Trégor *(épuisé)*
- Nuits assassines à Paimpol
- Crime à l'Armoricaine
- Vendredi noir sur l'Arcouest *(épuisé)*
- Sueurs froides sur le Goëlo
- Baignade clandestine à Bonaparte
- La route s'arrête à Loguivy-de-la-Mer
- Brest, bombes sur les murs
- Vent de terreur sur Bréhat
- Paimpol, portée disparue

Bernard Larhant
- Quimper sur le gril
- Douarnenez, piège à Mouettes
- Les Galets de Tréguennec
- Les bas-fonds de Quimper
- Pas de pardon à Locronan
- Un pavé dans La Loire
- Psychose sur Bénodet
- Sang d'encre au Mans
- La Torche entre deux eaux
- Du Pastis dans l'Odet
- Les Ombres du Rennes-Quimper
- La Madone du Faouët *(épuisé)*
- Effet domino à Concarneau
- Le Môme de Fouesnant
- Hors la loi à Groix
- Omerta Bigoudène
- Alliance explosive à Audierne
- Jeux pervers à Quimper
- Chasse à l'homme au Ménez-Hom
- Dans les frissons de Nantes, *tome 1*
- Manhattan-Tréboul
- Diabolo Nantes, *tome 2*
- Tragédie à l'Île-Tudy
- Loire c'est noir, *tome 3*
- Stress de Brest à Trévarez
- Mort sur Erdre, *tome 4*

Aux Éditions Alain Bargain

Dans la collection
ENQUÊTES ET SUSPENSE :

Séverine Le Corre-Mongin
- Drame en Morbihan
- Dernière note à Pontivy

Gisèle Guillo
- Dernier rendez-vous à Vannes
- Du Léman au Morbihan *(épuisé)*
- Tempête à Quiberon
- La Belle de Carnac *(épuisé)*
- Le Saigneur de Quimper *(épuisé)*
- Vol de pigeons à Arradon *(épuisé)*
- Cash-cash au Crouesty *(épuisé)*
- Le Diable noir de Saint-Cado
- Clair-obscur à l'Île-aux-Moines *(épuisé)*
- Port-Louis, les ombres de la citadelle
- La Maison au bord du Golfe *(épuisé)*
- Les Amants Terribles de La Trinité
- Étel coupable ?
- Danger à Saint-Goustan

Catherine Schubert
- Odeur de sang à Penvénan
- Le vilain de la Vilaine
- Sacré moine à Dinard
- Lucifer à Saint-Philibert

Rémi Devallière
- L'esprit d'Hoëdic
- Calculs sévères à Saint-Nazaire
- Sacré bidule à Pornichet
- "Pari" au mois d'août
- Piriac et son caillou mystérieux
- Vol 744 pour Le Pouliguen
- Pornic, Poste restante
- Nantes, le passager du Jules Verne
- Contre-courants au Croisic

Jean-Louis Kerguillec
- Carantec à corps perdu
- Enlèvement en Baie de Morlaix *(épuisé)*
- Mauvaise passe sur l'île Callot
- Les Amours Noires du Léon
- Le disparu du Taureau
- Frai*zh* Connection
- Le Crapaud de l'île de Batz
- Saint-Pol, cathédrale infernale
- Pêche d'enfer à Cléder
- Le rôdeur des grèves

Élisabeth Mignon
- Fontaines mortelles à Quimper
- Jardins funèbres en Cornouaille
- Déferlantes au Guilvinec
- Cadavres exquis à Châteaulin
- Ultime refuge à La Forêt-Fouesnant
- Silences sur la Baie
- Cauchemars à Plozévet

Jean-Michel Arnaud
- Cavale à Brest
- Blues en Rafale à Landivisiau
- Le bagad bombarde à Quimper
- Loto létal dans le Léon
- Fresque de sang sur le Ponant
- Lettres mortes à Lannilis
- Lame scélérate à Morgat
- À bout de souffle à Landerneau
- Brest, scène de crimes
- Allers simples pour Ouessant
- Peur bleue à Portsall
- Intox à Carhaix

Pierre Engélibert
- L'Ours du Finistère
- Drôle d'oiseau à Brest
- Lavandières rouges à Daoulas
- Complot en Cap-Sizun

Gérard Croguennec
- Voile épais au Conquet *(épuisé)*
- Brest, Abri 668
- Morlaix en eaux profondes
- La martyre du Conquet
- Le silencieux du Conquet
- Effet papillon sur le Brest-Lyon

Philippe-Michel Dillies
- Meurtres à Monnaie *(épuisé)*
- Chasse à Tours *(épuisé)*
- Train d'enfer pour St-Pierre-des-Corps *(épuisé)*
- Les roses noires de Chartres *(épuisé)*
- Du raisiné à Vouvray *(épuisé)*
- Partie truquée à Descartes
- Embrouille à Amboise *(épuisé)*
- L'écheveau de Blois
- Anicroches à Loches
- Murmures en Saumur
- Les plumes noires de St-Cyr-sur-Loire
- Clash à Tours

VENDETTA
à
AURAY

Aux Éditions Alain Bargain

Dans la collection
ENQUÊTES ET SUSPENSE :

Marie Vaillant
- Chantage Bigouden
- Les corps mourants de Plozévet *(épuisé)*
- Vague blanche au Pouldu
- Malaise sur la côte lorientaise
- Vie de château à Pont-L'Abbé
- Locronan a la gueule de bois *(épuisé)*

Vincent Cabioch
- 5 Diables Verts à Huelgoat

Christophe Chaplais
- Pâté de Corbeau aux amandes amères *(épuisé)*
- Le calisson jusqu'à la lie
- Farz aux herbes de Portsall
- Addition salée au Croisic
- Salade russe aux noix de Grenoble *(épuisé)*
- Fourchette mortelle à Chinon *(épuisé)*
- Soupe de Crabes à Brest
- La face cachée des Étoiles *(épuisé)*
- Mélodie gourmande à Guérande
- Le trésor de la côte des Légendes

Bernard Kopka
- Secret de tombe à Paimpol

Solenn Colléter
- Lettres de sang sur la Côte Sauvage

Jean-Pierre Farines
- Brume sur la Presqu'île
- La route de Rocamadour
- Le Phénix est mort à Camaret
- Cercueil vide en Mer d'Iroise

Patrick Bent
- Erquy profite le crime *(épuisé)*
- Le macchabée du Val-André *(épuisé)*
- Saint-Cast priez pour eux ! *(épuisé)*
- Hécatombe à Saint-Malo *(épuisé)*
- Nuit noire à Dinard *(épuisé)*
- Algues fatales à Erquy *(épuisé)*
- Rock'n'Roll à Lamballe
- Pluie de fiel sur Fréhel
- Arnaque à Erquy

Stéphane JAFFRÉZIC

VENDETTA à AURAY

Collection

ENQUÊTES & SUSPENSE

Quadri Signe - Editions Alain Bargain
125, Vieille Route de Rosporden - 29000 Quimper
E-mail : contact@editionsalainbargain.fr
Site Internet : www.editionsalainbargain.fr
Facebook : https://www.facebook.com/editionsalainbargain

Aux Éditions Alain Bargain

Dans la collection **POL'ART :**

Serge Le Gall

- Sombre dessein à Pont-Aven
- Meurtres du côté de chez Proust *(épuisé)*
- Eaux-fortes à Ste-Marine *(épuisé)*
- Ciel rouge au Pouldu *(épuisé)*

Loïc Gourvennec

- Le râle du basson *(épuisé)*

Yves Horeau

- Monsieur Butterfly *(épuisé)*

Renée Bonneau

- Nature morte à Giverny *(épuisé)*
- Séquence fatale à Dinard *(épuisé)*
- Sanguine sur la Butte *(épuisé)*

Stéphane Jaffrézic

- Toiles de fond à Concarneau
- Le Rubis de Châteauneuf-du-Faou

Cet ouvrage de pure fiction n'a d'autre ambition que de distraire le lecteur. Les événements relatés ainsi que les propos, les sentiments et les comportements des divers protagonistes n'ont aucun lien, ni de près ni de loin, avec la réalité et ont été imaginés de toutes pièces pour les besoins de l'intrigue. Toute ressemblance avec des personnes ou des situations existant ou ayant existé serait pure coïncidence.

À ma mère, Nicolle, partie rejoindre Bernard,
son mari, mon père, le 12 avril 2021.
Tu nous manques, Maman. Je t'aime.

En toute humilité, je tiens à remercier celles et ceux qui m'ont grandement aidé pour faire de ce livre ce qu'il est, en particulier :

– Dominique Quéroué et Pascal Tanguy, pour leurs assistances techniques ;

– Clément Robert, Lydia Dréan, Caroline Glain, du service Archives et Patrimoine de la mairie d'Auray ;

– Élisabeth Mignon, Nadine Caradec, ma sœur Corinne, ma fille Chloé, Clément Salomon, pour leur relecture on ne peut plus pointue ;

– Toute l'équipe des Éditions Alain Bargain, pour leur remarquable travail depuis tant d'années.

I

Samedi

— Élise et Steven, tu les connais déjà. Tu verras, le reste de la famille est super sympa. Élise et Axelle sont sœurs, Sébastien est le mari d'Axelle. Chaque couple a deux filles charmantes.

— Je n'en doute pas. Ce que j'espère, c'est que nous n'aurons pas constamment les deux familles sur le dos.

— Mais non, ne t'inquiète pas. On sera un peu à l'écart, on aura une petite maison rien que pour nous deux. Évidemment qu'on les verra de temps en temps, voire tous les jours, mais ils ont autre chose à faire que de nous coller aux basques. Max, pour moi aussi les vacances sont synonymes de tranquillité, alors hors de question qu'ils soient trop envahissants. Sinon, on saura le leur faire comprendre, en usant d'un minimum de diplomatie.

— Je te sais très douée pour cela.

Alors que dans le rétroviseur extérieur je vois débouler un Fangio, je me concentre sur ma conduite. Murielle, un sourire aux coins des lèvres, tourne la tête vers la vitre pour se repaître du paysage, s'attardant sur une montgolfière, ce qui n'est pas fréquent dans la région. Rouge comme une tomate, celle-ci est comme un confetti sur le ciel bleu azur. De là-haut, l'aérostier et ses passagers doivent avoir une vue exceptionnelle sur la ria d'Étel, dont ils se rapprochent. Au gré du vent et de leurs trajectoires aériennes, leurs regards doivent absorber des kilomètres carrés de panoramas variés, alternant du vert des zones boisées ou cultivées au bleu sombre de la rivière, et plus loin le bleu plus clair de l'Atlantique à perte de vue. Sans doute doivent-ils distinguer la presqu'île de Quiberon, et plus loin Belle-Île-en-Mer, la bien nommée.

Murielle est heureuse, elle se sent bien. Les deux semaines de vacances ne pouvaient mieux débuter. Il est convenu que nous passions la première dans le Morbihan, chez Élise, rencontrée par Murielle il y a un peu plus de vingt ans à l'école d'infirmière de Brest. Des liens se sont tissés, mais, diplôme en poche, la vie professionnelle les a séparées. Il n'empêche qu'elles ont continué à prendre régulièrement de leurs nouvelles, que ce soit par téléphone ou en ligne. J'ai fait la connaissance d'Élise et Steven Pourriou il y a un mois seulement, lorsque le couple alréen est venu passer un week-end chez nous. Et dans la foulée, ils nous ont invités chez eux, sans limite de temps. La deuxième semaine, nous reviendrons à Concarneau, où nous nous lancerons dans des travaux de tapisserie, nous accordant des moments pour souffler, Murielle souhaitant peindre et dessiner. Pendant ce temps, j'essaierai d'avancer le roman policier que j'ai commencé d'écrire il y a un bon moment, et dont je n'ai qu'une trentaine de pages sur mon ordinateur. Mais chaque chose en son temps. Pour l'instant, farniente et balades seront au programme.

À la radio, le flash-info de quinze heures détaille les nouvelles quand nous quittons la voie express par la bretelle qui dessert Auray et Quiberon. Murielle joue son rôle de copilote, m'indiquant comment ne pas entrer dans Auray mais dans une zone d'activité que nous traversons avant de prendre la direction de Crach. Nous passons sur un pont qui enjambe la voie express, et après quelques minutes nous empruntons une route sur la gauche, et peu après une autre plus étroite sur la gauche encore. Un panneau indique qu'il s'agit d'un cul-de-sac. Un hameau de quelques maisons, et nous poursuivons sur cinq cents mètres pour parvenir à destination. Il y a cinq habitations, deux d'un côté, trois de l'autre, et derrière chacune une construction assez ancienne et des bâtiments de ferme.

— C'est là, fait Murielle en montrant une maison de style contemporain. Même en raison du ravalement qui mériterait d'être refait, il est indéniable qu'elle a une quinzaine d'années.

Le portail étant fermé, je me fais la réflexion qu'en raison de la faible circulation, je ne gênerai pas beaucoup si je reste stationné sur une partie de la voie. En sortant de la voiture, je constate que, de cet emplacement, nous ne disposons pas d'un point de vue sur la mer, mais comme la route monte encore sur je ne sais quelle distance, je me fais la promesse que j'irai rapidement faire mon curieux, pour englober la plus large vue possible.

Alors que Murielle s'apprête à poser la main sur la poignée du portail, Élise vient à notre rencontre. Cheveux blonds frisés naturellement, descendant en cascade plus bas que les épaules, petites taches de rousseur qui ajoutent à son charme, Élise est une belle femme dont le sourire éclatant dévoile la joie de vivre. Près d'elle, un bouledogue français chemine, ses petites pattes ayant un peu de difficulté à suivre la vitesse de sa maîtresse.

— Ah, vous voilà. Je suis super contente que vous soyez là.

En dépit de la Covid qui n'en finit pas de nous pourrir la vie, elle serre Murielle dans ses bras, et l'embrasse goulûment sur les joues. Elle a plus de retenue envers moi, mais son plaisir n'est pas feint.

— Heu, Max, tu devrais rentrer ta voiture dans l'allée, on ne sait jamais.

— Pourquoi, tu as peur qu'on me la vole ? Il y a un fort taux de délinquance dans la région ?

Mes traits d'humour ne la font pas rire. C'est la mine contrariée qu'elle réplique :

— La voler, non, mais l'abîmer. Les voisins sont spéciaux. Impossible de s'entendre avec eux.

— Ne t'inquiète pas, je le fais tout de suite.

— Viens là, Frenchi ! ordonne-t-elle à son compagnon à quatre pattes.

Quand je rejoins les deux femmes, Élise explique :

— La maison à côté, c'est celle d'Axelle, ma sœur, chez qui les filles étaient lors de notre week-end à Concarneau. En face, ce sont trois frères. Un est assez sympa, mais il nous évite, sinon ses frangins le lui reprocheraient.

— Bonjour l'ambiance, soupire Murielle. C'est incroyable, vous n'êtes pas nombreux, et il suffit d'une brebis galeuse pour ternir les relations de bon voisinage.

— Il n'y a pas qu'une brebis galeuse, c'est tout le troupeau. Enfin, on ne va pas se prendre le chou, l'important est que vous soyez là. Venez, je vais vous montrer votre petit nid d'amour.

Contournant la maison, nous en découvrons une autre, de dimensions plus réduites, mais toute en élégance avec ses deux portes-fenêtres qui donnent sur une terrasse de trente mètres carrés, et sur laquelle deux transats sont côte à côte, comme s'ils n'attendaient que nous.

— Comme je vous l'ai dit, annonce Élise, il n'y a qu'une chambre, une pièce à vivre, et les sanitaires, mais j'espère que cela vous plaira.

— Il ne nous en faut pas plus, s'extasie Murielle. Rien que la terrasse, j'adore.

Je dois admettre qu'il ne faudrait pas me proposer deux fois de m'asseoir sur une chaise en rotin et sur son coussin, que je devine moelleux.

— Voyez, nous serons très proches. N'hésitez pas, s'il vous manque quelque chose. À partir de demain, vous aurez votre indépendance, mais ce soir vous mangez avec nous. Ce n'est pas négociable, j'ai prévu ce qu'il faut pour un barbecue.

— C'est trop génial, s'exclame ma chérie en entrant dans la pièce qui fait office de salle à manger, et qui dispose d'un coin salon et d'une kitchenette.

— Il y a même la télé, mais j'espère que le temps clément va se maintenir suffisamment longtemps pour que vous ne soyez pas contraints de rester enfermés.

— On fait un deal, dit Murielle en me regardant, le premier qui l'allume a un gage.

— Quel genre de gage ?

— On verra. À chacun de décider si l'autre allume la télé.

— Ça me va ; pendant une semaine, je coupe tout contact avec le monde extérieur. Pas d'information, pas de publicité, qu'on me prévienne seulement si une guerre est déclarée.

— C'est enregistré, Maxime Moreau. Élise, tu travailles quand la semaine prochaine ?

— J'ai trois jours devant moi, je reprends mardi à l'EHPAD*. Déchargez vos bagages, et venez nous rejoindre quand vous serez prêts, claironne-t-elle en rebroussant chemin.

Il n'y a pas à dire, ce cocon correspond exactement à la description faite il y a un mois, quant à l'énoncé de nos vacances et de notre envie de bouger. Sans que nous penchions pour une destination plus qu'une autre, Élise et Steven avaient suggéré la petite maison qu'ils louent habituellement, et qu'ils nous prêtent gracieusement pour la semaine. S'il est clair qu'un séjour près de ce qu'ils dénomment la presqu'île ne se refuse pas, il est tout aussi évident qu'ils n'auront pas affaire à des ingrats, et que nous saurons les récompenser à la hauteur de la joie qu'ils nous font, même s'ils ne veulent pas entendre parler d'argent.

Sans prendre le temps de vider l'unique valise et le sac de voyage que nous avons apportés, nous

* Établissement d'hébergement pour personnes âgées dépendantes.

rejoignons notre hôtesse. Sur la terrasse de sa maison, autour d'un café, nous parlons de tout et de rien, jusqu'à ce qu'elle nous montre une carte de la région.

— J'aimerais tout voir, émet Murielle, les yeux grands ouverts pour illustrer sa soif de découverte.

— En une semaine, c'est impossible. D'ici, vous pouvez rayonner dans toutes les directions. Il y en a pour tous les goûts, entre les sites mégalithiques, et je ne pense pas seulement aux alignements de Carnac, les monuments historiques, la campagne, la mer…

— Arrête, plaisante Murielle, où j'appelle ma cheffe de service pour qu'elle me mette en congé illimité.

— Il y a de fabuleuses balades à faire. Pour des sportifs comme vous, il y a de quoi se régaler en circulant à vélo sur les voies vertes, à votre rythme, ou en louant un canoë.

— Pas bête, fais-je, ma passion pour les sports nautiques ne se limite pas à la plongée sous-marine.

— Gardez la carte, elle pourra vous servir. J'en ai tout un stock, que j'offre aux locataires.

Quand Élise se lève pour aller répondre au téléphone dont on entend retentir la sonnerie, je demande à Murielle si elle a une idée sur ce que nous allons faire de l'après-midi.

— Il faut qu'on achète le minimum, comme du café et des fruits et légumes. On va aussi prendre une bouteille de vin, pour ce soir, et des bricoles. Ça te va ?

— Oui. Il faudra bien, on ne va pas vivre à leurs crochets.

Lorsque Élise est de retour, nous l'informons de notre planning.

— Vous êtes libres, les amoureux. Ici, pas de stress, pas de contrainte. Ou si, une seule : ce soir, venez avec votre bonne humeur habituelle, et il n'y a pas de doute, nous passerons une bonne soirée.

*

Sans descendre de voiture, ou alors pour de courts instants, tant il était impossible de ne pas s'arrêter car nous étions littéralement sous le charme de différents sites, nous nous sommes baladés tout l'après-midi vers Locmariaquer, Saint-Philibert, et enfin La Trinité-sur-Mer. Nous voulions nous faire une idée globale de la région, avant de revenir le ou les jours suivants pour approfondir notre soif d'en découvrir les moindres recoins. Quelques achats dans un supermarché pour remplir le réfrigérateur, et chez un caviste pour ne pas débarquer chez nos hôtes les mains vides, et à contrecœur nous sommes revenus à notre point de chute. Le portail fermé, sûrement pour éviter une fugue de Frenchi, je me gare sur le côté, veillant à ne pas empiéter sur la route.

Nos emplettes rangées, lestés de deux bouteilles, dont un saumur-champigny conseillé par le caviste qui nous en a dit le plus grand bien, nous allons sur la terrasse de nos amis. De la fumée s'échappe du barbecue. Une porte-fenêtre étant ouverte, nous nous en approchons.

— Il y a quelqu'un ?

— Oui, je suis dans la cuisine. Venez !

Un tablier autour de la taille pour ne pas salir sa robe blanche, Élise prépare des brochettes, alternant champignons, tomates cerises, poivrons rouges ou verts taillés en carrés, dés de bœuf ou de viande blanche, ou encore foie de veau. Si l'aspect visuel est garanti, le gustatif devrait être lui aussi au rendez-vous.

— Steven est sous la douche, il ne va pas tarder. Les enfants ! Venez dire bonjour à Murielle et Maxime !

Lorsque deux jeunes filles arrivent, un relent de timidité les conduit à hésiter sur la marche à suivre. Il faut les encouragements de leur mère pour qu'elles parcourent les trois mètres nous séparant.

— Daphné et Mylène, vous vous souvenez de Murielle ? Et voici Maxime, son mari.

Je pourrais sursauter en découvrant ainsi que ma

chérie et moi sommes unis par les liens du mariage, mais il s'agit d'une formule toute faite pour simplifier les présentations. Polies, les filles nous déposent une bise sur chaque joue.

— Bonjour, Daphné. Bonjour, Mylène. Ça me fait plaisir de vous voir, assure Murielle. La dernière fois, c'était il y a deux ans. Comme vous avez grandi !

— Bonjour, Mesdemoiselles. C'est la première fois que je vous vois, je travaillais ou j'étais de permanence quand vous veniez à la maison ou lorsque Murielle venait ici.

— C'est chez eux que votre père et moi sommes allés il y a un mois, explique la maman.

Daphné et Mylène reprenant la direction de leurs chambres, je lève les bouteilles à la hauteur de mon visage.

— Nous avons prévu le liquide. L'avantage, c'est que le contenu de ces flacons s'accommode à tous les plats.

— Il ne fallait pas, Maxime, on a ce qu'il faut. Mais maintenant qu'elles sont là, pose-les sur la table, et débouche celle que tu veux. Le tire-bouchon est sur le comptoir.

— Je peux t'aider ? s'inquiète Murielle.

— J'ai presque terminé. Mets le couvert, si tu veux. Les assiettes sont là, dans le meuble.

— On mange à l'intérieur ou à l'extérieur ?

— Sur la terrasse ! lance Steven en entrant dans la pièce. Il faut en profiter tant qu'on le peut encore. Comment ça va, les amis ?

La journée de labeur terminée, lavé et rasé de près, il a enfilé un polo, un short et des tongs pour être parfaitement à son aise. S'il n'est pas physiquement impressionnant, son métier d'agriculteur, connu pour ne pas être de tout repos, l'a indéniablement rompu aux travaux de force, comme en témoignent des bras musculeux, sans pour cela s'apparenter à ceux d'un culturiste. Une bise pour Murielle, une franche poignée de main pour moi, et il poursuit :

— Ils annoncent un temps moins clément pour la fin de la semaine, alors tant qu'il y a un rayon de soleil, savourons-le comme il se doit ! Les filles sont là ? demande-t-il à sa femme.

— Oui, elles font leurs devoirs. L'année scolaire vient de débuter, et elles en ont déjà des quantités astronomiques. Elles ont des interrogations demain, alors elles bûchent leurs cours.

— Je vais voir comment est le feu. Tu viens, Max ?

Délestant Murielle de la pile d'assiettes qu'elle s'apprêtait à emporter dehors, je le suis.

— C'est ta ferme, j'imagine, dis-je en disposant les assiettes sur la table tout en regardant vers les bâtiments érigés à plus de deux cents mètres derrière la maison.

— Oui. Enfin, pour respecter la vérité, c'était celle des parents d'Élise et Axelle. Seb et moi l'exploitons. Oh, ça commence à prendre. Je vais ajouter du charbon de bois.

— Vous êtes associés ?

— Oui, fait-il en attrapant un sac au pied du barbecue. La vie est drôlement faite, tu vois. J'ai toujours été attiré par ce métier. J'ai fait mes études dans un lycée agricole, à la surprise de mes parents, qui ignoraient tout de cette profession, car ils étaient profs tous les deux. J'ai fait des stages dans plusieurs exploitations, et toujours je me demandais comment je ferais pour m'installer, quelle superficie il me faudrait pour en tirer un salaire décent, enfin toutes ces questions qu'on se pose avant l'entrée dans la vie active. Et puis j'ai rencontré Élise. On est tombés amoureux, on se voyait le plus souvent possible. On se suffisait tellement tous les deux que jamais on ne parlait de notre famille, ou très peu. Un jour que nous discutions de notre avenir, je lui ai dit que je voulais m'installer, acheter une ferme et des terres. C'est seulement à ce moment-là qu'elle m'a dit que son père était agriculteur, et que Sébastien, son beau-frère, travaillait avec lui depuis un an. Usé par le boulot, leur père avait de plus en plus souvent des problèmes de santé, si bien que Seb écopait de grosses corvées. Il avait de l'ambition, il voulait développer cette affaire en achetant des terrains agricoles. De l'ambition, je n'en manquais pas, moi non plus. J'ai fait mon dernier stage ici, avec Seb, car leur père était hospitalisé à Vannes. Sitôt mon examen en poche, à la fin de mes études, il m'a embauché.

— C'est une belle histoire.

— Oui. Tous les jours, je me rends compte que j'ai eu beaucoup de chance. Tu n'as pas soif ? Une bière ?

— Pourquoi pas ?

— Je me lave les mains, dit-il en me les montrant, tachées de marques noires, et je passe par le frigo.

Il s'absente et revient, porteur de deux bouteilles d'une bière ambrée.

— Tiens, Maxime. Tchin !

— Tchin !

— Au bout de deux ans, un jour que Seb et moi étions occupés sur un champ éloigné, les deux sœurs ont eu une conversation. Partant du principe que les deux couples parlaient mariage et enfants, ce qui était des signes de stabilité, elles ont décidé de revoir la situation en la modifiant. C'est ainsi que, du jour au lendemain, je n'étais plus l'employé mais patron au même titre que Sébastien. Sans que j'en sois averti, elles ont proposé qu'on s'associe.

— Il faut croire qu'il appréciait ton travail, mais aussi qu'il t'appréciait, toi, en tant qu'homme.

— Oui, faut croire, émet-il en rosissant un peu, gêné par le compliment. Bref, voilà comment je suis arrivé ici, et comment j'ai été accueilli par un beau-frère comme j'en souhaite à tout le monde.

— C'est sûrement aussi, et surtout, parce que tu as des qualités.

— Oui... Ah, Frenchi ! Je trouvais bizarre que tu ne sois pas encore venu me dire bonjour.

Il caresse son chien, puis le prend sur ses genoux, insensible aux petites griffes qui tracent de fines rayures sur ses cuisses.

Un étrange silence s'installe. Il est des instants où il n'est pas nécessaire de parler, de... Un long coup de klaxon clôt le bec des oiseaux qui nous enchantaient de leurs sifflets joyeux.

— Qu'est-ce que c'est que ça ? s'interroge Steven, avant de se rembrunir. Max, où as-tu garé ta voiture ?

— Sur la route, mais en veillant à laisser un passage suffisant.

— Oh, merde ! Viens !

Frenchi retrouve le plancher des vaches, et cela pas seulement parce que nous sommes à proximité d'une ferme. Déjà, Steven a quatre ou cinq mètres d'avance sur moi. Je ne pensais plus à la recommandation d'Élise en début d'après-midi. Penaud, navré de le mettre dans l'embarras, je le suis.

Contournant la maison, nous voyons un homme

au volant de sa voiture. Il ne masque pas son irritation, et s'en ouvre oralement.

— Y en a marre ! C'est quoi, ces nazes qui se garent n'importe comment ?

— Désolé. On va vite déplacer la voiture, fait Steven pour tempérer le coléreux.

— Y a intérêt, sinon je la défonce ! Allez, magnez-vous !

La logique voudrait que je fasse demi-tour pour aller chercher la clé, mais il convient avant tout de calmer l'individu, dont je distingue maintenant les traits. Cheveux ras après le passage d'une tondeuse, visage rond, il semble d'un bon gabarit.

— Toutes mes excuses, Monsieur. Je me suis garé rapidement et…

— Pas de bavardage ! Allez, vire ta chiotte !

— Soyez correct. J'en ai pour quelques secondes.

Pour mieux exprimer son exaspération, il se mord les lèvres et expédie un puissant souffle censé le calmer, tout en dénonçant son peu d'estime à notre endroit.

Je fais demi-tour, et pars en petites foulées. Avisant Murielle et Élise, attirées par le klaxon et les éclats de voix, je les rassure d'un clin d'œil, et leur suggère d'ignorer l'incident. Une quinzaine de secondes m'est nécessaire avant de revenir. Entretemps, la situation a dégénéré. L'homme est sorti de sa voiture, et se tient face à Steven, qu'il dépasse de près d'une tête. Deux autres hommes marchent vers le lieu du conflit, sortis de leurs maisons de l'autre côté de la voie, tandis qu'un autre, Sébastien, je suppose, est devant le portail de la maison voisine de celle d'Élise et Steven.

— Holà, on se calme ! ordonné-je en élevant la voix.

Mon intervention n'ayant aucun effet, j'accélère le rythme de mes foulées. C'est le moment que choisit l'escogriffe pour attraper à pleines mains le col du polo de Steven. Celui-ci se débat, tente de contraindre l'autre de lâcher prise, mais sans succès tant le coléreux a de la poigne.

— Pas de ça ! Tu le lâches, ou ça va mal se terminer !

Si tout à l'heure je l'ai vouvoyé, le souvenir de son tutoiement irrévérencieux et l'urgence du moment m'amènent à en faire de même. Plus que les paroles, c'est le ton de ma voix qui ramène la brute à la réalité... mes mots aussi, finalement, parce qu'il réagit :

— Quoi ! Tu crois que tu me fais peur ! Je voudrais bien voir ça.

— Laisse tomber, t'auras pas le temps de comprendre ! Je déplace ma bagnole, tu passes et on n'en parle plus. Allez, lâche-le !

Mon ton s'est radouci sur la fin, mais pas la détermination qu'il lit dans mon regard. Il tire Steven vers lui, leurs visages à quelques centimètres l'un de l'autre, et assène.

— Dégage, connard ! Tu n'auras pas une deuxième chance. La prochaine fois…

Sa liberté recouvrée, Steven fait un pas en arrière, contrairement à son antagoniste. Trois hommes ont accouru, prêts à s'en mêler. Si j'ai bien compris la composition familiale du quartier, et en tenant compte que deux se placent près du présumé violent et un à droite de Steven, nous sommes désormais six hommes, trois de chaque clan serais-je tenté de penser, guettant une réaction, un regard, un mot, pour se lancer dans la bagarre. Électrique, la situation pourrait dégénérer, aussi est-ce en laissant suer ma bonne volonté que j'annonce :

— Je déplace ma voiture, vous passez et ça s'arrête là.

Avant d'agir comme indiqué, j'attrape Steven par le bras, le fais reculer de trois mètres, puis opère de même avec celui qui doit être Sébastien. Cinq paires d'yeux braqués sur moi, sans compter celles de nos femmes ou compagnes, je marche vers ma voiture en la déverrouillant à distance. Conduisant lentement, je m'avance dans la propriété de Steven, qui a ouvert le portail et qui retient son chien pour éviter qu'il ne s'échappe.

Dans le rétroviseur, je vois Steven refermer le portail après le passage de Sébastien, alors que le coléreux ouvre sa portière en grommelant son courroux ou une menace, et que ses frères repartent en marchant. Ça semble réglé, l'incident est clos.

— Maxime, je te présente Sébastien, le mari d'Axelle.

— Bonsoir, Sébastien.

— Merci d'être intervenu, dit celui-ci, sensiblement du même âge que nous, portant barbe et moustache qui font ressortir des yeux d'un bleu-vert incroyable de pureté. Vous avez empêché que ça se transforme en bagarre générale.

— Normal, j'ai fait une bêtise en me garant à l'extérieur. La prochaine fois, je ferai attention. Sébastien, on se tutoie ?

— Oui, agrée-t-il dans un sourire, ce sera plus facile.

— Vous mangez avec nous, Seb ? interroge Steven en usant du mot « vous » pour ramener à sa famille et non à lui seul. On fait un barbecue.

— C'est exactement ce qu'on allait faire. Je vais chercher Axelle et les filles. Et j'apporte ce qu'on avait prévu.

Rassérénées, les femmes sont entrées se servir un verre, avant de nous rejoindre sur la terrasse.

— Heureusement que tu as gardé ton self-control, me félicite Murielle, une pointe d'ironie dans la voix, sinon ça partait en live. Il aurait fallu sortir la trousse à pharmacie pour vous soigner.

— Il est complètement à la masse, commente Élise. Ludovic est le pire des trois. C'est l'aîné, et aussi le plus costaud.

— C'est vrai qu'il est balaise. Comment se prénomment les autres ?

— Yannick et Nicolas.

— Leur nom de famille ?

— Combrait.

Je garde les identités dans un petit coin de ma mémoire. Qui sait, s'ils persistaient à nous pourrir la vie, je me renseignerais sur leur pedigree.

— Il y a une raison pour qu'ils agissent ainsi, ou sont-ils tout simplement cons ?

— C'est compliqué, commence notre hôtesse avant de s'asseoir entre Murielle et moi. Ludovic et Yannick ont succédé à leurs parents, qui possédaient la ferme bâtie derrière leurs maisons. Nicolas a monté son entreprise de menuiserie. Tous les trois ont fait construire sur le terrain juste en face. Ils font bloc, nous aussi.

— Comment s'entendaient vos parents et les leurs ?

— Mal. Et avant eux, leurs parents aussi.

— Non ! Une histoire de générations. Il y a une raison à cela ?

— Oui… et non ! Un peu plus loin, au bout de la route, il y a un terrain que nos deux familles se disputent depuis toujours. Résultats des courses, il est à l'abandon. S'il prenait l'envie aux Combrait de le travailler, ou à Steven et Seb, ce serait déterrer la hache de guerre. Alors personne ne s'en approche.

— Comment ça se fait ? Il y a un vide juridique ?

— Un vide sidéral, dit-elle en se levant et en prenant la direction de la porte-fenêtre. Nous possédons, et les Combrait aussi, un document qui atteste de la propriété des deux familles pour un seul et même terrain. Comment ça a pu arriver ? Personne ne le sait, mais comme chaque famille se base sur ce titre de propriété, la situation est au point mort depuis des lustres. Je m'étais rendue à la mairie, il y a quelques années, mais personne n'a pu me donner de précisions. Même chose chez le notaire. Du coup, j'ai laissé tomber.

Elle disparaît quelques secondes, et revient en ouvrant un dossier assez fin.

— Voici le document sur lequel nous nous appuyons, fait-elle en montrant une pochette plastique dans laquelle est placée une feuille de petit format, jaunie par le temps. C'est signé d'un certain Yves Plounec, qui établit que le terrain nous appartient. Le problème repose sur le fait que les Combrait ont le même.

— Original ! Qui croire ?

— Toute la question est là.

— Qui était Yves Plounec ?

— J'ai procédé à quelques recherches, il y a longtemps. Il est né à Brech en 1866, et nul ne sait quand il est décédé. Nous supposons que le terrain lui appartenait, et qu'il en a fait don à ses voisins, mais aucun acte officiel à cent pour cent ne peut valider cela. D'où le conflit qui traverse les époques !

L'arrivée de Sébastien, accompagné de sa femme et de ses filles, apporte une diversion. Des embrassades, puis Bérénice et Sandra vont retrouver leurs cousines, pendant que Steven et son beau-frère disposent sur la grille merguez, saucisses et brochettes. Élise nous présente Axelle, une brune au teint mat, légèrement enrobée, au sourire éclatant. Les deux sœurs ne se ressemblent pas du tout.

— On a le temps de boire un verre avant que ce ne soit cuit ! annonce joyeusement Steven quand il a rempli sa mission. Qui veut quoi ?

Les commandes passées, les beaux-frères entrent dans la maison, nous donnant pour consigne de les laisser gérer.

— Quand vous étiez enfants, croit deviner Murielle, ce ne devait pas être facile avec de tels voisins ?

— On faisait comme nos parents, on les ignorait, répond Élise. Ça aurait chauffé à la maison si Axelle ou moi les avions fréquentés. On aurait entendu parler du pays, tu peux me croire.

— Pareil pour eux, je suppose, renchérit Axelle.

— Allez, avouez, taquine Murielle, aucun ne vous draguait, à l'adolescence ?

— Tu es folle ! Notre père nous aurait interdit de sortir.

— Et maintenant, si vos enfants jouaient avec les leurs, qu'est-ce que ça donnerait ?

— Impossible de le savoir, dit Axelle pour clore le débat. Et puis, la question ne se pose pas parce qu'ils n'ont que des fils, et nous des filles.

— Ce qui serait marrant, s'entête ma chérie, que le mélodrame amuse, c'est qu'un jour l'une d'elles s'amourache de l'un d'eux. Ça mettrait du piment dans les relations de voisinage.

— Je ne t'explique pas le jour du mariage, s'amuse Axelle. Pendant le repas, les deux clans se regarderaient en chiens de faïence, et le bal finirait en bataille rangée.

— Mumu, plutôt que de dire des bêtises, viens donc avec moi chercher des assiettes supplémentaires.

II

Dimanche

Durant notre séjour, Murielle et moi avons décidé de vivre à notre rythme, nous passant de montre. Mais pas seulement. Nos téléphones portables donnant l'heure, nous les laissons eux aussi dans notre nid douillet, nous accordant le droit de les allumer uniquement le soir, au cas où quelqu'un chercherait à nous joindre. En écoutant ou en lisant les messages ponctuellement, il conviendra de juger de leur importance pour prendre contact, ou non…

Comme n'importe quel autre jour de la semaine, Steven et Sébastien étaient au boulot. Nous les avons aperçus près de la ferme, et un signe de bras a souligné qu'eux aussi nous avaient vus. En constatant que les volets de l'étage étaient fermés, nous sommes partis en faisant un minimum de bruit pour ne réveiller personne.

Murielle mettait un point d'honneur à revoir Quiberon, où elle n'avait pas mis les pieds depuis une quinzaine d'années. Nous avons roulé vers la presqu'île. Après Plouharnel, le problème majeur pour atteindre Quiberon est qu'il n'y a qu'une route, comme une épine dorsale. Si durant la saison estivale les embouteillages sont quasi permanents, en ce mois de septembre, nous y sommes parvenus dans un délai raisonnable.

Sur place, l'enseigne d'un loueur de bateaux à moteur nous a attirés, mais la surface de l'eau, lisse comme un lac, combinée à notre désir de nous dépenser physiquement, nous a fait opter pour un canoë. Après un rythme lent le long de la plage, de vigoureux coups de pagaies nous ont conduits vers la Côte sauvage. Sur le sentier côtier, nous apercevions des randonneurs, sac à dos, casquette et bâton. D'autres marchaient plus lentement, les yeux rivés sur la mer. Après une pointe rocheuse et l'isthme de Penthièvre, nous avons longé la plage de Sainte-Barbe, où trois adeptes du cerf-volant devaient regretter le manque de vent pour mieux tirer profit de leurs engins. Une soudaine envie de nous baigner nous a poussés à mettre à sec notre petite embarcation. Un bain dans une eau à environ vingt degrés, et ce fut le pique-nique, conservé dans le caisson étanche fourni par le loueur. Un nouveau bain et, revenant non pas sur nos pas mais sur notre sillage, nous avons mis le cap sur Quiberon.

Le matériel restitué à son propriétaire, nous nous

sommes comportés en parfaits touristes. À la terrasse d'un bar, nous avons commandé des boissons fraîches, sans alcool, notre première soirée ayant été un peu trop arrosée.

— Max, ce ne serait pas un des voisins, là-bas, en train de discuter avec un autre gars ?

Lunettes de soleil sur le nez, regard braqué vers la mer où des voiliers disparaissent petit à petit à l'horizon, je ne pense à rien. Je me laisse vivre, je savoure l'instant présent. Je suis sur le point de répondre que je m'en contrefiche, mais il n'est pas dans ma nature d'être désobligeant.

— On dirait, oui. Il a bien le droit de papoter.

— Oui, bien sûr… S'il nous reconnaissait, tu crois qu'il serait virulent ?

— Il n'y a pas de raison. S'il est monté un peu dans les tours hier soir, c'est parce que son frangin a fait ce qu'il fallait pour envenimer la situation. Un coup de klaxon, et c'était réglé, mais cet abruti a voulu faire le mariole.

Une gorgée de Perrier, et je contemple de nouveau la grande bleue.

— Où veux-tu aller, maintenant ?

— Je ne suis pas allée à Carnac depuis une éternité. Ça te branche, les alignements ?

— Tout me branche, vieille branche.

Ma saillie improvisée la fait pouffer alors qu'elle portait son verre à ses lèvres.

— Oh, j'ai failli avaler de travers ! Non, sérieux, j'ai un peu oublié les lieux. Je m'en souviens, c'est évident, mais je n'ai qu'un vague souvenir.

— Vos désirs sont des ordres, belle dame.

Montrant ma carte bancaire, je fais signe à la serveuse que je souhaite payer l'addition. Tandis qu'elle s'occupe de la transaction, je vide mon verre, Murielle le sien.

— C'est le menuisier, dit Murielle en faisant référence au frère Combrait. Son fourgon est un peu plus loin, son nom est inscrit dessus.

— Tu ferais une bonne enquêtrice. Allez, arrête de te prendre le chou avec cette histoire. Nous sommes là pour passer du bon temps, pas pour nous soucier des problèmes de voisinage de nos amis.

— Je ne me prends pas le chou, je dis simplement que je ne me suis pas trompée.

— Viens, chérie, fais-je en posant un bras sur ses épaules, ce qui est une façon comme une autre d'éluder le sujet et d'y mettre un terme.

— Tiens, je ne suis plus une vieille branche ?

— Tu n'es qu'un rameau. Allez, go, et interdiction de porter un minimum d'attention au menuisier.

*

Magnifique journée, que ce soit sur le plan météorologique ou sur son contenu. Au milieu des alignements de Carnac, la magie a opéré, nous amenant à philosopher sur ce qui avait pu, il y a cinq mille ans, donner force et conviction à des hommes pour tailler, transporter et planter ici près de trois mille mégalithes. Nul ne le sait, et sans doute que nul ne le saura jamais, mais nos propos, souvent prononcés à voix basse sans que nous y fassions attention, comme si nous craignions de déranger des esprits virevoltants sur la lande, étaient empreints de gravité. Étrange impression que de se sentir tout petits, vulnérables sur cette terre où nous ne faisons que passer, alors que ces menhirs sont là pour l'éternité.

En revenant à notre deuxième chez-nous, le cœur léger, de belles images dans les yeux, il n'est pas utile de me rappeler de rentrer la voiture. Une algarade suffit, il n'est pas nécessaire de tenter les démons du quartier. Attirés par le bruit du moteur, Élise et Steven sortent de la maison, l'air grave. Que se passe-t-il encore ?

— Il y a un problème ? hasarde Murielle.

Le couple se regarde, aucun des deux ne voulant prendre la parole. Steven s'y colle.

— Il y a eu des dégradations à la ferme. Seb et moi, on ne l'a pas constaté ce matin, puisque nous y sommes allés seulement pour prendre les tracteurs pour travailler sur des parcelles, mais en début d'après-midi nous avons remarqué que la porte de la maison des parents était ouverte. À l'intérieur, les meubles sont vidés, le peu de mobilier qui restait est cassé… Un carnage !

— Vous avez prévenu la gendarmerie ?

— Oui, Maxime. Les gendarmes ont fait des recherches d'empreintes papillaires, comme ils disent. Il faudra attendre pour savoir si ça peut les aider.

— Leur avez-vous parlé de vos voisins ?

— Oui, et de l'accrochage d'hier soir. Ils ont dit qu'ils allaient les interroger sur leur emploi du temps. Tu veux venir voir ?

— Non, ce n'est pas indispensable. Oh, et puis si !

Ma volte-face n'est en rien dictée par mon ego surdimensionné, qui se croirait supérieur à la gendarmerie. Les techniciens en identification criminelle ont sûrement bien fait leur boulot, ne négligeant rien. Il n'y a que dans les séries télé qu'un indice échappant à la sagacité des spécialistes met un apprenti enquêteur sur la piste de dangereux cambrioleurs, voleurs ou assassins. Non, ce qui me fait revenir sur ma décision est la lueur de déception entrevue dans les prunelles bleues de Steven.

— On va avec vous, décide Murielle.

— Ferme la maison à clé, Élise, et dis aux filles qu'on n'en a pas pour longtemps.

À travers ces derniers mots, je saisis que l'inquiétude règne. Une altercation hier soir, un cambriolage aujourd'hui ou durant la nuit, il n'en faut pas plus pour que les voisins soient considérés comme étant capables du pire. Attention à ne pas frôler la paranoïa.

Nous y allons à pied, sur une route en terre empierrée, marquée par les crampons des énormes roues des engins agricoles. La porte de la maison est intacte ; en revanche, un carreau d'une fenêtre en bois à simple vitrage est remplacé par un carton.

— C'est par là qu'ils se sont introduits, explique Steven. J'ai mis ça en attendant de changer la vitre.

Tour de clé dans la serrure, nous entrons. Dans la salle à manger, le mobilier n'est pas de la première jeunesse, à l'image d'une longue table en bois, d'un canapé et de deux fauteuils défraîchis. Autour, les tiroirs d'un vaisselier breton sont au sol, vidés de leur contenu sur la table. Quant à la cuisine : placards et table en formica, chaises disparates, évier écaillé.

— Avez-vous une idée de ce qu'ils cherchaient ?

— Non. Ils avaient peut-être tout simplement envie de tout détruire, de tout casser.

— Je ne crois pas. Rien ne semble irrémédiablement endommagé.

— C'est aussi ce qu'ont dit les gendarmes, mais regarde le fauteuil, il n'y avait pas besoin de le balancer.

— Il n'a peut-être pas été balancé pour le détruire, mais renversé pour voir s'il n'y avait rien dessous. On monte ?

L'étage est composé de trois petites chambres totalement vides, et d'une salle de bains également débarrassée, à l'exception d'un placard mural nanti d'une glace, pour s'assurer que la toilette est bien faite, et que les cheveux sont peignés.

— Si la volonté était de tout casser, le miroir en aurait fait les frais. Depuis combien de temps la maison est-elle inhabitée ?

— Un peu plus de trois ans, renseigne Élise, après le décès de mon père.

— Avez-vous remarqué si quelque chose a disparu ?

— Difficile de le savoir. Il faudrait qu'on range le rez-de-chaussée.

— Faites-le dès que possible, qu'on sache si c'est un banal cambriolage ou si les voleurs savaient ce qu'ils venaient chercher ici.

— C'est exactement ce que nous ont dit les gendarmes. Ce soir, je n'ai pas le courage, soupire Élise, mais demain matin je le fais.

— Je te filerai un coup de main, assure Murielle.

Muet depuis un moment, Steven se fait menaçant :

— Si je m'écoutais, j'irais chez les Combrait demander des explications.

— Très mauvaise idée, dis-je pour le dissuader. L'accueil ne serait pas amical, et ça finirait par dégénérer. Laissons œuvrer la gendarmerie, et attendons ses conclusions. Ils ont enregistré votre plainte ?

— Oui.

— Et qu'ont-ils dit au sujet de l'accrochage d'hier ?

— Ils nous ont ordonné de nous tenir à carreau, et surtout de ne pas proférer d'accusation sans fondement.

— C'est ce qu'il y a de plus sage, en effet. Faisons-leur confiance.

Comme hier, nous avons pris le dîner en commun. Ce n'était pas prévu, mais nous avons ressenti chez nos hôtes un tel besoin de réconfort que nous ne pouvions les abandonner à leur sort. Plus tard, dans notre maison de vacances, Murielle et moi revenons sur l'incident.

— Qui aurait pu penser que, dans ce petit coin tranquille, deux familles se haïssent pour un bout de terrain ? Si j'ai bien compris un échange entre Steven et Sébastien, depuis deux ans, il ne se passait rien, et puis vlan, deux embrouilles d'affilée.

— Maxime Moreau, je te vois venir avec tes gros sabots. Je t'interdis de te mêler de ça. Les gendarmes enquêtent, laisse-les faire leur boulot.

— Sois tranquille, ma belle, loin de moi cette idée. Je suis en récup', et j'ai toute confiance dans les militaires. La preuve, demain matin, pendant que toi et Élise mettrez de l'ordre dans la maison de la ferme, j'ai l'intention d'aller pêcher.

— Sage décision, et tu as intérêt à la respecter. Oh, je ne sens plus mes bras depuis la séance de canoë de ce matin.

— Même pas pour me serrer contre toi ?

— Serais-tu d'humeur coquine ? Allez, au lit ! Je vais te prouver que la vieille branche a la souplesse d'un roseau.

III

Lundi

Je suis sorti du lit de bonne heure, prenant le petit-déjeuner avant que Murielle ne se lève. Un deuxième café en sa compagnie, et je pars.

Ne connaissant pas bien la région, je n'ai aucune idée de l'endroit où j'aurais plus de chance de réaliser une bonne pêche. Hier matin, lors de notre périple quiberonnais, j'ai bien remarqué des roches dans le prolongement de la pointe de Port-Maria. Me fiant à mon instinct, j'en prends la direction. Sur place, je me change et enfile ma combinaison de plongée. Masque, tuba, palmes et fusil à la main, sans compter la planche de plongée sous-marine gonflable, obligatoire pour signaler la présence d'un plongeur, je me sens bien, heureux de sacrifier du temps à l'une de mes passions. Pour un peu, je courrais vers l'onde.

Une fois prêt, je m'immerge. La température de l'eau est encore bien agréable, a fortiori en combinaison. Quel bonheur que de se mouvoir dans l'élément liquide, au gré des coups de palmes ! Un léger ressac m'amène à battre intensément des pieds pour m'éloigner des roches. La chasse est ouverte !

Deux heures que je batifole sans apercevoir un poisson. M'accordant une courte pause, je me défais de mes palmes et escalade un rocher. Comme nous hier, des jeunes ont loué des canoës. Ils sont trois, deux garçons et une fille d'une vingtaine d'années, chacun dans son embarcation. L'état d'esprit n'est pas à la compétition pour rallier un point en un minimum de temps, mais au plaisir d'être ensemble. Rires et plaisanteries ponctuent leurs échanges.

Je les regarde s'éloigner et me remets à l'eau. J'ai beau sonder du regard, pas une écaille, pas une pince de crabe. Déçu, mais toujours plein d'espoir, je continue. Après trente minutes d'observation, il semble que l'unique solution pour le barbecue ou un plateau de fruits de mer sera un passage par une poissonnerie. L'eau est claire, limpide, comme celle d'un aquarium. Parce qu'il est indispensable de positiver, je me régale de la beauté des fonds et des algues qui ondulent au gré du courant.

J'ai passé un peu plus de trois heures dans l'eau. Heureusement que ma combinaison est épaisse, sinon je serais frigorifié. Près de la voiture, je m'essuie, me change et prends ensuite la route du retour, sans omettre, comme convenu avant de partir, de m'arrêter acheter du pain.

Alors que je ne suis plus qu'à deux cents mètres de ma destination, je constate que, devant la maison d'Axelle et Sébastien, une ambulance des pompiers est stationnée à côté d'un véhicule de gendarmerie et d'un autre du SAMU.

Que se passe-t-il ? Serait-ce un nouvel incident dans la guéguerre des voisins ? Si c'est le cas, cette fois cela paraît plus sérieux.

Inspectant les lieux, je roule à deux à l'heure entre les poteaux qui soutiennent les vantaux du portail, exceptionnellement ouvert. M'avisant, ma chérie vient à ma rencontre quand je m'extrais de la voiture. Son visage fermé n'augure rien de positif.

— Seb a été agressé. Il n'est pas conscient.

— Quoi ? Raconte !

— Élise et moi, nous étions dans la maison de la ferme quand Steven est venu nous chercher. Il avait découvert Seb allongé devant chez lui. Il saignait de la tête. Nous avons tout de suite prévenu le SAMU, et en attendant leur arrivée nous avons essayé de prodiguer les soins que nous pouvions.

— Une chance que vous soyez infirmières toutes les deux. Et alors ?

— Il n'a pas repris connaissance. Il y a une impressionnante mare de sang sur le sol. Les pompiers sont arrivés les premiers, puis le SAMU est intervenu en urgence. Depuis, ils font leur possible. Il n'est pas transportable par voie routière, ils vont faire venir un hélicoptère.

Agression verbale le samedi, cambriolage ou mise à sac d'une maison le dimanche, agression physique le lundi…

Où cela va-t-il s'arrêter ? La répétition des faits est inquiétante, et la gravité des délits l'est encore plus.

Un gendarme vient vers nous, masque sur le nez en raison du Covid qui n'en finit pas, ce qui nous pousse à mettre le nôtre. Son grade indique qu'il est adjudant. Ignorant Murielle, c'est à moi qu'il s'adresse :

— Bonjour, Monsieur. Gendarmerie nationale. Vous connaissez Sébastien Séminou, qui habite la maison voisine ?

— Un peu, oui. J'ai fait sa connaissance samedi, en fin de journée.

— C'est récent. Quel genre de relation entretenez-vous avec lui ?

— Une relation amicale. Ma compagne et moi passons quelques jours ici, chez des amis, qui sont son beau-frère et sa belle-sœur, qui elle-même est une amie de ma compagne depuis plus de vingt ans. Nous avons mangé ensemble samedi soir.

Le gendarme va pour ouvrir la bouche sur une nouvelle question quand une voix forte nous fait tourner la tête :

— Ça doit être lui qui a fait ça ! Hors de question que ça nous retombe dessus !

Ludovic, le plus virulent de la famille Combrait, me montre du doigt, l'air menaçant.

— Du calme, Monsieur ! ordonne le gendarme. Rentrez chez vous, et laissez-nous tranquilles.

— C'est depuis qu'il est arrivé que tout va de travers.

— Rentrez chez vous ou on vous embarque. Allez, exécution !

L'adjudant en a vu d'autres au cours de sa carrière, et sait se faire respecter. Sa voix, dure et forte, et son expression décidée contraignent l'homme à s'éloigner.

— Je vous ai vu arriver il y a une minute, d'où venez-vous ?

— Je suis allé pêcher. Je fais de la plongée sous-marine.

— Étiez-vous accompagné ?

— Non, j'étais seul. Je suis parti ce matin vers neuf heures. Je suis allé du côté de Quiberon.

— Bien. Avez-vous fait bonne pêche ?

— Non, je ne rapporte rien.

J'ai parfaitement conscience que son interrogatoire – parce qu'il ne faut pas se leurrer, c'en est un – a pour objectif à chaud de définir l'emploi du temps des proches de la victime. Que je sois allé pêcher seul ne joue pas en ma faveur, et que je ne rapporte pas un poisson ou un crabe contribue à me rendre suspect, et peut faire douter de mon emploi du temps.

Si jusqu'alors ces interrogations étaient d'ordre général, en sortant un calepin et un stylo d'une poche, il me fait comprendre qu'il va gratter un peu plus.

— Pouvez-vous me présenter vos papiers d'identité, Monsieur ?

— Bien sûr. Ils sont dans la petite maison qui est derrière celle-ci. Je vais les chercher.

— Je vous accompagne.

Ouh là, la confiance ne règne pas.

— Murielle, tu as la clé ou c'est ouvert ?

— Elle est dans ma poche. Tiens.

Muni du sésame, je contourne la maison d'Élise et Steven, suivi de près par le militaire. Étrange sensation pour moi, habituel chasseur de gibiers de tous poils, soudain traqué dans ses moindres faits et gestes. Je fouille la veste légère dont jusqu'ici je me suis passé car la température est douce, et puise dans une poche mon permis de conduire et ma carte d'identité.

S'appuyant sur les documents administratifs, le gendarme compare les photos à mon visage puis note mon identité, avant de s'enquérir :

— Quelle est votre profession ?

— Fonctionnaire.

Je me suis retenu d'ajouter « de police ». S'il est de bon ton pour nos politiques de souligner que, depuis plusieurs années, police et gendarmerie travaillent main dans la main, ceux qui sont sur le terrain savent pertinemment que ce n'est pas tout à fait le cas.

— Merci, dit-il en me rendant les documents officiels. Combien de temps restez-vous ici ?

— Jusqu'à samedi, normalement. Maintenant, je ne sais pas si les événements ne vont pas précipiter notre départ. Depuis samedi soir, trois faits d'une certaine importance sont survenus. Ma compagne et moi n'en sommes pas la cause, car il y a un différend ancestral entre les familles qui habitent à droite ou à gauche de la route, et nous n'avons pas l'intention d'en être des victimes collatérales.

— Ce serait peut-être plus sage, en effet. Mais, dans l'immédiat, j'insiste pour que vous restiez à notre disposition.

— Il n'y a pas de problème.

Nous marchons en silence pour revenir près de la route. Entendant une voiture arriver à grande vitesse, nous la regardons. Il fallait s'y attendre. Avisé par les autorités locales, le groupement de gendarmerie de Vannes envoie ses fins limiers enquêter sur le fait divers, loin d'être anodin. L'adjudant s'en approche quand elle ralentit, pour faire le point et communiquer les premiers éléments recueillis.

— Chérie, explique-moi ce que tu sais.

— Max, tu ne vas pas t'occuper de ces histoires. Ce n'est pas à toi de…

— Écoute… Je suis peut-être dans la mouise, alors raconte-moi tout depuis le début.

Comme elle marque un temps, mieux vaut jouer franc-jeu :

— Je n'ai pas d'alibi. Je suis allé plonger, je n'ai pas rapporté une écaille, j'étais seul. C'est assez pour figurer sur la liste des suspects.

— Tu lui as dit que tu es flic ?

— Surtout pas. Ils ne tarderont pas à le découvrir quand ils taperont mon identité sur leur ordinateur, mais ce ne sera pas suffisant pour qu'ils me fassent confiance. Si j'ai bien compris, depuis au moins deux ans il n'y a pas eu d'embrouille entre les deux familles, et là ça en fait trois en trois jours. Et nous sommes ici depuis trois jours. Curieux, non ? Ils vont faire le rapprochement, c'est obligé. Allez, raconte, s'il te plaît.

Réalisant que je ne fais qu'anticiper les heures à venir, Murielle hoche la tête.

— OK ! Élise et moi étions à la ferme. Même s'il n'y a plus beaucoup de mobilier, ça nous prenait du temps de tout ranger, car nous avions emporté des produits ménagers. En même temps, nous faisions du ménage, et cette maison en avait besoin depuis qu'elle est à l'abandon. En rentrant du travail,

Steven est venu nous saluer, puis il a dit qu'il allait manger. Tout à coup, nous l'avons entendu nous appeler. Il courait vers nous. Il venait de découvrir Sébastien sur le sol, sérieusement blessé. Nous sommes remontés à fond de train, et Élise a téléphoné au SAMU. Dans le même temps, nous avons essayé de faire notre possible mais, sans le matériel approprié, nos efforts étaient limités.

— C'était il y a combien de temps ?

— Plus d'une demi-heure, peut-être trois quarts d'heure.

— Toi et Élise, à aucun moment, vous ne vous êtes quittées de la matinée ?

— Non.

— Bien. Sais-tu où était Steven, ce matin ?

— Quand on attendait les pompiers, il a dit qu'il travaillait sur une parcelle distante de deux kilomètres.

— Quelqu'un l'a vu ?

— Aucune idée. Il est passé avec son tracteur et je ne sais pas quelle machine en remorque. Le temps de ranger le tout dans le hangar, il est venu nous faire un petit coucou. Il devait manger rapidement parce que, cet après-midi, lui et Seb avaient rendez-vous avec un autre agriculteur pour travailler ensemble. Steven est parti et, deux minutes après, nous l'avons entendu crier pour nous appeler. Il venait de découvrir Seb.

— Sois franche, en fonction de la coagulation, ce ne pourrait pas être lui qui aurait frappé Seb avant de vous avertir ?

— Non, la blessure remontait à plus de temps que cela.

— Tant mieux, ça me soulage. À d'autres moments, toi et Élise, avez-vous entendu du bruit ? N'importe quel bruit : des cris, un moteur…

— Non. C'est calme, tu sais. La ferme est à près de deux cents mètres de cette route, et celle-ci n'est pas très fréquentée.

Cela étant clarifié, listons maintenant les éventuels suspects :

— Sais-tu où était Axelle ?

— Elle était au boulot. Je le lui ai demandé hier ; elle est employée à la mairie de Brech. Elle est arrivée dès qu'Élise l'a prévenue.

— Pour les gendarmes, ce sera facile à vérifier. Les enfants ?

— Ben, à l'école, bien sûr !

— Mais oui, suis-je bête. Bon, on a fait le tour. En résumé, Steven et moi devrons donner des garanties sur notre emploi du temps. Souhaitons pour lui que quelqu'un l'ait vu. Quant à moi, évidemment, je sais que je n'y suis pour rien. Reste maintenant le clan Combrait. Le souci, c'est que je ne peux pas les interroger.

— Les gendarmes vont s'en charger.

— Oui, mais j'aurais aimé y être. Oh, une dernière question ! Tu as vu quelque chose à proximité qui pourrait avoir servi pour l'agression ? Un bâton, une barre en ferraille…

— Je n'ai pas fait attention.

— Espérons que les gendarmes le découvrent. Essaie d'avoir des infos auprès du personnel médical, et amène-moi Steven. Il faut que j'en sache plus sur sa fin de matinée.

Le ronronnement encore lointain d'un hélicoptère troue l'ambiance feutrée. Chacun s'exprimant à voix basse, si ce n'étaient les véhicules et les gyrophares, on ne se douterait pas du drame qui s'est déroulé. À quel imbroglio suis-je mêlé ? Qui a bien pu s'en prendre à Sébastien, et pour quelle raison ? Il est clair que l'algarade d'avant-hier est un élément à part.

Je me suis mal garé, et encore, il était possible pour une voiture de passer. Je me suis excusé, on ne devrait plus en parler, mais voilà que le lendemain la maison de la ferme est visitée, un ou des objets sont peut-être volés. Que cherchaient les voleurs ? Qu'est-ce qui pouvait les intéresser dans cette vieille bâtisse ? Sont-ce des squatteurs qui ont vu là l'occasion de coucher sous un toit et qui, en constatant qu'il n'y avait pas de lit, ont mis les lieux à sac ? Plausible. Y a-t-il un lien avec l'agression de Sébastien, ou est-ce une coïncidence qu'il ne faut pas rattacher au cambriolage, et encore moins à ma voiture mal garée ?

J'en suis là de mes réflexions quand Steven se signale. Le visage dévasté, les épaules basses, les mains dans les poches de sa combinaison verte de travail, il accuse le coup.

— Quelle merde ! Si je chope l'enfoiré qui, qui…

— Laissons les gendarmes bosser. J'aimerais que tu me racontes ta matinée, et celle de Sébastien.

Circonspect, il lève sur moi des yeux noyés de chagrin, néanmoins bouillants de colère.

— Ce n'est pas pour vérifier ton alibi, Steven, mais tu dois t'attendre à ce que les gendarmes te passent à la moulinette de leurs questions.

— Ils l'ont déjà fait.

— D'accord. Et alors ?

— Ils m'ont cru. Tu sais bien que je n'aurais pas tapé sur mon beau-frère comme un sauvage.

— Bien sûr que je te crois, mais tu seras de nouveau interrogé, et cela peut-être plusieurs fois. Si tu ne donnes pas toujours la même version, tu seras inquiété. Vas-y, dis-moi ce qui était convenu pour ce matin.

Le temps que l'hélicoptère se pose à une trentaine de mètres, il se tait. Quand le bruit des rotors se fait moins fort, il se lance :

— Ce matin, vers six heures, Seb s'est occupé de la traite des vaches. C'est chacun son tour, on change toutes les semaines. J'ai attaqué ma journée à sept heures. Avec une ensileuse, je suis allé sur une parcelle. Seb m'a rejoint à huit heures. Vers onze heures, on a eu une panne, un retournement de charrue, ça arrive de temps en temps. Seb est parti à la ferme chercher ce qu'il fallait pour réparer, mais il n'est pas revenu. Quand j'ai fini, je suis rentré. J'ai remis l'ensileuse à sa place, et je suis allé saluer Élise et Murielle. Je leur ai dit que j'allais préparer la popote et, en remontant, j'ai vu Seb inanimé. Je suis redescendu chercher les femmes, et… et voilà.

— Que devait faire Sébastien après t'avoir dépanné ?

— Il devait me rejoindre. En ne le voyant pas, je me suis dit qu'il avait été retardé, tout simplement.

— Tu ne peux pas être plus précis ?

— Non. Il est parti à onze heures, j'étais ici à peu près une heure plus tard, c'est tout.

— C'est ennuyeux. Les gendarmes vont t'interroger sans relâche sur ce créneau horaire. As-tu vu quelqu'un aux abords de la parcelle que tu travaillais ?

— Non.

— Se peut-il que quelqu'un t'ait vu ?

— Probablement, mais je ne peux pas donner un nom, je ne regardais pas les voitures qui passaient.

D'une grimace, je lui fais comprendre que ceci ne plaide pas pour lui. Ce n'est évidemment pas la grande frénésie mais, sur la route, les déplacements hâtifs et néanmoins ordonnés du personnel médical et des gendarmes dévoilent que le départ de Sébastien pour l'hôpital est imminent. J'aperçois Axelle, en pleurs, que sa sœur et Murielle tentent de réconforter. À l'écart, l'adjudant qui m'a interrogé fait toujours son rapport à ses homologues, qui désormais vont entamer les investigations. Il ne faut pas que je m'éloigne, je n'en serai que plus soupçonné d'être l'agresseur.

— Viens, Steven, les femmes ont sûrement besoin de nous.

Nous nous déplaçons lentement, soucieux de ne déranger personne. Sébastien est allongé sur un brancard. Un épais bandage enserre sa tête. De le voir ainsi, sous perfusion et branché à plusieurs appareils, m'inspire une multitude d'émotions, comme la pitié, la compassion pour lui et ses proches, mais aussi la colère quant à l'auteur de ce désastre. Aucun crime ne mérite d'être impuni, et lorsqu'il s'agit de quelqu'un que l'on connaît, même si personnellement ce n'est que depuis un peu plus de deux jours, nous éprouvons une telle détresse que nous serions capables du pire.

— On y va ! prononce le médecin après un ultime regard vers l'électrocardiogramme et d'autres cadrans dont j'ignore l'usage, mais qui renseignent quant à la santé du blessé.

Tous s'écartent pour faciliter le déplacement du brancard. Une chance que l'asphalte ne soit pas crevé de nids-de-poule. Précautionneusement dirigé par deux pompiers, le brancard progresse vers l'hélicoptère. Quelques consignes pour s'accorder sur le rôle de chacun, et il est chargé à son bord, tandis que les rotors sont lancés. Si ce n'était le bruit du moteur, nous entendrions une mouche voler, tant nul n'ose parler. La porte latérale est refermée, et aussitôt l'oiseau de fer quitte le sol, direction Nantes et son hôpital. Nous le regardons rapetisser au gré de la distance qu'il parcourt, jusqu'à ne plus devenir qu'un point dans le ciel.

Signifiant qu'après ce sinistre intermède la vie doit reprendre son cours, les gendarmes se dispersent pour auditionner la famille et les proches, à défaut d'un témoin direct. Celui qui vient vers Steven et moi est le plus gradé. Relativement grand, blond, il émane de sa personnalité une autorité sans faille.

— Bonjour, Messieurs, salue-t-il en parlant distinctement car le masque atténue les sons. Lieutenant Jacq. Je compatis à votre douleur, et soyez certains que nous mettrons tout en œuvre pour arrêter le coupable dans les plus brefs délais. Qui êtes-vous ?

Je pige qu'il fait comme s'il ne le savait pas, alors que l'adjudant lui a évidemment révélé nos identités et notre relation avec Sébastien.

— Je m'appelle Steven Pourriou, je suis son beau-frère, dit-il, la voix lourde d'émotions difficilement contenues.

— Et vous, Monsieur ?

— Maxime Moreau, je suis un ami de Steven. Je connais la victime depuis samedi en fin de journée.

La logique voudrait que Steven, membre de la famille et associé de Sébastien, soit le premier auditionné. C'est effectivement ce que respecte l'officier en l'apostrophant.

— Pouvons-nous disposer d'un endroit tranquille pour discuter ?

— Allons chez moi. Venez.

M'avisant seul, Murielle me rejoint. Des larmes ont creusé leur sillon sous ses yeux.

— Le pronostic vital est engagé.

— Oh merde ! C'est si grave que ça ?

Ne pouvant émettre un son, elle opine. Je la prends dans mes bras, sa tête dans le creux de mon épaule. Elle ne reprend la parole que lorsque son trouble est partiellement évacué.

— Un gendarme est avec Axelle, un autre avec Élise.

— Notre tour viendra. Tout à l'heure, c'était pour nous identifier, maintenant pour dresser un procès-verbal d'audition. Les enfants sont prévenues ?

— Non. Axelle préfère attendre que ses filles rentrent de l'école. Elles ne feraient rien de plus, ici.

— Pas faux. Tu as faim ? Ce serait peut-être bien d'avaler un morceau, la journée va être longue, et riche en émotions. J'ai pris du pain. Viens, on va se faire un casse-dalle.

Sur la terrasse de notre pied-à-terre, nous mangeons en silence, ou presque.

— Tu crois qu'il vaut mieux qu'on parte ?

— Pas tout de suite. Steven et Élise auront peut-être besoin de nous pour les aider moralement, de même qu'Axelle. Et puis, ça nous rendrait suspects. Pas toi, puisque Élise te couvre, mais moi. Ce n'est pas que ça me travaille, mais va savoir comment notre départ serait interprété.

Nous continuons de manger, sans réel appétit, mastiquant lentement, quand un gendarme approche, tenant à la main une sacoche qui contient un ordinateur portable.

— Bonjour, Messieurs Dame. Je suis le lieutenant Jacq. Je souhaiterais rencontrer madame Le Garrec.

— Je vous laisse, dis-je en me levant. À tout à l'heure.

Un quart d'heure plus tard, alors que je patiente dans le jardin, l'officier se présente, toujours sa sacoche au bout du bras.

— Monsieur Moreau, avez-vous un moment à me consacrer ?

*

Il était un peu déçu, le lieutenant. Je ne pouvais rien lui apprendre car j'étais absent au moment de l'agression. Cependant, quand il m'a questionné sur mon emploi du temps, j'ai remarqué que mon absence d'alibi l'a interloqué.

Également venus de Vannes, les techniciens en identification criminelle terminent leurs photos et relevés. La scène de l'agression ayant été abondamment piétinée, il est fort probable qu'ils n'aient rien constaté d'intéressant. Tandis que toutes les forces de gendarmerie se réunissent pour un conciliabule, nous en faisons de même. Sans hésitation, Élise décide de conduire Axelle à l'hôpital de Nantes, pour qu'elle soit au plus près de son mari. Quant à Murielle, Steven et moi, l'abattement est tel que nul ne se sent la force de faire quoi que ce soit. Autour d'un café, nous nous posons mille questions pour essayer de découvrir le motif du déferlement de violence dont a été victime Sébastien. Aucune réponse ne nous satisfaisant, il ne demeure qu'une explication : l'un des frères Combrait – ou plusieurs – s'en est pris à lui pour une raison qui nous échappe, aussi futile soit-elle.

— C'est ce que j'ai dit aux gendarmes, admet Steven. Qui d'autre, sinon ? Seb n'a pas d'ennemi, pas de…

Il ne termine pas sa phrase. Une gorgée de café et, réalisant que personne n'embraye, il poursuit.

— Max, toi qui es flic, qu'est-ce que tu en penses ?

— Pas grand-chose. Il y a une bande d'illuminés de l'autre côté de la route, mais ils se tenaient à carreau depuis un bon moment, si j'ai bien compris. Pourquoi d'un seul coup se mettraient-ils à foutre le bordel ? Si on récapitule, le point de départ, c'est ma voiture garée devant la maison. C'est un peu léger, comme mobile, pour expliquer ce déchaînement de violence. Samedi soir, on pensait que c'était réglé, et le lendemain on découvre la maison de la ferme dévastée et fouillée. S'ils avaient voulu le faire, ils n'auraient pas attendu le prétexte d'une voiture à cheval sur la route pour cela. Au contraire, ils se doutent bien que nous ferions le rapprochement, et nous le faisons. Quant à l'agression… Peut-être est-ce l'un des voisins mais, là encore, la riposte est disproportionnée à l'incident de ma voiture. Ce que je me dis… Peut-être que Seb a vu quelque chose qu'il ne devait pas voir, et qu'il n'y avait qu'en le frappant mortellement qu'on pouvait l'empêcher de le divulguer.

— Qui serait assez fou pour faire ça ?

— Un voisin, un inconnu.

— Et qu'aurait-il vu ?

— Aucune idée ! Peut-être a-t-il surpris les cambrioleurs de la maison de la ferme, qui cette fois voulaient entrer chez lui ou en ressortaient les bras encombrés de ce qu'ils ont trouvé et qu'ils pouvaient revendre pour se faire de l'argent, ou un des frères Combrait qui commettait un acte répréhensible. Dans les deux cas, pour le faire taire, on l'a frappé.

Quelques centilitres de café, et j'interroge :

— Avant de partir avec Élise à Nantes, savez-vous si Axelle a pris le temps de vérifier si la maison n'a pas été visitée ?

Des haussements d'épaules résumant leur ignorance, je me fends d'une question :

— As-tu un double de leur clé, Steven ?

— Oui. Par précaution, Axelle en a fait un jeu, il y a trois ou quatre ans. Tu veux qu'on aille vérifier ?

— Je suppose que les gendarmes ont posé la question à Axelle, mais ça nous permettrait de savoir s'il y a eu intrusion ou non. Et par ricochet, si on est toujours sur la liste des suspects.

Notre raid nous a pris dix minutes. Impossible de savoir si quelque objet ou bijou a été dérobé. Notre unique constat est que, dans la maison, les tiroirs n'ont pas été vidés de leur contenu. Il est vraisemblable que les militaires y aient pensé, et le fait qu'ils ne se soient pas attardés dans la maison tend à invalider cette thèse.

Reprenant place autour de la table, sur la terrasse, nous sommes muets une bonne minute, avant que Murielle ne s'informe :

— Qu’est-ce qu’on fait, cet après-midi ?

— J’ai annulé les travaux que je devais réaliser avec Sébastien et un copain agriculteur, fait Steven d’un ton las. Je ne sais pas quand Élise va revenir. Ce sera à moi d’annoncer la catastrophe à Sandra et Bérénice. Je ne sais pas quand elles rentrent, d’habitude. Au collège, elles ne finissent pas tous les jours à la même heure.

— On reste avec toi, garantit ma chérie.

— Ça me gêne, vis-à-vis de vous, mais ce n’est pas de refus, parce qu’à peu de chose près au même moment il faudra que je fasse la traite.

— Je t’aiderai. Tu m’expliqueras, et ça ira.

— Merci, Max, mais pour la traite j’y arriverai seul. Merci à vous deux d’être présents.

Conséquence des événements, un coup de pompe nous envahit progressivement. N’ayant pas pris le temps de se restaurer, Steven entre se préparer un en-cas pendant que nous nous rendons dans notre maison.

— Et maintenant, quel est le programme ? interroge Murielle.

— On essaie de profiter de nos vacances, même si le cœur n’y est pas. Tu as une idée ?

— Oui. Mes bras pèsent une tonne depuis hier matin, mais pas mes jambes. Il faut que je me défoule. On va courir ?

En un claquement de doigts, toute notion de

fatigue disparaît. Deux minutes pour troquer nos vêtements contre un short et un tee-shirt, et nous sautons dans nos chaussures de sport. Rien de tel que l'effort physique pour chasser la perfide torpeur qui s'était emparée de nous.

*

Nous courons sans parler, économisant notre souffle, tentant de faire abstraction de la sinistre période que nous traversons. Certes, les familles Séminou et Pourriou sont plus impactées que notre couple, mais leur détresse ne peut glisser froidement sur nous. Nous parcourons environ quatre kilomètres avant de faire demi-tour. Si nous ne rechignons pas à la course de fond, nous ne sommes pas non plus des aficionados. Quand nous arrivons à la hauteur du groupe de maisons à l'entrée de la voie sans issue, un papy à la face ridée, appuyé sur son portillon, lève un pouce d'encouragement. Un petit signe de la main, et nous poursuivons sur le même rythme. À quelques dizaines de mètres de la maison de Steven et Élise, une idée me vient.

— On continue un peu ? J'aimerais voir le terrain que se disputent les deux familles. Il doit être sacrément grand pour justifier des rancunes ancestrales.

— Vas-y si tu veux, je suis morte. Donne-moi la clé, je vais à la douche.

La sortant de ma poche, je la lui tends et, tandis qu'elle ralentit, je continue sur ma lancée, sans une œillade vers les maisons des Combrait. Si l'un d'entre eux me voit, il doit se demander où je vais. Ce footing est un excellent prétexte pour satisfaire ma curiosité. Tant que je ne pénètre pas sur une propriété ni même en l'occurrence sur un terrain dont on ignore qui en est le vrai propriétaire, où est le mal ?

Après deux cents mètres, la route marque une courbe qui me cache des cinq maisons. Sans faiblir, je maintiens ma vitesse malgré la pente. Encore deux cents mètres, et la route bordée de champs en culture s'achève. Un terrain dont il est impossible d'estimer la superficie, en raison d'une végétation anarchique, me fait face. Il doit mesurer une quarantaine ou une cinquantaine de mètres de large, mais il conviendrait de demander à l'astronaute Thomas Pesquet une vue du ciel pour avoir une notion de sa longueur. Ceinturé d'un talus, à l'exception d'une trouée de quatre mètres, il est évident que c'est là qu'à l'origine se trouvait l'entrée. Il n'y a pas de barrière pour empêcher l'accès. Inutile, une forte densité de ronces et orties s'en charge. Déçu de ne pouvoir m'en faire une idée plus précise, je rebrousse chemin et reprends mes petites foulées.

Si dans la famille Combrait, Ludovic est le

costaud querelleur et Nicolas, aperçu à Quiberon, le menuisier, celui qui vient chercher son courrier dans sa boîte aux lettres ne peut être que Yannick. Entendant mes pas résonner sur le sol, il tourne vers moi une tête intriguée, estimant certainement qu'il n'est pas courant qu'un joggeur se perde dans ce secteur. Parce que je ne suis pas bégueule, et que cela correspond à ma nature, je le gratifie d'un bonjour amical. Il ne répond pas, mi-surpris, mi-dubitatif. Pas grave, j'ai démontré que je ne suis pas le mauvais bougre que notre première rencontre pouvait laisser augurer.

Devant la maison de location, j'effectue des assouplissements, une série de pompes, des étirements et une nouvelle série de pompes. Un peu crevé, haletant, je m'envoie des gorgées d'eau à même une bouteille, que je vide. Murielle étant toujours dans la salle de bains, je vais à ma voiture chercher mon matériel de plongée, que je rince avant de le mettre à sécher sur notre terrasse. Stop, assez pour aujourd'hui ! Je ne fais plus rien, je n'en ai pas le courage.

IV

Mardi

La fin de journée fut difficile, sur le plan émotionnel, en particulier pour Steven, qui dut se charger d'annoncer la triste nouvelle à ses nièces et à ses filles. Les quatre gamines étaient dévastées par la douleur, pleurant sans arrêt. Nous ne fûmes pas trop de trois pour les entourer de notre affection, essayant de les rassurer quant à l'état de santé de Sébastien alors que nous ignorions s'il était toujours vivant.

Axelle et Élise arrivèrent vers vingt heures, anéanties, vidées de leurs forces. Sébastien n'avait pas repris connaissance, et les médecins se disaient réservés quant à son état. Outre une plaie importante à la tête, il souffrait d'une jambe et d'un bras cassés, et de trois côtes fêlées. Pris en charge dès que l'hélicoptère se fut posé, un scanner cérébral détecta un hématome sous-dural, qui comprimait le cerveau. Une intervention visant à aspirer le sang afin qu'il reprenne sa place fut aussitôt réalisée, avant de traiter les autres blessures. Seb était plongé dans un coma artificiel, le neurochirurgien se réservant quelques jours avant de l'en faire sortir. Les autorités de gendarmerie devraient patienter avant de l'entendre, afin de peut-être lever le voile sur l'identité de l'agresseur.

Ivre de colère, il fallut tempérer Steven pour empêcher qu'il ne traverse la route pour affronter le clan Combrait, ce qui n'aurait fait qu'ajouter une couche à une dramatique situation qui n'en avait pas besoin. Murielle et Élise accommodèrent des restes en quelques minutes, et quand tous estimèrent avoir suffisamment mangé, en gros le quart ou le tiers de ce qu'ils avalent en temps normal, il fut décidé qu'il valait mieux se coucher… même s'il était prévisible que le marchand de sable ne ferait pas son œuvre instantanément.

Ce matin, Élise s'est fait porter pâle auprès de son employeur, expliquant sans entrer dans les détails qu'elle n'est pas en état de travailler et qu'une consultation chez son médecin traitant est indispensable. Axelle a obtenu un arrêt de travail du médecin de l'hôpital, et les filles ne se sentent pas aptes à suivre les cours au collège.

Steven a reprogrammé à demain ce qui était prévu pour aujourd'hui. Il s'est occupé de la traite du matin, car les animaux ne peuvent attendre, mais pour le reste, il fait relâche. Son courage a des limites, le moral fait défaut.

Indécis, Murielle et moi hésitons sur la suite à donner. Devons-nous retourner à Concarneau, ou notre présence est-elle quelque part synonyme d'assistance, pour ces personnes au fond du trou ? Après concertation, nous nous résolvons à les accompagner pendant quelques jours, jugeant inhumain et contraire à nos valeurs de les abandonner à leur triste sort. Les balades à Étel, la sortie en mer sur l'île de Gavrinis et son célèbre cairn, ou encore les promenades le long du golfe du Morbihan ne sont pas oubliées, mais repoussées à des jours meilleurs, ceci sans allusion au temps, qui est toujours au beau fixe.

Il est délicat de s'insérer dans des habitudes familiales, de trouver sa place quand elle n'a pas de légitimité. Nous le savons, aussi nous fixons-nous pour ligne de conduite de simplifier la vie des deux familles, veillant à ce qu'elles ne manquent de rien, tâchant d'anticiper les besoins. Ainsi, alors que Murielle entend aller à l'essentiel en s'affairant matériellement du mieux possible, je me porte volontaire pour la corvée des courses. Ayant repéré un supermarché, je m'y rends. Une performance pour moi qui ne suis pas un fervent adepte de ce qu'avant on appelait les commissions. Une heure suffit pour remplir un chariot à ras bord. Il ne fallait pas lésiner, il y a neuf bouches à nourrir.

Sur le retour, après avoir bifurqué pour embouquer le cul-de-sac, j'aperçois le grand-père vu la veille, lors du footing. Sans réfléchir, je freine et m'arrête. Il est à la même place, presque dans la même position, les coudes sur son portillon.

— Bonjour, Monsieur. Ça va bien ?

— Salut. Oui, ça va.

— Je vous dérange, où vous avez quelques minutes à m'accorder ?

— J'ai toute la vie, du moins ce qui me reste à vivre. C'est pour quoi ? N'êtes pas un représentant, au moins ?

— Non, absolument pas. Soyez tranquille, je ne vais pas essayer de vous vendre n'importe quoi.

Plus qu'une parole, un hochement de la tête indique qu'il est tout ouïe.

— Vous nous avez vus passer en courant, hier, ma femme et moi. Nous avons loué une maison pour la semaine, un peu plus haut. Le voisin des gens chez qui nous sommes a été attaqué, alors je me demandais si vous aviez vu passer quelqu'un, hier, entre onze heures et midi.

— Je me souviens de vous, même que j'ai dressé le pouce pour vous féliciter et vous encourager à courir plus vite et plus longtemps.

— C'est ça, c'était bien nous.

— Ah, elle marche bien, ma mémoire ! Le corps, c'est plus ça, mais la tête, je ne peux pas me plaindre. Quatre-vingt-onze ans en décembre. On ne dirait pas, hein ?

— Pas du tout, je suis en face d'un jeune homme. Justement, vous souvenez-vous d'avoir vu passer une voiture, hier, en fin de matinée ?

— Je n'étais pas chez moi, j'avais rendez-vous chez le toubib. Ma fille est venue me chercher, et elle m'a ramené vers midi un quart. Par contre, j'ai vu un hélicoptère passer. C'est rare.

Crotte. Moi qui espérais glaner une information…

— D'ailleurs, l'hélicoptère venait d'un peu plus haut, là. Vous savez ce qu'il y a eu ?

— C'est le voisin du couple chez qui nous louons une petite maison qui s'est fait attaquer. C'est pour cela que je vous demandais…

— Je n'étais pas là, je vous dis ; sinon, j'aurais pu vous renseigner. Qui s'est fait attaquer ? Un Combrait ou un Barré ?

— Sébastien Séminou, qui est marié avec la fille Barré, Axelle.

— Je vois, un gars avec un bouc.

— C'est exactement ça.

Qu'il semble disposer de ses facultés mentales m'incite à quêter des précisions auprès de celui qui est la mémoire vivante du quartier.

— Vous habitez ici depuis longtemps ?

— Depuis toujours. Je suis né dans cette maison, et j'y mourrai.

— Le plus tard possible, j'espère.

— Moi aussi, mais on verra. Tant que je peux faire mon train-train.

Les banalités expédiées, entrons maintenant dans le concret :

— En discutant avec l'autre fille Barré, Élise, qui est l'épouse de Steven Pourriou, j'ai appris qu'ils sont brouillés avec les Combrait. Ils ne savent pas pourquoi, mais rien ne pourra jamais les rabibocher. Vous le saviez ?

— Pour sûr ! Tout le monde sait ça, par ici. Des têtes de mule, d'un côté de la route comme de l'autre.

La machine est en route. Surtout, pas de fausse manœuvre…

— C'est incompréhensible. Jamais je n'aurais imaginé que dans un coin aussi tranquille les gens en viennent à se détester. C'est dommage, un jour on peut avoir besoin de ses voisins.

— Des imbéciles ! soupire-t-il. Enfin, les enfants, je ne sais pas, je ne les connais pas vraiment, mais leurs parents se comportaient comme des imbéciles. Quand j'étais gosse, je me rappelle que les vieux aussi se faisaient la gueule.

— C'est dingue. Je ne vois pas pour quelle raison on peut en arriver là. Au fil des années, il faut laisser tomber les querelles des anciens, et vivre en bonne intelligence.

— Ben oui, mais s'ils ne sont pas intelligents, c'est foutu.

Y aller doucement, ne pas le brusquer, ne pas le braquer…

— Personnellement, je ne pourrais pas vivre comme ça. J'aurais vendu la ferme et j'aurais déménagé. Je serais allé m'installer ailleurs.

— Ben oui, moi aussi. Mais, de génération en génération, ils ont écouté les vieux, alors ils font pareil.

— Mais qu'est-ce qui peut bien les retenir ici ? Peut-être que la terre est meilleure qu'ailleurs, peut-être qu'ils peuvent produire plus.

— Hum… Vous n'avez pas soif, à causer comme ça ? Un petit coup, ça vous dit ?

— Vous croyez que c'est raisonnable, à cette heure-ci ?

— Il n'y a pas d'heure pour un coup de cidre. J'en bois depuis que je suis né, et je suis toujours là !

— Dans ces conditions, je veux bien y goûter. Comme ça, je serai centenaire.

Un éclat de rire secoue sa vieille carcasse. S'assurant que je le suis, il ne se dirige pas vers sa maison mais vers un appentis en bois construit sur le côté, dont la porte est entrouverte.

— Ici, il reste au frais.

Trois barriques de deux cents litres sont impeccablement rangées. Un verre à la propreté douteuse est posé sur celle du milieu, un verre comme on en avait à la cantine, en primaire, au fond duquel était inscrit un chiffre. Avec les copains, on cumulait ce nombre à notre âge et on fanfaronnait si on était le plus âgé de la tablée. Le lendemain, c'était à un autre de se pavaner.

— C'est comment ton prénom ? s'enquit-il en laissant couler un liquide d'un jaune tirant sur le brun, l'alcool même léger étant peut-être synonyme de tutoiement.

— Maxime. Et vous ?

— Lucien. Les copains m'appellent Lulu.

— Je dis Lulu, alors ?

— Maintenant qu'on boit un coup ensemble, tu peux, déclare-t-il en souriant, découvrant de rares chicots. Et tu peux aussi me dire tu. Tiens, bois, c'est du bon !

En saisissant le verre, je me demande où je vais poser mes lèvres tant il est sale. Comme il est exclu que je chagrine mon nouveau copain, j'y vais franco. Sous son air attendri, je conserve la première gorgée en bouche, comme le ferait un œnologue. Tout en avalant, je balance plusieurs signes de tête pour exprimer le bien que je pense du breuvage.

— Très bon, Lulu. Excellent !

C'est vrai qu'il est bon, mais il faut reconnaître que j'en fais des tonnes pour le caresser dans le sens du poil.

— Tu n'en bois pas ?

— Si, après toi. Mais ne te presse pas.

Je comprends ainsi qu'il n'y a qu'un verre, et qu'il boira seulement quand j'aurai terminé. J'avale cette fois une bonne gorgée mais, désireux de pousser plus avant dans la genèse du conflit, je reviens à mes moutons.

— À ton avis, pourquoi ces deux familles se détestent ?

— Han, va savoir !

— Tu n'as pas ta petite idée ?

Ses yeux ne quittent pas le verre. Il lui tarde de se désaltérer. Et moi, il me tarde d'en apprendre plus. Opérant toujours comme un œnologue, je donne au verre un mouvement tout en rondeur, comme pour en extraire les meilleures senteurs, et brasser les composants pour qu'il n'en soit que meilleur. Ses billes suivent le verre, sa langue caresse sa lèvre supérieure. Il est à point.

— Il y a sûrement eu un événement qui a fâché ces deux familles. Dis-moi ce que tu sais, Lulu.

— Heu, oui… Quand j'étais gosse, je me souviens d'avoir entendu mes vieux parler. Un jour, mon père a dit à ma mère qu'on avait trouvé sur un terrain des trucs qui remontaient à des siècles. Il ne savait pas ce que c'était, mais en tout cas ça devait avoir de la valeur. C'était pas un trésor, mais des trucs anciens. À l'époque, on n'avait pas les moyens comme maintenant pour travailler la terre. Celui qui avait un cheval était riche, car c'était plus facile pour remuer la terre avant de semer. Avec un cheval, tu pouvais travailler dix ou vingt fois plus de terrain qu'un autre. Alors, chacun avait un bout de terrain en fonction de ce qu'il avait le temps de travailler, pas plus. Dans plein d'endroits, il y avait des terrains à l'abandon. C'était comme ça, et puis c'était tout.

Comme il marque un temps, nouveau tour du poignet tout en rondeur pour activer la pompe à paroles. Hypnotisé par le cidre qui lèche les parois du verre, il ne se fait pas prier.

— Mais quand la rumeur d'un trésor, ou je ne sais pas quoi, a commencé à circuler, tout le monde voulait savoir où c'était. C'est alors qu'il y a eu une chicane entre les Barré et les Combrait. Tout le monde a cru que c'était par chez eux qu'on avait découvert le magot, mais ils n'ont jamais rien dit.

— Aucune des deux familles ?

— Non, aucune.

Deux secondes de silence soulignent que je dois de nouveau le relancer. Je porte le verre à mes lèvres, et bois une nouvelle gorgée, n'en laissant plus qu'une ultime avant que ne vienne son tour, ce qui ne lui échappe pas.

— Un peu après, j'étais trop petit pour savoir si c'était en semaines ou en mois que ça se comptait, les deux familles ont acheté chacune deux chevaux et des vaches, et mieux encore, elles ont fait construire une maison, ce qui était incroyable pour l'époque. Pour tous les voisins, il n'y avait pas de secret, c'est par chez eux qu'on avait découvert le magot.

— Si ce n'était pas de l'argent, tu sais à qui ils ont revendu leur trésor ?

— Non. Et je pense que personne ne l'a jamais su.

Il est temps de mettre un terme à son calvaire. Je vide le verre d'une seule traite, et le lui tends.

— Tiens, Lulu ! À toi, maintenant.

Une main tremblante touche la mienne pour attraper le verre. Un geste vif pour expédier sur le sol de terre battue la dernière goutte, et le robinet du fût est mis à contribution.

— Il est formidable, ton cidre. Et ton histoire sur ce trésor est très belle. Tu crois qu'elle est vraie ?

Il suspend son geste alors qu'il allait se rincer le gosier, ce qui témoigne de l'émotion que lui procure ma question.

— Sûrement qu'elle est vraie. Je l'ai entendue de la bouche de mes parents. Si tu es un copain, t'es obligé de me croire.

L'entretien imprévu se poursuit une dizaine de minutes, mais je n'en retire aucun enseignement supplémentaire. J'adore les personnes âgées. Elles sont souvent source d'enseignement, d'humour et de valeurs que beaucoup de nos contemporains ont oubliées, emportés par le tourbillon de notre société égoïste. S'accorder une pause pour s'entretenir avec elles est rarement une déception. Parce qu'elles ont pris le temps de réfléchir, parce qu'elles ont connu un avant tellement différent, leur regard sur notre époque, sans être obligatoirement critique puisqu'elles savent en apprécier les bienfaits, amène à remettre certains de nos comportements en question. En quittant mon pote Lulu, je me promets de revenir le voir avant le retour en Finistère.

Je ne suis resté qu'une demi-heure, loin de me douter de ce qui m'attendait. Deux véhicules de la gendarmerie sont garés de part et d'autre de la route, bloquant le passage au niveau de la maison de Sébastien, ce qui me permet tout de même d'entrer la voiture chez Élise et Steven. Un militaire use de son portable, sûrement pour vérifier une information ou demander des ordres.

N'ayant rien à me reprocher, je le salue d'un signe de tête par-dessus la haie coupée il y a peu, et prends dans le coffre deux sacs imposants pour un premier voyage. Priorité : mettre au frais ce qui doit l'être, car j'ai en partie rompu la chaîne du froid le temps de mon échange avec Lulu.

Élise ouvre la porte juste quand je me présente devant celle-ci.

— Oh, ça tombe bien, il y a du poids.

— Toi aussi, tu tombes bien ! Le lieutenant Jacq veut te voir. Il a de nouveau interrogé Steven, et ce sera bientôt ton tour.

— Il fallait s'y attendre. Je vide le coffre d'abord. Murielle est là ?

— Oui. Elle a essayé de te joindre, mais tu n'avais pas pris ton portable.

L'esprit en vacances malgré le drame, je n'y ai pas pensé.

— Et Steven ?

— Il est avec Axelle, chez elle, sans doute avec les gendarmes.

Deux allers-retours entre le coffre de la voiture et la maison, et j'explique à Murielle, qui nous a rejoints :

— Je vais attendre sur le bord de la route. Inutile que les filles assistent à ce spectacle ou qu'elles entendent les conversations. À tout à l'heure.

Je ne l'avais pas remarqué en arrivant, mais un des frères Combrait, en l'occurrence Yannick, est assis à l'arrière de la voiture de gendarmerie. Comme je le prédisais hier, le but de ce second interrogatoire est de s'assurer que les versions ne varient pas, quitte à poser les questions différemment, pour tenter d'en apprendre plus ou de mettre en exergue des explications contradictoires. Je patiente dix bonnes minutes, avant que la porte de la maison de Ludovic Combrait ne pivote sur ses gonds. Le lieutenant apparaît, suivi du costaud, lui-même suivi d'un autre gendarme. Quand il me découvre, l'aîné de la fratrie ne se contrôle plus.

— Tu es là, toi ! Tu vas voir ce que tu vas prendre quand je vais m'occuper de toi ! Depuis que t'es arrivé, c'est le bordel !

— Taisez-vous ! aboie l'officier en se retournant.

— Sûrement pas ! Je suis sûr que c'est lui qui a tabassé le voisin. Hors de question que je paie pour lui.

Il a joué des coudes pour se débarrasser du gendarme placé derrière lui, mais de solides menottes contrecarrent ses velléités. Si ce n'était suffisant, le lieutenant et un troisième gendarme aident leur collègue. Manu militari, l'individu est dirigé vers une voiture et, sans avoir le choix, poussé sur la banquette arrière. La portière refermée, le lieutenant vient vers moi.

— Il serait bon que nous ayons une discussion, monsieur Moreau.

— Je suis à votre disposition. Allons comme hier dans la maison de location, ce sera plus discret.

Nous marchons de concert. Murielle, qui allait s'allonger sur un transat, se redresse en nous apercevant.

— Vous pouvez rester là, Madame, nous allons fermer la porte.

Le ton envers ma compagne est prévenant,

courtois. Sans doute conserve-t-il pour moi un mode plus acerbe. Assis de part et d'autre de la table, nous nous observons tandis qu'il allume son ordinateur. Loin de moi l'idée d'engager la discussion. Quand il est prêt, il me toise par-dessus l'écran.

— Monsieur Moreau… Ou devrais-je dire capitaine Moreau !

Mon petit secret n'en est plus un, mais je n'ai jamais douté qu'il perdure.

— Pourquoi ne m'avez-vous pas dit, dès hier, votre fonction et votre grade ?

— Ça n'aurait rien changé. Tout officier que nous sommes dans le cadre de nos fonctions, en dehors des heures de travail, nous sommes des citoyens comme les autres, qui doivent obéir aux lois de la République et se plier aux obligations. Je me suis comporté comme Maxime Moreau, un policier en vacances pour deux semaines.

— J'aime votre réponse. Vraiment. Vous comprenez cependant que je doive vous entendre pour cette terrible affaire ?

— Évidemment. À votre place, je le ferais également.

Un sourire bienveillant, et il s'accorde un instant, sans doute pour faire un copier-coller de mon état civil sur une nouvelle feuille.

— Nous pouvons commencer. Monsieur Moreau, narrez-moi votre matinée d'hier. N'omettez rien.

J'enregistre la suppression du titre capitaine pour monsieur. Normal, je suis un individu lambda… sans alibi.

*

Quand nous en avons terminé, Murielle n'est plus sur le transat. Je raccompagne le lieutenant Jacq jusqu'à la limite de la propriété, puis reviens vers la maison d'Élise et Steven.

— Alors ? consulte ma chérie quand elle me voit, posant l'économe et le concombre qu'elle tenait pour préparer une salade composée pour le déjeuner.

— Alors, rien. Je suis un suspect comme les autres. Comme ils sont limités en nombre de cellules, il ne me place pas en garde à vue, mais j'ai interdiction de m'éloigner d'ici. T'inquiète, on pourra quand même aller se balader, mais dans un périmètre restreint.

— Il sait qui tu es ?

— Oui. Un tour sur le TAJ ou d'autres recherches basiques, et c'était un secret de polichinelle.

— Le… ?

— Le TAJ, pour traitement des antécédents judiciaires. Ce n'est pas là qu'il m'a trouvé, mon casier est vierge, mais c'est la première démarche qu'on effectue quand on a affaire à un quidam, pour vérifier s'il a un passé. Tu as vu Steven ?

— Il est reparti travailler.

*

Heureusement que la télévision était allumée, durant le repas. Nous étions huit, nos hôtes et leurs enfants, les deux filles de Sébastien, car Axelle était déjà partie à l'hôpital au chevet de son époux, et Murielle et moi. Les mots étaient rares, d'une banalité de circonstance.

Dans notre location, ma chérie et moi hésitons sur le programme de l'après-midi. Certes, l'envie de se balader est grande, mais il nous est moralement difficile d'abandonner Élise à la garde de ses filles. Nous convenons de couper la poire en deux, décidant d'une excursion à Sainte-Anne-d'Auray, avant de revenir la remplacer car elle a rendez-vous chez son médecin traitant à dix-sept heures. Dans l'intervalle, Élise ira à son rencard chez le toubib, escomptant un arrêt de travail pour supporter la situation.

Ce ne sont pas nos croyances religieuses qui nous conduisent à la capitale bretonne de la spiritualité, mais une saine curiosité comme annuellement en ressentent des milliers de badauds. Mine de rien, entre la basilique, le cloître des carmes et les bâtiments annexes, le mémorial de la Première Guerre mondiale, ou encore l'impressionnante Scala Santa, plus de deux heures se sont écoulées sans que nous nous en apercevions.

De retour à notre point de chute, l'ambiance n'est pas folichonne. Axelle n'est pas revenue de l'hôpital de Nantes. Elle a appelé Élise pour l'aviser que Sébastien n'a toujours pas repris connaissance, et que son état est stationnaire. À défaut d'être rassurante, cette information entretient l'espoir. Nous essayons de nous rendre utiles, d'apporter une diversion, mais le compréhensible manque d'entrain de toutes est criant. Murielle propose un jeu de société, une partie de quilles suédoises, mais le programme n'enchante pas les quatre jeunes filles. À l'étage, dans une chambre, elles ne se quittent pas.

Élise a bénéficié d'un seul jour d'arrêt de travail. Dès demain, elle reprendra la route de l'EHPAD d'Auray qui l'emploie, la mort dans l'âme. Puisqu'elle a aussi besoin de changer d'air, d'un clin d'œil et d'une mine entendue, je fais comprendre à Murielle qu'il serait bienvenu qu'elle et sa copine s'accordent un moment de distraction. Pour s'oxygéner les neurones, une promenade sur le port de Saint-Goustan, le long de la rivière d'Auray, est aussitôt décrétée. Quant à moi, je reste à la maison, à la disposition des filles. Je vais bouquiner, avant de m'atteler au repas en attendant le retour des femmes et de Steven, qui à cette heure doit s'affairer dans la salle de traite.

Je tourne les pages d'un polar breton trouvé sur l'étagère d'une mini-bibliothèque, mais son contenu ne s'imprime pas dans mon cerveau. Ce n'est pas qu'il ne soit pas passionnant, loin de là, mais mon esprit vagabond nuit à la bonne compréhension. Les paroles de Lulu reviennent en boucle, en particulier l'allusion au trésor mis au jour un siècle plus tôt. Il ne peut y avoir de lien entre l'agression de Sébastien et cette découverte, mais connaître le fin mot de cette histoire, en escomptant que ce ne soit pas juste une légende, permettrait de mettre un terme aux chicanes entre les Combrait et nos amis. Qui sait, avec un peu de bonne volonté, les relations de voisinage pourraient s'améliorer.

V

Mercredi

Ce mercredi, la maison est vide. Les quatre filles sont au collège, Steven dans un champ ou à la ferme, et Élise a repris le travail. Bénéficiant d'un arrêt de travail jusqu'à la fin de la semaine, Axelle a repris la route de Nantes, où elle va passer une nouvelle journée auprès de Sébastien, dans l'espoir de nouvelles positives.

Consultant la carte et le guide offerts par Élise à notre arrivée, Murielle et moi avons opté pour une matinée mi-culturelle, mi-sportive. Avant une séance de paddle sur la rivière de Crach, les amateurs de vieilles pierres que nous sommes désirent voir les alignements de Kerzhero, dans la commune d'Erdeven. Sous un soleil encore chaud pour la saison, nous musardons entre les alignements de menhirs, nous interrogeant comme tout le monde sur la signification originelle de leur création. Suivant les recommandations du guide, nous nous hasardons dans le bois du Varques, nous fiant aux panneaux pour découvrir d'autres mégalithes. Le point final est le dolmen de Crucuno. Certes, nous avions convenu de nous passer de montre et de portable, mais nous nous en sommes quand même munis car nous avons promis d'être à la maison pour nous occuper des filles à leur retour de l'école. C'est au pas de course que nous rebroussons chemin. L'initiation au paddle attendra.

Nous survenons à l'entrée du cul-de-sac juste lorsqu'un car dépose les filles, qui n'ont pas cours cet après-midi. Les sacs dans le coffre, toutes les quatre se serrent sur la banquette arrière. Mon copain Lulu est à sa place au portillon. Je me dois de le saluer. Baissant la vitre côté passager, je le hèle.

— Bonjour, Lulu. Tu vas bien ?

— Salut, Maxime. Oui, toujours en pleine forme. Tu reviens me voir quand tu veux, je te ferai goûter un autre cidre. Je l'ai fait avec d'autres variétés de pommes.

— Tu peux compter sur moi. À bientôt !

Alors que je pousse la première avant de passer la seconde, Murielle pose sur moi un regard étonné.

— Comment tu le connais ?

— Je me suis arrêté le saluer, hier, en revenant des courses. Il est cool, le papy.

— Tu discutes avec tout le monde.

— Pas avec tout le monde, avec ceux que je présage sympas. Il m'a versé un verre de cidre, directement tiré d'une barrique. Il était bon, d'ailleurs.

La présence des filles la contraint à ne pas creuser. Je me fendrai d'une explication lorsque nous serons seuls.

— Il est gentil, le vieux Lucien, dit Daphné. L'année dernière, pour Halloween, on était allés frapper à sa porte.

— Oui ! la coupe Mylène. On croyait qu'il ne nous aurait pas ouvert et, en fin de compte, il nous a donné beaucoup de bonbons.

— Il avait une boîte pleine jusqu'à ras bord, s'amuse Sandra. On avait pris la moitié.

Des rires marquent ce souvenir, et sous-entendent que cette année elles ne manqueront pas de passer le voir.

Steven nous a devancés. La table est mise ; sur la gazinière, l'eau d'une casserole commence à bouillir.

— Jambon-nouilles à midi, les filles. Murielle et Max, vous mangez avec nous ?

— Non, fait ma compagne, notre frigo est plein depuis samedi.

— Comme vous voulez. C'est toujours d'accord pour rester avec les filles cet après-midi ?

— Oui, bien sûr. Il fait beau, on va les amener à la plage.

Je découvre ainsi le programme. Il y a plus désagréable, c'est évident. Mais s'il était clair que nous passerions l'après-midi avec elles car il est inenvisageable qu'à la suite des récents événements elles restent seules à la maison, je ne m'attendais pas à être impliqué dans le plan. C'est ce dont je m'ouvre à Murielle quand nous arrivons dans notre location.

— Comment tu vois les choses ?

— Hier, en discutant avec le papy, il m'a parlé de ce qui pourrait être le point de départ de la brouille entre les deux familles. Il a évoqué la découverte d'un trésor, dans un champ, il y a environ un siècle. Si tu es OK, j'ai bien envie d'aller à la mairie d'Auray, au service urbanisme, pour tenter d'y voir plus clair dans cette histoire de terrain dont les deux familles revendiquent la propriété.

— Tu crois que personne ne l'a fait auparavant ?

— Élise a affirmé qu'elle était allée à la mairie, il y a un bon moment de cela, mais sans rien faire avancer. Je n'ai pas la prétention d'être plus malin, mais on ne risque rien à essayer.

— Tu as gagné, je gère les minettes. On sera bien, entre filles.

*

Il n'y a que cinq places dans notre voiture. Pour que je puisse me déplacer, Steven m'a prêté son vélo. Je fais usage d'une pompe pour les pneus, comme il n'a pas servi depuis longtemps, d'un liquide gras pour la chaîne, et je saute sur la selle.

À la mairie d'Auray, l'hôtesse d'accueil m'apprend que le service de l'urbanisme n'est pas ici, mais au pôle municipal du Penher. M'offrant un plan de la ville, elle me montre comment m'y rendre. Là, une femme me reçoit dans son bureau. La cinquantaine, rousse à n'en plus pouvoir, jean et chemisier à fleurs, elle est d'un abord agréable.

— Que puis-je pour vous ?

— Je suis ami avec un couple qui a des soucis de voisinage. Visiblement, leur famille et celles de ses voisins se disputent un terrain, dont personne ne sait véritablement à qui il appartient. Cette situation génère des conflits, et comme je suis en congé, je me suis proposé pour essayer de résoudre ce problème.

— Le mieux serait de vous adresser au service Archives et Patrimoine.

— D'accord. C'est dans ce même bâtiment ?

— Non, à l'Espace Athéna.

Je dois avoir des points d'interrogation à la place des yeux, car vite elle renseigne :

— En sortant, prenez à gauche et dirigez-vous vers l'église Saint-Gildas, dont vous apercevrez le clocher. Longez l'église ; plus loin, traversez la place Notre-Dame et continuez sur deux cents mètres. Vous serez arrivé.

Ainsi conseillé, impossible de me tromper. Le service Archives et Patrimoine est au rez-de-chaussée de la construction, qui accueille également la médiathèque et le service culturel, mais pas seulement…

Un panonceau explique que les visites se font sur rendez-vous, mais je feins de ne pas le voir et actionne la poignée. Levant la tête par-dessus l'écran de son ordinateur, une femme dit quatre ou cinq mots à une personne qui m'est cachée. Un homme jeune, plutôt grand, aux cheveux mi-longs châtains et portant lunettes vient ouvrir après avoir ajusté son masque. Je le salue, ainsi que les deux femmes qui travaillent dans la même pièce.

— Je viens de la part de votre collègue de l'urbanisme, fais-je pour entamer la conversation, avant de reprendre quasiment mot pour mot ce que j'ai dit un temps plus tôt à la charmante rousse.

— Venez, je vais voir ce que je peux faire. Où est situé ce terrain ? questionne-t-il quand nous sommes assis de part et d'autre de son bureau.

— Je n'ai pas les données cadastrales mais, sur le plan, là derrière vous, je peux vous le montrer.

— Allez-y.

Covid oblige, il se lève et fait rouler son siège pour me céder la place.

— Que je me repère… Ici, à l'extrémité de cette route qui est un cul-de-sac.

— Je vois. Reprenez votre place.

Quand nous sommes assis face à face, il tapote sur le clavier de son ordinateur. Une trentaine de secondes lui est nécessaire pour récolter des éléments.

— C'est un terrain considéré sans maître. Nul ne peut en revendiquer la propriété.

— Ils ont pourtant un document l'attestant.

— Si vous le dites, mais cela ne correspond pas à nos informations. Selon les documents en notre possession, ce terrain sans maître peut à tout moment faire l'objet du droit de préemption de la mairie, si un aménagement ou un projet se déclarait. Il y a peu de chances, là où il est situé, mais tout est possible.

— Je vous assure pourtant que deux familles possèdent un document attestant de leur propriété.

— Je veux bien vous croire. Toutefois, avoir deux propriétaires pour un même bien est chose curieuse et rarissime.

— Je suis bien embêté… Où se trouve le cadastre ?

— Ici même.

— Formidable ! J'imagine que ce qui remonte à plus d'un siècle est à Vannes, aux archives départementales.

— Absolument pas. Ces dispositions ne valent que pour les communes qui ne disposent pas d'un service des archives. Laissez-moi un moment, je vais consulter.

Manipulant la souris de son ordinateur, ouvrant des fichiers, en fermant d'autres, il demeure silencieux plusieurs minutes, jusqu'à ce qu'il ramène la tête dans ma direction.

— Vous n'êtes pas le premier à chercher à identifier le ou les propriétaires. Plusieurs s'y sont collés, mais il semble qu'aucun ne soit parvenu à ses fins. Drôle d'histoire, en fait. Mais, en fonction de l'époque, il n'était pas rare qu'un document ne soit pas signé pour attester de la propriété d'un bien.

— Qui sont les personnes venues se renseigner ? dis-je en baissant la voix pour ne pas être entendu des deux femmes.

— Je ne divulguerai pas leur identité, fait-il en baissant lui aussi de quelques décibels, mais il est certain que le désir de clarifier cette situation est partagé.

Je balancerais bien le nom Combrait pour guetter sa réaction, mais cela ne servirait à rien.

— Concrètement, où est-il possible de trouver un acte portant mention du ou des propriétaires ?

— Chez un notaire, par exemple. Mais en toute logique, jusqu'ici cela n'a pas porté ses fruits, car il n'y a pas de propriétaire défini. Si une personne a découvert un élément dont je n'ai pas connaissance, il se peut qu'elle ait été déçue par sa trouvaille et n'en ait rien dit.

Pas bête. Si la réalité ne correspondait pas à ses attentes, mieux valait ne rien dévoiler que d'en faire profiter la partie adverse. Et si c'était sur cela que reposait le comportement déplorable des Combrait ! Ils ont cherché, ont découvert que le terrain appartient aux Barré, et depuis font ce qu'ils peuvent pour les pousser à déguerpir, en vendant ferme, maisons et terres. L'occasion serait idéale pour s'approprier le terrain qui pose un problème.

— On m'a parlé d'un trésor, ce qui ne veut absolument rien dire puisque cela peut s'apparenter à une découverte archéologique d'une grande valeur scientifique, ou historique, et non pas financière. En avez-vous eu écho ?

— Non, jamais, fait l'archiviste intrigué. Pouvez-vous être plus précis ?

— Difficilement, pour l'instant…

S'il ne voit pas que sous mon masque je me compose volontairement aux coins de la bouche un rictus un tantinet narquois, mon regard qui se veut embarrassé ne lui échappe pas.

— Savez-vous qu'une découverte historique, peu importe sa valeur, doit être signalée ? fait-il en fronçant les sourcils pour montrer sa désapprobation.

— Tout à fait.

— Eh bien !

Les deux femmes nous observent, ayant parfaitement saisi que la conversation est mal engagée.

— Eh bien, quoi ? De même que vous conservez secrète l'identité de ceux qui sont déjà venus vous rencontrer pour aborder ce sujet, je tais mes sources… Ainsi, nous ne progresserons pas, ni vous ni moi.

Un silence s'installe, lourd, pesant. Il est le premier à le rompre.

— Il n'y a pas eu cinquante personnes. Il y a quatre ou cinq ans, Angèle Combrait est venue. Elle voulait mettre un terme à ces histoires. J'ai sorti les archives en ma possession, mais elle n'a rien repéré d'intéressant. Elle est repartie déçue.

Je vois de façon positive que ce soit un membre du clan Combrait qui ait pris cette initiative. Si pour les anciens la guéguerre des voisins était inéluctable, pour les nouvelles générations et les branches rapportées cela ne pouvait rester en l'état. A-t-elle fait cette recherche par curiosité intéressée, ou pour que cessent les problèmes ? À méditer…

— Qui d'autre ?

— Madame Pourriou et madame Séminou. Celle-ci est venue deux fois, si je m'en souviens bien. Il y a huit ans, et plus récemment, en début d'année. Toutes les deux voulaient comprendre ce qui oppose les deux familles.

Tiens donc ! Je le savais pour Élise, mais Axelle est elle aussi venue à la pêche aux renseignements. Pour ne pas faire d'impair, car elle n'en a peut-être rien dit à ses proches, je m'arrangerai pour avoir une petite conversation avec elle.

— À vous, maintenant. Qu'a-t-on découvert ?

— Vous allez être déçu : je n'en sais rien ! J'ai rencontré un vieil homme, un nonagénaire, qui a conservé en mémoire des échanges entre ses parents. Il semblerait que, peu après la découverte, deux familles se seraient enrichies, et se seraient fait bâtir une maison en dur, ce qui aurait fait jaser dans le pays. Impossible de dater précisément, mais cela remonterait à environ un siècle.

— Je n'ai jamais rien entendu sur ce sujet.

— Le papy dispose de toutes ses facultés, ce qui m'incite à écouter ses affirmations. Avez-vous eu d'autres visites ?

— Sans grand intérêt pour vous, je le crains. Il s'agissait d'étudiants.

— Que cherchaient-ils ?

— Ils travaillaient sur une thèse, ou une maîtrise. Il ne vous aura pas échappé que nous habitons une région très riche en mégalithes. Tout semble avoir été dit, écrit, mais il y a encore des zones d'ombre qui inspirent des chercheurs, en histoire ou autre. La signification des alignements, à Carnac ou à Kerzhero, ne manque pas d'interloquer et de pousser des experts, ou des spécialistes en devenir, à tenter de comprendre leur présence, leur implantation, leur orientation, leur représentativité, leur symbolique…

— Étaient-ils intéressés par le terrain que se disputent les deux familles ?

— J'ignore la motivation de chacun.

Nouveaux clics à gauche sur la souris…

— Voilà. Il y a un an et demi. Un étudiant préparait un master 2, je crois. Attendez, je vérifie s'il a compulsé d'autres documents… Oui, ses recherches étaient élargies, puisqu'elles concernaient aussi des terrains le long du ruisseau du Reclus, ou le parc Treulen. Je suppose qu'il imaginait que la proximité d'un cours d'eau pouvait être propice à l'installation d'une peuplade.

Sa main droite quitte la souris, et vient se superposer à la gauche alors qu'il a les coudes sur le bureau.

— Pourquoi toutes ces questions ? Vous ne m'avez pas dit ce que vous cherchez exactement.

— La vérité, tout simplement ! Je suis en location chez la famille Pourriou, qui, ainsi que la famille Séminou, les deux épouses descendant de la famille Barré, dispute le champ à la famille Combrait. Depuis dimanche, il y a eu plusieurs incidents, dont un d'une grande gravité. Je suis policier, je me suis dit que des recherches permettraient d'y voir plus clair.

Ainsi tournée, ma phrase ne souligne pas que je suis saisi de l'affaire, mais n'interdit pas de le penser. Ce n'est pas pour semer le trouble, puisque plus tôt je n'ai pas caché que je suis en vacances, mais pour me protéger s'il venait la même inspiration aux gendarmes. Seul compte que l'archiviste l'entende de cette façon, et m'apporte son concours.

— D'autres étudiants ?

— Oui, fait-il en reprenant la souris en main. Ça remonte à moins d'un an. Je me souviens de lui. J'ai oublié l'intitulé exact de sa thèse, mais il voulait démontrer un possible lien entre les alignements cités tout à l'heure, le cairn de Gavrinis, le tumulus Saint-Michel, le site de Locmariaquer et d'autres encore. Il voulait mettre en évidence que tout cela correspondait à un ensemble, même s'ils ne datent pas tout à fait de la même époque. C'est un concept intéressant, mais périlleux.

— Oser est l'apanage de la jeunesse. D'autres encore ?

— Pour terminer, une jeune femme. J'ai oublié ce qu'elle faisait comme études. Elle est venue il y a deux mois, en juillet.

Il y a deux mois seulement…

— Pourrais-je obtenir les coordonnées de ces jeunes gens ?

— Je ne sais pas si… Bon, c'est bien parce que vous êtes de la police. En guise de coordonnées, je n'ai que leur nom et prénom.

*

L'antivol du vélo retiré, je décide d'une balade en ville. Je ne suis pas peu fier de mon expédition. Relativisons, il n'y a sûrement rien à chercher du côté des étudiants. En revanche, que les filles Barré et Angèle Combrait aient essayé de définir à qui revient le terrain qui pose souci illustre le souhait commun d'élucider un mystère qui engendre des relations conflictuelles. Et cela depuis une éternité. Le désir de mettre un terme à cette particularité est encourageant. J'envoie quelques coups de pédales, réfléchissant à la suite à donner. Axelle doit être à Nantes, à l'hôpital ; je ne peux rencontrer l'épouse Combrait sans déclencher un cataclysme… Il me reste les étudiants. Un coup de frein devant l'office de tourisme, rue du Lait. Je sors mon portable de la poche de mon short, sélectionne le numéro de mon premier équipier dans le répertoire.

— Salut, Justin. Comment va ?

— Salut, Max. Tu t'ennuies en vacances ?

— Pas une seconde. Tu peux me loger trois personnes ?

— Oh si, tu t'ennuies ! Pour me demander ça, c'est que le boulot te manque. Si tu veux, tu prends ma place, et tu me files tes congés.

— Même pas en rêve. Tape Tristan Récenice, s'il te plaît.

— Ne bouge pas… Tu as de quoi noter ?

— Non, tu fais suivre par SMS.

— D'accord. Heureusement que ce n'est pas un nom très courant, il n'y en a qu'un. Il loge à Angoulême.

Moi qui espérais qu'ils habitent la région, ça commence mal.

— Je ferai avec. Tape maintenant Éva Engelibert.

— Engelibert… Il y en a trois sur le territoire national. La plus proche est à Vannes.

— Ce doit être la bonne. Dans le doute, fais suivre les deux autres. Le dernier, Thibault Pont-Bois.

— Pont-Bois… Il est à Laval. Tu m'expliques ?

— Rien de terrible. Les amis chez qui je suis ont un problème au sujet d'un terrain. Je tente de démêler le vrai du faux, mais ces histoires ne datent pas d'hier. Ça va à la boutique ?

— Nickel ! se marre le Martiniquais. Le boss n'est pas là, on se la coule douce.

— Vous avez bien raison. Je ferais comme vous, à votre place. Salut à Suzy et Simon. Ciao, Juju.

Comment pratiquer ? Je ne vais pas me taper Vannes, Laval et Angoulême, pour rencontrer ces jeunes gens. Parce que la femme est la dernière à s'être rendue aux archives, je commence par elle. Justin n'a pas fait les choses à moitié. Outre l'adresse, j'ai son numéro de portable et son adresse mail. Utiliser le premier est plus rapide. Le temps de préparer une fable, et je lance l'appel.

— Allô, madame Engelibert ?

— Oui.

— Bonjour. En discutant avec un ami, archiviste à la mairie d'Auray, j'ai découvert que, dans le cadre de votre master 2, vous procédez à des recherches historiques. Il se trouve que j'achève un ouvrage sur la ville d'Auray à travers les âges. Je me disais qu'il pourrait être profitable que nous nous rencontrions pour faire le point. Qu'en pensez-vous ?

— Bonjour, Monsieur. Je suis désolée, mais ce n'est pas tout à fait cela. J'ai changé de voie, pour des études d'urbanisme. Lorsque je suis allée dans différents services municipaux d'Auray, je procédais à des recherches sur le potentiel de cette ville pour se développer. Le principe était de recenser les terrains disponibles et, en fonction de leur implantation géographique, d'étudier des possibilités à des fins commerciales, environnementales, ou prioritairement pour y faire construire des logements, sociaux ou non. Par exemple, il convient bien entendu de ne pas le faire à proximité de cours d'eau, en cas de crue.

Bref, je suis à côté de la plaque.

— J'ai été mal renseigné. Bonne fin de journée, Madame.

Par acquit de conscience, j'appelle la deuxième femme disposant de la même identité. Elle vit à Tournay, dans les Hautes-Pyrénées. Le numéro est celui d'un téléphone fixe. C'est un homme qui me répond, son père. Il ne cache pas son étonnement, car sa fille n'a que quinze ans, ce qui me pousse à écourter l'appel. La troisième Éva Engelibert loge à Remiremont, dans les Vosges. Dès mes premiers mots, avant de me laisser exposer l'objet de mon appel, elle m'apprend qu'elle arrive à l'instant de l'aéroport, car elle revient pour deux semaines au pays, maintenant qu'elle est installée aux États-Unis. En clair, ce qui se passe en Bretagne ne la passionne pas…

Ces vérifications effectuées, passons au suivant.

— Allô, monsieur Pont-Bois ?

— Oui, c'est moi.

Puisqu'elle paraît crédible, je sers la même fable qu'à Éva Engelibert, en modifiant master 2 en thèse.

— Effectivement, je me suis rendu aux archives de la mairie d'Auray, mais finalement je n'y ai pas trouvé matière intéressante pour ma thèse. Je ne vous serai pas d'un grand secours, ma thèse n'a pas pour objet l'histoire de cette ville.

— Nous pourrions en discuter, un de ces jours.

— Je n'ai pas vraiment le temps, vous savez. J'ai pris du retard cet été, il faut que j'avance vite, très vite, parce que je dois présenter un avant-projet à mon encadrante dans un mois. Mais une autre fois peut-être.

— Entendu. Enregistrez mon numéro, et appelez-moi si vous revenez à Auray.

— Je n'y manquerai pas. Au revoir.

Puis au troisième, Récenice.

— Oui, je m'en souviens. J'ai reçu un accueil très chaleureux, de la part de votre ami. Il a simplifié mon travail en m'apportant les documents que je demandais.

— Où en êtes-vous de votre thèse ?

— Elle est terminée. Je travaille désormais à Paris, dans une université. Je suis enseignant-chercheur en histoire.

J'objecterais bien que des chercheurs d'histoires il y en a beaucoup, mais cela ne le ferait pas rire.

— Félicitations. L'archiviste me disait que vous aviez effectué des recherches sur plusieurs points de la ville.

— C'est cela. Je n'ai plus en mémoire les noms, mais c'est vrai, même si cela avait en fait un intérêt mineur. Il s'avère qu'il n'y a pas de monolithe sur la commune. À bien y réfléchir, c'était finalement une perte de temps, mais on ne le sait qu'après. On cherche, on cherche, mais on n'est pas toujours récompensé. Heureusement qu'à la BNF j'ai déniché de bonnes infos pour étayer mon texte.

— La BNF ?

— La Bibliothèque nationale de France, à Paris. Il y a là-bas des millions d'ouvrages. C'est une mine d'or. Bonne fin de journée, Monsieur.

En relançant le vélo d'une solide poussée de la jambe, je me fais le constat que je n'ai pas avancé. Je ne vais quand même pas aller à Paris pour définir à qui doit être attribué le terrain. Dépité, je prends le chemin du retour.

*

La voiture n'étant pas à sa place, je sais que Murielle et les filles ne sont pas présentes. Tant mieux, qu'elles passent du bon temps, cela leur mettra un peu de baume au cœur. D'avoir pédalé comme un dératé m'a donné chaud. Une douche et j'enfile un short et un tee-shirt propres. Je décide de faire un saut à la ferme où je trouverai certainement Steven, car il doit être l'heure de la deuxième traite de la journée. Passant devant la maison d'Axelle et Sébastien, en voyant leur voiture, je modifie mon planning.

— Bonjour, Maxime, fait Axelle en m'embrassant sur la joue après avoir ouvert la porte.

— Bonjour, Axelle. Comment va Seb ?

— J'ai vu le neurochirurgien. Il est dans un état stationnaire. Il est maintenu dans un coma artificiel. Ils attendent plusieurs jours pour le réveiller. Un nouveau scanner cérébral confirme qu'il n'y a plus de sang. Pour traiter les autres blessures, ils ont plâtré sa jambe et son bras.

— C'est rassurant, il est entre de bonnes mains. Je peux te parler d'un truc ?

— Oui, de quoi ? fait-elle, soudain sur la défensive.

— Rien de grave. Je reviens de la mairie. Aux archives, le gars m'a dit que tu y étais rendue, au début de l'année. Tu peux me dire ce que tu espérais ?

Gênée, elle se mord les lèvres.

— Seb et Steven voulaient diversifier leurs cultures. Ils cherchaient un terrain agricole pas trop éloigné. Ce n'est pas un problème d'argent. Les terrains agricoles ne sont pas onéreux, contrairement à un terrain pour un projet de construction, mais je me suis fait la réflexion que c'était quand même dommage d'acheter alors qu'il y a là-haut un terrain abandonné. Un jour que je ne bossais pas, je me suis décidée à y aller. J'ai feuilleté un dossier, mais je n'ai pas pu établir à qui il appartient. J'ai perdu un après-midi, mais au moins j'ai essayé. Comment le sais-tu ?

— J'y suis passé, moi aussi. Parmi les personnes qui y sont allées ces dernières années, j'ai vu ton nom, et également celui d'Angèle Combrait. Il faut croire qu'à elle aussi cet imbroglio finit par peser.

— C'est la femme de Nicolas, le menuisier. Sans doute qu'elle n'a rien trouvé, elle non plus. Nous sommes tous victimes d'un vide juridique, et avant nous les parents et les grands-parents Barré et Combrait, voire une ou deux générations encore, et après nous nos enfants, et nos petits-enfants quand ils naîtront. Ce serait tellement simple de s'entendre et de le partager en deux, mais il y a une si forte rivalité que nul arrangement n'est possible. On ne peut même pas s'adresser la parole.

Elle aspire une grosse bouffée d'oxygène, qu'elle relâche d'un coup.

— Je peux compter sur toi pour ne pas en parler ? Si Seb l'apprend, quand il reviendra, il sera furax.

— Pas de problème, évidemment. Si je peux, j'aimerais faire un saut jusqu'aux archives départementales. La solution y est peut-être.

— Je peux te déposer, un matin en allant à Nantes à l'hôpital, et te récupérer en fin de journée.

— Pourquoi pas... Il faudra que j'arrondisse les angles avec Murielle. Il faut que je trouve une astuce pour justifier mon absence. Au beau milieu des vacances, elle risque de ne pas trop apprécier.

— Elle sait que tu étais aux archives cet après-midi ?

— Oui.

— Si tu veux, on peut mettre la conversation là-dessus, ce soir. Je soumettrai que la clé de l'histoire est peut-être à Vannes. On verra ce qu'elle dira.

Je ne suis pas à l'aise de comploter ainsi dans le dos de ma compagne. Je déteste mentir, m'efforçant si cela est vraiment indispensable de le faire par omission. Me grattant le cuir chevelu, je pèse le pour et le contre. Comme je lis sur le visage d'Axelle qu'elle se languit de ma réponse, je ménage la chèvre et le chou.

— On essaie, mais si je perçois un minimum de réticence, je décline.

— C'est plus sage. Je ne veux pas être la cause d'une scène de ménage.

— Ce ne sera pas toi la cause. Soyons réalistes, il faut mettre un terme à cette situation. Plus ça va, pire c'est. Ça ne peut plus durer. J'ai quelques jours devant moi, autant que je me plonge dans le nœud du problème. Si cela permet de le résoudre définitivement, Murielle m'en sera reconnaissante. Tiens, la voilà, justement. À plus tard.

Je la vois ouvrir le portail et entrer notre 406. Derrière suit une C4 blanche à toit noir, qui s'engage dans la courte allée qui mène à la maison du menuisier. En sortent une femme brune, bronzée, en jupe et débardeur, et trois garçons qui en se taquinant marchent vers la porte. Je franchis la limite de propriété de la maison d'Axelle quand la femme se prépare à refermer la porte après le passage de ses gamins. Lorsqu'elle jette un regard vers moi, je fais un signe de tête pour la saluer, ce qu'elle feint de ne pas voir. Il y a trop d'antécédents, même si je n'y suis pas mêlé, pour qu'une tentative de rapprochement ait une chance d'aboutir.

*

Bérénice et Sandra vont rejoindre leur maman, Mylène et Daphné montent se doucher. Sur notre terrasse, où nous a rejoints Frenchi, nous buvons une bière tout en discutant du contenu de notre après-midi. Après une partie de volley-ball sans filet, où le nombre d'échanges de balle était rarement supérieur à trois, les filles se sont baignées. Le goûter, un nouveau bain, puis Murielle leur a payé une glace. Le paradis !

À mon tour, je raconte la stérilité de mes recherches aux services municipaux, expliquant que tout ce qui est antérieur à un siècle est à Vannes, ce que Murielle ne commente pas. J'ai au moins eu le mérite d'essayer…

Élise ne rentrera que vers vingt heures, en raison de ses horaires de travail à l'EHPAD. Quant à Steven, la spécificité de son job fait que ses horaires sont variables, en fonction de la saison, de la naissance d'un veau ou d'autres événements difficilement prévisibles. Il nous rejoint peu après dix-neuf heures, harassé, les cheveux plaqués sur la tête tant il a eu chaud.

— Je viens de voir les frères Combrait.

— Ils t'ont parlé ?

— Non. À leurs yeux noirs, ils auraient plutôt aboyé, je crois.

Simple hasard sans lien avec le mot « aboyé », le bouledogue français en manque de caresses vient se frotter aux jambes de son maître. La sonnerie de son portable retient Steven, qui allait se plier pour attraper son chien.

— Allô !

— …

— Oui, il est avec moi.

— …

— D'accord. À demain.

Il coupe la communication, pose son appareil sur la table.

— Maxime, on est attendus demain à neuf heures à la gendarmerie. Ils ne nous lâcheront jamais, hein !

— C'est la procédure. Ils espèrent qu'on se plante dans nos explications, que notre description de l'enchaînement des faits ne soit pas identique, pour coincer le coupable. Le tout est de dire la vérité, de ne rien passer sous silence car, si par la suite ils viennent à l'apprendre, ce sera mauvais pour notre matricule. Une chance que nous évitions la garde à vue. Tu bois une bière ?

— Ce n'est pas de refus. Après, je m'occupe du repas. Vous mangez avec nous ?

— Laisse, le coupe Murielle. On a ce qu'il faut pour un barbecue. Sirote ton verre, je gère. Max, tu épluches les patates ? J'ai envie de frites maison.

— J'ai demandé à Axelle si elle voulait dîner avec nous, explique Steven, mais elle se sent fatiguée. Elle mange avec ses filles, et elle passera vite fait après, juste pour nous souhaiter une bonne nuit.

La soirée improvisée – mais comment, dans ces circonstances, pourrions-nous égoïstement vivre pleinement nos vacances ? – nous fait du bien à tous. Paisiblement, nous discutons de l'état de santé de Seb, car Steven a lui aussi vu Axelle, de leurs filles, qui ne montrent pas de signe annonciateur de leur mal-être alors qu'il est évident qu'elles subissent la situation, d'Axelle dont les journées à rallonge, entre l'hôpital et son rôle de maman, sont particulièrement usantes.

Quand Steven va se doucher et se changer, Murielle et moi rapatrions ce que nous avons préparé sur la terrasse de nos hôtes, avant de nous octroyer à l'unanimité une deuxième bière. Je me charge d'allumer le barbecue, ma chérie de blanchir les frites.

Quand Steven nous rejoint, lui qui n'a bu qu'une bière propose une deuxième tournée, croyant que nous en sommes au même point. Pas difficiles, nous acceptons de bonne grâce. De sorte que, quand Élise rentre de l'EHPAD, Murielle, qui boit rarement, a quelques difficultés à fixer son regard. Personnellement, jusque-là ça va. C'est aussi cela, les vacances !

Sur la fin du repas, Axelle est parmi nous. Une bouteille de rosé est vide, sa sœur jumelle sérieusement entamée. L'ambiance est festive, les voix émettent plus de décibels que d'habitude. Nous parlons de choses et d'autres, à commencer de Sébastien, avant que le programme de la journée ne soit abordé. Reprenant mon échange avec Axelle, j'explique ma désillusion en sortant du service Archives et Patrimoine, ce à quoi Axelle suggère que je devrais me rendre à Vannes pour, peut-être, un résultat positif. Comme j'hésite, c'est Murielle qui clôt le débat.

— Ah oui, il faut que tu y ailles ! Tu ne vas pas laisser les choses en plan. On ne peut pas abandonner nos amis en détresse. Max, je te le demande : es-tu d'accord pour aller à Vannes ?

— Ma chérie, tes désirs sont des ordres. J'irai dès que possible.

VI

Jeudi

Rue de la Forêt, Steven et moi arrivons à la gendarmerie cinq minutes avant l'heure dite. Après nous être affublés d'un masque, nous nous faisons connaître à l'accueil, où une jeune gendarme nous demande de patienter. Le lieutenant Jacq et l'adjudant, vus lundi le jour de l'agression, nous rejoignent rapidement.

— Bonjour, Messieurs, fait l'officier. Monsieur Pourriou, venez avec moi.

Sans montrer d'intimidation excessive, Steven le suit.

— Je suis l'adjudant Levesque. Venez, monsieur Moreau.

Il me conduit à son bureau, une petite pièce jouissant d'une belle luminosité. Nous sommes à peine assis qu'il attaque, les yeux dans les yeux, le visage fermé, d'une voix qui laisse percevoir son irritation.

— Monsieur Moreau, nous savons qui vous êtes. Votre statut de policier ne vous autorise pas à vous immiscer dans nos investigations, or nous savons que, pas plus tard qu'hier, vous avez rencontré l'archiviste de la commune. Ce n'est pas supportable.

Plutôt que de me défendre, je prends le parti de ne pas ouvrir la bouche. Qu'il balance son fiel d'abord. Je note que ce n'est pas le plus gradé qui me reçoit, cédant à son subalterne la tâche de me tirer les oreilles.

— Le lieutenant Jacq et moi gardons cela pour nous, mais si d'aventure nous apprenons que vous persistez, nous n'aurons d'autre choix que de le faire savoir à notre hiérarchie. Suis-je clair ?

— Tout à fait.

— Bien, agrée-t-il en adoucissant les traits du haut de son visage et en reportant son regard vers l'écran de son ordinateur. Votre visite à l'archiviste vous a-t-elle permis de découvrir un fait que nous ignorons ?

— Pour correctement vous répondre, il faudrait que je sache ce que vous savez et ce que vous ignorez. Comme vous ne me le communiquerez pas, difficile de vous satisfaire ; cependant, je vais essayer de le faire. Je pense que ce qui oppose les familles Séminou et Pourriou aux Combrait repose sur un terrain dont elles se disputent la propriété. Parce que cela perturbe mes amis, et que depuis quelques jours on enregistre une escalade de faits, et que ceux-ci sont de plus en plus graves, je me suis rendu aux archives. J'ai ainsi appris que des membres de chaque famille ont un jour tenté d'y voir plus clair, mais il faut croire que leurs recherches sont demeurées stériles puisque rien n'a changé.

— Qui sont ces personnes ?

— Élise Pourriou, Axelle Séminou, ces deux femmes ayant Barré pour nom de jeune fille et ayant hérité de la ferme et des terres de leurs parents, et Angèle Combrait. Depuis deux ans, trois étudiants s'y sont aussi intéressés.

— Leurs identités ?

Un instant, l'idée de mentir me traverse l'esprit, mais mes réparties étant consignées dans le procès-verbal qu'il tape sur son clavier, tôt ou tard je m'en mordrai les doigts.

— Je les ai griffonnées sur un bout de papier que j'ai égaré depuis, mais l'archiviste pourra vous les communiquer.

Si le ton est redevenu courtois, il me sonde pour calculer si je mens ou non.

— Maintenant que nous savons qui a consulté les documents, qu'avez-vous découvert ?

— Rien. Je suppose que le problème remonte à plus d'un siècle. Comme je n'ai rien découvert aux archives départementales, il est vraisemblable qu'aucun écrit ne peut donner un début d'explication.

— L'archiviste nous a parlé d'un vieil homme qui vous a donné des informations. Qui est-ce ?

— Je connais seulement son prénom, Lucien. Il habite une maison à droite, à l'entrée du cul-de-sac.

— Que vous a-t-il dit ?

— Rien de probant. En buvant un verre de cidre, il m'a raconté qu'il se souvient d'avoir entendu ses parents évoquer la chicane entre les deux familles, mais il n'en sait pas plus.

— Vous en êtes certain ? Ne perdez pas de vue que nous allons le rencontrer.

— J'en suis absolument certain. Il vous donnera confirmation.

— Maintenant, revenons à votre lundi matin…

L'interrogatoire roule pendant quelques minutes, durant lesquelles je réitère et réitère que j'étais parti plonger. Quand l'imprimante crachote le procès-verbal que je vais signer, l'adjudant répète sa leçon de morale.

— Laissez-nous faire notre travail, monsieur Moreau. Soyez persuadé que nous faisons notre maximum, multipliant les interrogatoires et les gardes à vue, comme celles des frères Combrait.

Si les frangins sont innocents, les gardes à vue vont accentuer leur haine. La vendetta n'est pas près de se terminer.

— Profitez de vos vacances pour visiter notre superbe région, et faites-nous confiance. Tôt ou tard, nous arrêterons l'agresseur de monsieur Séminou, ainsi que les cambrioleurs de la ferme. Bonnes vacances.

Quand il me raccompagne, nous croisons le lieutenant Jacq. Il lance un regard fugace au responsable de la gendarmerie locale, pour saisir ce qu'il ressort de notre entretien, et ayant entravé le statu quo, il me met en garde.

— Monsieur Moreau, eu égard à votre fonction, nous ne vous plaçons pas en garde à vue. Cela pourrait avoir un effet désastreux sur votre carrière. Néanmoins, vous avez obligation de rester à notre disposition. Si vous quittez votre location, vous devrez nous en avertir sans délai.

— Théoriquement, je reste jusqu'à samedi.

— Tenez-nous au courant. En revanche, ce n'est pas le cas de monsieur Pourriou, à qui je viens de signifier sa garde à vue pour une période de vingt-quatre heures, renouvelable s'il en est besoin. Voici les clés de sa voiture, il n'en aura pas besoin.

Sur ce, il tourne les talons en lissant ses cheveux blonds. Avant d'entrer dans le bureau mis à sa disposition, il se retourne, et ajoute :

— Ne piétinez pas nos plates-bandes, nous n'avons pas attendu votre venue pour résoudre bien des affaires. Bon séjour.

J'ignore ce que Steven a dit, idem pour les voisins d'en face, en particulier le véhément Ludovic, mais tout cela répond à une logique. Vingt-quatre heures d'isolement, coupé de ses proches, peuvent faire fléchir un suspect, et le conduire à avouer sa participation à un méfait. Que je ne sois pas en GAV* peut se traduire de deux façons : soit effectivement l'adjudant Levesque et le lieutenant Jacq me croient, mais il en faudrait plus que mon grade et ma bonne gueule pour cela, soit ils ont plus de doutes quant aux frères Combrait… et à Steven.

J'ai une entière confiance en les deux gendarmes. Ils ne vont pas faire une enquête à charge pour m'attribuer l'agression de Sébastien. Ce ne serait pas honnête, or je les suppose fondamentalement consciencieux et respectables. Oui, mais… parce qu'il y a un mais. Supposons que leur enquête ne démontre pas l'implication de l'un des suspects, vers qui vont-ils orienter leurs recherches quand les cellules seront vides ? Tant qu'il n'y a pas d'aveu ni d'élément prouvant la présence d'un suspect au moment supposé du passage à l'acte, j'ai une épée de Damoclès au-dessus de la tête. Étant libre, pas le choix, il faut que je me fasse mon idée de la situation, de la détermination de chacun et de l'intérêt qu'il pouvait y avoir à s'en prendre violemment à Sébastien.

Je me retrouve dehors, un tantinet abattu, mais pas résigné. Je ne peux en vouloir au lieutenant. Il

* Abréviation pour garde à vue.

est clair que j'aurais agi de même à sa place. C'est en roulant lentement que je repars, le moral en berne.

*

En constatant que je suis seul, Murielle comprend tout de suite la situation.

— Qu'est-ce qu'on fait ? interroge-t-elle en se laissant choir sur un transat de notre terrasse, et en attrapant Frenchi.

— Je ne sais pas. J'ai réfléchi, mais pas assez pour avoir un avis tranché. Évidemment que j'ai foi en le sérieux des gendarmes, leur expérience, les moyens mis en œuvre… mais je ne peux pas me résoudre à me tourner les pouces ou à baguenauder alors que Steven est à l'ombre. Soyons pragmatiques, la priorité est d'avertir Élise. Si elle peut poser sa journée, c'est génial, sinon il faut qu'elle prenne des dispositions pour la ferme. J'imagine que les travaux dans les champs ne sont pas à une journée près, mais il y a les bêtes.

— Je l'appelle !

Quelques instants plus tard, nous sommes encore plus consternés. Élise est la seule infirmière aujourd'hui à l'EHPAD. En aucun cas elle ne peut s'absenter. Ce soir, elle rentrera peu après vingt heures, comme hier. Murielle a noté le numéro de téléphone d'amis agriculteurs, et les a contactés. Le premier souffre d'un lumbago, les deux autres sont débordés.

Un coup de fil à Axelle dénonce que son portable est sur messagerie. Elle l'a sûrement éteint en arrivant à l'hôpital, comme cela est conseillé.

— J'ai l'impression de me répéter : qu'est-ce qu'on fait ?

— Je ne sais pas. Steven a fait la traite ce matin ; il y en aura une autre en fin d'après-midi, ce qui nous laisse quelques heures pour trouver une solution… À ton avis, quelles sont les urgences ?

— Pff, je ne sais pas. À part les bêtes…

J'ai soudain une idée. Ce n'est pas une idée de génie, mais elle a le mérite d'exister. Je ne l'expose pas tout de suite à ma compagne, la laissant mûrir, la tournant et la retournant pour en extraire ce que j'estime le plus judicieux.

Quand je suis à peu près satisfait, ce qui est un grand mot car elle ne pourra pas ravir tout le monde, je me lance. Pas brutalement, comme cela, mais en évoquant des évidences qui font que notre choix est limité, très limité.

— Si on récapitule, on est seuls jusqu'à ce que les filles rentrent du collège, vers dix-sept heures, mais elles ne nous seront pas d'un grand secours. On ne peut pas compter sur les agriculteurs censés éventuellement nous aider. On pourrait appeler une boîte d'intérim, mais je doute que notre demande soit satisfaite. Que reste-t-il comme possibilité ?

Murielle, qui me connaît bien, m'observe par en dessous, cherchant à comprendre où je veux en venir. Je poursuis.

— On ne peut pas s'improviser fermiers, on courrait au fiasco. Des fermiers, on n'en connaît pas intimement. Pourtant, il y en a.

— Où ?

— Juste en face.

— Non, ne me dis pas que… Remarque, c'est pas con.

Je craignais de me faire houspiller, de me voir mettre un veto pur et dur. Son ouverture d'esprit est un enchantement.

— Ils ne sont plus en garde à vue ?

— Je ne pense pas, sinon les gendarmes ne nous auraient pas convoqués, Steven et moi. Soit ils estimaient les Combrait coupables, et ils prolongeaient la GAV, soit ils les relâchaient et cherchaient d'autres présumés coupables. À mon avis, c'est ce qu'ils ont fait. On n'a pas trop le choix. Au pire, qu'est-ce qu'on risque ? Qu'ils disent non ? Au moins, on aura essayé. Et s'ils disent oui, peut-être que cela permettra de réchauffer les relations.

— On y va ! s'écrit-elle en posant Frenchi sur le sol.

Nous marchons d'un pas décidé. Tant qu'à avoir

un interlocuteur qui nous laissera le temps de nous exprimer avant d'en venir aux mains, autant avoir affaire à celle qui a fait son possible pour dénouer le problème en se rendant à la mairie. La C4 blanche au toit noir est là, ce qui est positif.

Après un coup de sonnette, la porte s'ouvre sur la brune au teint mat aperçue hier. En nous avisant, elle ne peut réprimer un sursaut. C'est moi qui prends la parole, l'accompagnant d'un sourire franc.

— Bonjour, Madame. Nous sommes des amis de vos voisins, Élise et Steven Pourriou. Avez-vous quelques petites minutes à nous accorder ?

— C'est que je… oui. Que voulez-vous ? formule-t-elle en clignant des paupières.

— Nous sommes très embêtés. Comme vous le savez certainement, Sébastien est hospitalisé, son épouse passe ses journées à son chevet, et depuis ce matin Steven est en garde à vue. Si cela ne suffisait pas, Élise travaille, et ne peut se libérer. Bref, il ne reste que nous deux, et nous ne savons pas ce que nous devons faire à la ferme. Nous ne sommes pas du tout de la partie, or il convient de s'occuper des bêtes. Nous…

— Moi non plus, je ne suis pas de la partie, et mon mari est menuisier.

— Nous le savons, nous avons vu son fourgon. Mais peut-être que l'un de ses frères pourrait…

— C'est à eux qu'il faut le demander, pas à moi. Elle ne met pas beaucoup de bonne volonté, pas du tout, même. Il me reste un argument.

— Si nous nous adressons à vous, c'est… Nous connaissons les mauvaises relations entretenues dans le quartier. Hier, j'ai fait quelques recherches aux archives municipales, dans l'espoir d'éclaircir l'ombre qui plane sur le propriétaire d'un champ qui pose un problème, et c'est ainsi que j'ai vu que vous aviez vous aussi procédé à des recherches. Murielle et moi, nous sommes neutres, alors on se disait que, si vous aussi cette situation vous pèse, vous pourriez nous aider à obtenir l'assentiment de votre mari et de vos beaux-frères. Notre attention va vers les animaux et, si cela pouvait améliorer les relations, ce ne serait pas plus mal.

Elle ne laisse transparaître aucune émotion. En proie à une intense réflexion, elle doit prendre en compte tous les paramètres, à commencer par ceux qui découleraient de sa décision. Il ne faudrait pas qu'on le lui reproche, que la notion de trahison gangrène la famille Combrait.

— Nous voulons seulement que quelqu'un vienne avec nous un petit moment, nous dise ce que nous devons faire, et comment le faire.

— Je ne vous garantis rien. Je vais essayer… Au revoir.

Revenant vers la route, nous nous taisons. C'est

seulement quand nous sommes hors de portée de voix que Murielle explique :

— On l'a mise dans une drôle de situation.

— Oui et non. La balle est dans son camp. Elle en parle à ses proches ou pas, et la décision leur appartiendra. Nous pourrons au moins nous féliciter d'avoir essayé un rapprochement entre les deux familles.

— Il ne faudrait pas que Steven nous le reproche.

— Chaque chose en son temps. Il devra admettre que nous n'avions pas le choix. On fait un tour à la ferme ? Peut-être qu'on arrivera à se débrouiller, si on comprend comment fonctionnent les machines.

— Tu es optimiste, on n'y connaît rien. On va d'abord se changer, et fermer la maison. Je ne m'imagine pas en tongs et en robe dans la gadoue.

Une soixantaine de vaches paissent dans une prairie, conduites là ce matin par Steven. Certaines jettent sur nous un regard inexpressif, d'autres ne nous accordent aucune importance. Pour commencer, nous allons vers la salle de traite. Peut-être y aura-t-il un papier ou une notice pour la trayeuse électrique. La porte est fermée.

— Oh non, on a oublié les clés ! soupire ma chérie.

— Après le cambriolage de dimanche, pas étonnant que Steven ait pris ses précautions avant d'aller à la gendarmerie. Tu sais où il les range ?

— Non, mais Élise m'a laissé un double de sa maison. Je vais fouiller.

— Je reste ici voir ce que je peux faire.

Je furète sous le hangar, qui abrite deux tracteurs, une bétaillère, une charrue, une herse rotative et d'autres machines agricoles dont j'ignore l'usage. Il y a aussi des balles de paille cylindriques, soigneusement empilées jusqu'au toit.

J'éprouve le sentiment frustrant d'être inutile. Au hasard, je vais vers le poulailler. Il n'abrite qu'une demi-douzaine de poules, sûrement pour fournir des œufs aux deux familles qui, de temps en temps, doivent en sacrifier une pour l'indémodable gueuleton du dimanche.

Les gallinacés ont de l'eau et des graines, c'est le principal.

— Je suis là, se manifeste Murielle, un trousseau à la main. Elles étaient sur la table.

— J'ai fait le tour. Le seul truc qui pose un problème, c'est la traite. On n'est pas plus bêtes que les autres, on arrivera bien à s'en sortir.

— Mieux vaut aller en repérage, on ne sera pas pris au dépourvu le moment venu.

Dans le local, nous inspectons le matériel pour en deviner l'usage. Si par logique nous déduisons que ce sont ces sortes de gobelets qui s'appliquent au niveau des pis, le reste nous est hermétique. Parce que nous n'avons pas ri depuis un bon moment, en me saisissant d'un jeu de gobelets, je me fends d'une plaisanterie.

— Chérie, tu ne veux pas retirer ton soutien-gorge, que je fasse un essai ?

— Ah, ah, ah ! Tu es con ! Tu serais capable de me blesser.

— Ce serait pour mieux te soigner, dis-je en reposant un jeu de gobelets. Stop à la prise de tête, on improvisera ce soir. On referme et on se casse. Aussi bien, les filles savent comment s'y prendre. On le leur demandera dès qu'elles rentreront du collège.

*

Nous sommes deux, maintenant, à nous sentir inutiles, n'osant savourer nos vacances pendant que nos amis subissent épreuve sur épreuve. Nous nous traînons ou paressons sur un transat, dans l'attente de l'heure du déjeuner. Non pas que nous ayons faim, mais c'est l'une des étapes qui ponctuent la journée.

— On repart après-demain ? m'apostrophe Murielle.

— C'est ce qui est prévu.

— Oui… n'empêche que…

— Moi aussi.

— Alors ?

— Je suis d'accord avec toi.

C'est beau, minimaliste, semblant issu d'un échange entre deux individus ne disposant pas de leurs facultés mentales, et cependant d'une aveuglante concision.

— Combien de temps ?

— Le temps qu'il faudra. Pas plus.

— Pas moins non plus.

— Non, mais il ne faudra pas abuser. Tu veux boire un verre ?

— Une bouteille me ferait du bien, mais je vais commencer par un verre. Ce que tu veux, j'aime tout.

Elle revient, nantie de deux verres de vin blanc qu'elle entrechoque avant de m'en tendre un. Un toast muet, et nous trempons nos lèvres dans le breuvage frais. Allongé à même le bois de la terrasse depuis une dizaine de minutes, Frenchi se met sur ses quatre pattes, respire fortement comme ses congénères, puis trottine pour s'éloigner. Quelle mouche l'a piqué ? D'ordinaire inactif à longueur de journée, son seul effort de la journée est d'accueillir son maître quand il rentre du boulot. Steven aurait-il été relâché ? La garde à vue serait-elle écourtée ? Non, ce n'est pas Steven qui survient, mais l'un des voisins, Yannick. Il est moins costaud que son frère Ludovic mais, en short et tee-shirt, il laisse voir une belle musculature sur laquelle la graisse a peu de prise. Nous avisant, il cesse de marcher, hésite à approcher.

C'est tellement inattendu qu'aucun mot ne nous vient. Vite, se ressaisir et le mettre à l'aise.

— Bonjour, Monsieur. Allez-y, venez. Vous êtes le bienvenu.

Nous nous levons des transats, avançons vers lui. Nous n'osons pas tendre la main, lui non plus.

— Venez vous asseoir. Murielle, s'il te plaît, apporte-lui un verre.

Tandis qu'elle s'esbigne, je donne l'exemple en me posant sur une chaise. Il m'imite. Frenchi vient renifler ses mollets en émettant les grognements propres à sa race.

— C'est super sympa de votre part d'être venu. Vous remercierez votre belle-sœur.

— Ma belle-sœur ! Laquelle, et pourquoi ?

— Angèle. Vous… vous n'êtes pas au courant ?

Devant son air hébété, alors que Murielle revient et pose un verre identique aux nôtres devant l'arrivant, je précise :

— Nous sommes allés sonner chez Angèle et Nicolas, il y a une bonne heure de cela. Nous sommes dépassés par les événements. Sébastien est à l'hôpital, Steven en garde à vue, ce qui signifie qu'il n'y a plus personne pour s'occuper de la ferme. Sans rien y connaître, nous supposons que les cultures peuvent attendre son retour, mais pas les bêtes.

— Je n'ai pas vu Angèle. Je suis venu de ma propre initiative. Je suis d'abord allé à la maison d'à côté, mais il n'y avait personne.

— Axelle est avec Sébastien, à Nantes, à l'hôpital. Vous êtes venu pour… pour les bêtes ?

— Je vous ai vus partir ensemble ce matin, et je vous ai vu revenir seul avec sa voiture. Hier, mon frère et moi avons été momentanément placés en garde à vue. Ludovic, pas Nicolas, parce qu'il avait un alibi au moment de l'agression. En nous relâchant, le lieutenant Jacq a dit qu'il vous convoquerait tous les deux. Par conséquent, j'ai deviné pour quelle raison vous étiez seul. Alors, oui, je suis venu pour les bêtes. On ne peut pas les laisser comme ça jusqu'à demain matin, voire plus longtemps s'il est inculpé.

Alors là, chapeau ! Son attitude nous réconcilie avec la nature humaine. Passant outre à l'allusion à l'éventuel prolongement de la garde à vue de Steven, ou pire encore à son inculpation, il importe de le remercier pour sa courageuse résolution.

— Merci, monsieur Combrait. Ma compagne et moi sommes descendus à la ferme, à la salle de traite, et il faut admettre que nous ne saurions pas comment nous y prendre. Savez-vous s'il y a d'autres travaux à réaliser dans la journée ?

— En fin d'après-midi, il faudra s'occuper prioritairement des vaches. Il y a d'autres animaux ?

— Quelques poules.

— Elles ne mourront pas de faim, ne vous inquiétez pas. Il faut seulement veiller à ce qu'elles aient de l'eau.

Il prend son verre, en vide la moitié. Non pas qu'il soit porté sur la boisson, son visage n'en porte pas les stigmates, mais il démontre ainsi qu'il n'entend pas s'éterniser.

— Comment va le blessé ?

— Il est dans le coma, explique Murielle, silencieuse jusqu'ici. Il a subi une intervention à la tête qui s'est bien déroulée ; il a plusieurs fractures… Il faudra du temps avant qu'il ne soit opérationnel. Nous sommes sincèrement navrés que vous et vos frères ayez été entendus par la gendarmerie. Ces désagréments découlent de faits anciens, si nous avons bien compris.

Confus, il ne commente pas. Il vide son verre, se lève.

— Je serai disponible vers dix-huit heures. Bonne journée.

— À vous aussi, et encore merci.

Frenchi ne réagit pas quand Yannick Combrait s'éloigne à grandes enjambées. Contrairement à son maître, il n'éprouve aucune malveillance envers le voisin.

— Ben ça alors ! fait Murielle quand il a disparu.

— C'est incroyable. Je ne sais pas comment on se justifiera vis-à-vis de Steven, mais on assiste à un réchauffement des relations.

— Tu verras, l'année prochaine, ils organiseront une fête des voisins, s'amuse-t-elle.

— Possible, si d'ici là l'agresseur de Sébastien est arrêté. Et impossible, si cet agresseur est l'un des trois frangins.

*

Nous sommes restés sur place tout l'après-midi, désireux de ne pas laisser la ferme, les deux maisons et notre location sans surveillance. Dire que nous nous sommes éclatés serait mentir. Murielle a sorti ses crayons et ses feuilles, et a dessiné. Je me suis replongé dans le roman policier commencé avant-hier. Le retour des filles du collège a apporté un peu de vie. Buvant un café avec elles alors qu'elles prenaient le goûter, nous les avons écoutées nous raconter leur journée, les tonnes de devoirs à faire pour le lendemain ou la semaine suivante, les bonnes ou mauvaises notes reçues en math, français et autres matières. À dix-sept heures trente, nous avons exigé qu'elles fassent leurs devoirs dans la même maison pendant que nous allions à la ferme.

Précis comme une montre suisse, Yannick nous a rejoints à dix-huit heures tapantes. Pour gagner du temps, nous avions pensé à sortir les vaches du champ mais, par peur de ne pas savoir comment les diriger, nous nous sommes lâchement abstenus. Sans cordialité excessive, il nous a montré comment procéder, expliquant que les animaux sont habitués à ce rituel. Effectivement, sans contrainte, elles ont marché vers la salle de traite, dans laquelle elles sont entrées, intégrant les box sans qu'il faille lever le petit doigt. Il nous a ensuite expliqué comment nettoyer les pis et, d'un geste sobre, à positionner les gobelets trayeurs sur les trayons des vaches. Enfantin ! À notre tour, nous avons essayé et nous en sommes brillamment tirés. Le tank à lait étant loin d'être plein, il a estimé qu'il était inutile qu'un camion-citerne passe dès le lendemain.

En repartant de la ferme après que Yannick nous eut indiqué la quantité de fourrage à distribuer aux vaches pour la nuit, nous avons fermé les locaux à clé. Revenant vers la route, nous avons chaleureusement remercié Yannick. L'heure n'était pas à reparler des problèmes et à assurer notre totale innocence mais, sans forcer notre nature, nous nous sommes conduits comme les gens simples que nous sommes et que, semble-t-il, il est également. Devant chez lui, il nous a quittés en balançant un bonsoir poli, avant d'ajouter que nous pouvions compter sur lui s'il y avait un souci.

Chez Élise et Steven, après nous être assurés que

les filles étaient ensemble, nous sommes allés à notre frigidaire puiser le nécessaire pour le repas du soir. Axelle est arrivée peu après. Le placement de son beau-frère en garde à vue l'a sidérée. J'ai tenté de la consoler en expliquant que c'était là une étape logique, mais elle a mis du temps à s'en remettre. Pour ne rien arranger à sa détresse, les nouvelles quant à l'état de Sébastien n'étaient pas meilleures que la veille.

Lorsque Élise a franchi le seuil, il n'a pas été utile de lui annoncer la mauvaise nouvelle. En constatant que Steven n'était pas là, elle a compris, et a craqué. Jetant son sac à main dans un fauteuil, elle s'est laissée tomber sur le canapé et s'est recroquevillée sur elle-même, inconsolable, le visage dans les mains. Aussitôt, les six femmes et jeunes filles se sont précipitées. Il a fallu une bonne demi-heure pour qu'Élise se remette. Le stock de mouchoirs en papier s'est révélé insuffisant, les quatre jeunes filles ayant elles aussi craqué. Pour deux d'entre elles, le père était à l'hôpital, pour les deux autres, il était en cellule à la gendarmerie.

Quand nous nous couchons le soir, nos impressions sont mitigées. Murielle et moi oscillons entre l'impression d'avoir fait au mieux, dans l'intérêt de tous, et la certitude d'avoir chagriné certains. Dans la colonne de ce que nous estimons être des bons points pour nous, s'il est indéniable que nous avons fait en sorte que ce ne soient que de bonnes actions, nous inscrivons que les vaches ont été bien traitées, et que nous avons noué un lien, même ténu, avec Angèle et Yannick Combrait. Points négatifs, Axelle et Élise n'étaient pas ravies que nous ayons sollicité ce dernier, et pire encore qu'il se soit rendu à la ferme. Cela dans un premier temps mais, rapidement, elles ont compris que l'initiative du voisin était louable. La conversation durant, elles étaient relativement contentes de sa décision, saluant cette bonne action comme elle le mérite.

Avant de fermer les paupières, chacun dans son lit avait une pensée pour Steven. Que, tout comme moi lors de mon interrogatoire, il ait refusé l'assistance d'un avocat faisait que nous n'avions aucune information. Au téléphone, Élise avait bien essayé d'en obtenir, mais elle s'était heurtée à un mur, le gendarme à l'autre bout du fil ne se fendant d'aucun commentaire. La prochaine journée apporterait, souhaitons-le, de bonnes nouvelles quant au terme de sa garde à vue.

VII

Vendredi

Dès six heures du matin, nous étions debout. Ayant observé les gestes précis de Yannick Combrait et nous souvenant de ses conseils, Murielle et moi nous sommes chargés de la traite du matin, sous les regards hébétés d'Élise et Axelle, qui nous accompagnaient. Notre plus grande inquiétude reposait sur l'installation des gobelets trayeurs sur les trayons des vaches. Nous avions peur de ne pas bien les positionner et de blesser les bêtes mais, en constatant que les pulsations simulaient parfaitement l'aspiration d'un veau, nous n'étions pas peu fiers de cette grande première sans l'assistance d'un professionnel.

Après le petit-déjeuner pris en commun, le programme fut établi en fonction des obligations des deux femmes. Avant de filer à Nantes au chevet de Sébastien, Axelle allait passer un peu de temps avec Bérénice et Sandra puis les conduire au collège, y amenant également leurs deux cousines. Elle rentrerait vers dix-sept heures, sauf si l'état de son époux évoluait, dans le bon sens ou le mauvais. Élise, elle aussi, avait besoin de la présence de Mylène et Daphné. Ignorant la signification d'une garde à vue, elles supportaient très difficilement l'absence de leur père, l'imaginant au fin fond d'une cellule dans une prison à la propreté douteuse, mal nourri, assoiffé, ne parvenant pas à s'endormir sur un bat-flanc on ne peut plus inconfortable. Il avait fallu qu'Élise les tranquillise en donnant du lieu de détention une image presque idyllique pour qu'elles retiennent de nouvelles larmes. Élise reprenant le travail à onze heures, elle se rendrait à la gendarmerie deux heures plus tôt, à la fin des vingt-quatre heures initiales de la garde à vue. Elle espérait en revenir avec son cher et tendre. Si ce n'était pas le cas, elle irait au supermarché afin d'être totalement disponible tout le week-end.

Si le pire scénario était retenu par les gendarmes, notre rôle, à Murielle et moi, consistait à être présents au retour des jeunes filles du collège, et à les rassurer.

Dans notre location, Murielle hésite entre se recoucher pour une ou deux heures d'un sommeil réparateur, et se doucher.

— Et toi, qu'est-ce que tu vas faire ?

— Pas grand-chose… ou plutôt, si, maintenant que les relations avec les voisins, ou du moins un voisin, sont plus proches de la normale, j'ai bien envie de retourner voir Angèle Combrait.

— Elle t'a tapé dans l'œil ? ironise Murielle.

— Pas de jalousie mal placée, tu sais que tu es irremplaçable, dis-je en l'enlaçant. Je vais profiter de l'absence d'Axelle et Élise pour la rencontrer une deuxième fois. Si elle est chez elle, bien sûr.

— En cachette de son mari.

— Ah ça, oui, sinon ça pourrait tourner en duel. D'ailleurs, ce serait bien que tu m'accompagnes. Notre présence à tous les deux serait moins suspecte que si j'y allais seul.

— Tu me laisses dormir un peu ?

— Repose-toi, ma belle. Nous avons une bonne heure devant nous avant le départ d'Élise et Axelle. Je vais jusqu'à la ferme, voir si je peux me rendre utile.

En guise de tour à la ferme, mes notions étant réduites à celle d'un citadin évoluant dans un univers quasi inconnu, je fais le tour des bâtiments pour m'assurer qu'il n'y a pas eu de tentative d'effraction. Parce que, aujourd'hui, Météo France promet plus de vingt-cinq degrés, après la traite nous avons décidé de laisser les vaches dans la grande étable, où des brumisateurs rendent l'atmosphère tempérée. Sensibles au bien-être de leur cheptel, Steven et Sébastien n'ont pas lésiné sur les moyens financiers.

Revenant sur la route, j'aperçois les feux de recul de la C4 blanche au toit noir. J'accélère le pas pour intercepter Angèle avant qu'elle ne disparaisse, lui enjoignant d'un geste explicite à baisser la vitre de sa portière.

— Bonjour, Madame, entamé-je, le visage avenant, alors qu'elle plisse les yeux, redoutant une montagne de tracas.

La présence de ses trois enfants dans l'habitacle ne simplifie pas la donne. Je décide de le faire à l'anglaise, afin qu'ils n'entravent pas la teneur de mes paroles.

— *Do you speak english ?* (Parlez-vous anglais ?)

— *Yes, I do. Why ?* (Oui. Pourquoi ?)

— *My wife and I would like to talk to you. Is it possible today ?* (Ma femme et moi voudrions vous parler. Êtes-vous d'accord pour aujourd'hui ?)

— *What do you want ?* (Que voulez-vous ?)

— *We know you have met the archivist of Auray. Me too. If you really did it, it's certainly because, like I did too, you are trying to figure out the problem between the two families. We think it might be of interest to you, us and your neighbours. Can we see each other today ?* (Nous savons que vous avez rencontré l'archiviste d'Auray. Moi aussi. Si vous l'avez vraiment fait, c'est certainement parce que, comme je l'ai fait, vous essayez de comprendre le problème entre les deux familles. Nous pensons que cela pourrait être intéressant pour vous, nous et vos voisins. Pouvons-nous vous voir aujourd'hui ?)

Elle soupire, jette un regard vers son fils aîné assis à l'avant.

— *Okay, but not here. I will be at Kerléano park in twenty minutes*. (D'accord, mais pas ici. Je serai au parc de Kerléano dans vingt minutes.)

— *All right, thank you*. (Très bien. Merci.)

Alors qu'elle embraye et passe la première vitesse, le bruit d'un moteur qui démarre me fait tourner la tête. Intriguée par le fait que je discute avec la voisine, Axelle me scrute. Je la rassure d'un grand sourire et d'un pouce levé, et ouvre le portail en veillant à ce que Frenchi ne prenne pas la poudre d'escampette.

En chien de fusil sur le lit, Murielle dort. Je la regarde tendrement, amoureusement, avant de m'asseoir près d'elle, et de parler à voix basse.

— Chérie, j'ai vu la voisine. On a rencard dans vingt minutes. Tu m'accompagnes ?

À son grognement suivi du souffle qu'elle exhale, je traduis qu'elle resterait bien au lit, mais que nous ne pouvons passer à côté de l'occasion d'en apprendre plus sur l'origine du conflit qui oppose les deux familles. Repoussant le simple drap qui couvrait son corps dénudé, tant il fait bon dans la maison, elle est debout en une seconde.

— Je m'habille, la douche attendra.

Plusieurs accès mènent au parc de Kerléano. La C4 bicolore est stationnée près du mausolée Georges-Cadoudal, un bâtiment cylindrique auquel on accède par un escalier de pierre, et dans lequel se situe le tombeau de ce général chouan. À cinquante mètres se dresse un manoir, dans lequel vécut le futur militaire, quant à son époque ce n'était qu'une maison, qui connut ensuite de gros travaux pour l'élever d'un étage. N'étant pas ici pour satisfaire notre culture historique, nous marchons vers l'escalier, au pied duquel nous attend Angèle.

— Merci d'être venue. Vos enfants ne vous ont pas posé trop de questions ?

— Non. Ils n'ont rien compris à notre échange, ils ne sont pas fortiches en anglais.

— C'est heureux, sinon ils auraient peut-être divulgué notre rendez-vous.

— Si je leur dis de se taire, je sais pouvoir leur faire confiance. En aucun cas nous ne pouvions avoir cette discussion devant un témoin, c'est pour cela que j'ai proposé que nous nous retrouvions ici. Que voulez-vous, exactement ?

Qu'elle préserve notre aparté est finement réfléchi, et qu'elle aille droit au but n'est pas pour me déplaire.

Pas seulement pour moi, mais également pour Murielle, qui se livre.

— Comme mon compagnon vous le disait hier, nous sommes navrés que votre famille et celle de nos amis entretiennent de mauvaises relations. Certes, on ne peut pas aimer tout le monde, mais de là à se haïr comme il semble être le cas, est particulièrement malsain. Qu'ils s'ignorent, c'est une chose, mais il y a eu un geste d'une extrême violence qui ne peut rester impuni.

— J'en ai parlé avec mon mari et mes beaux-frères. Aucun des trois n'est coupable de coups envers Sébastien Séminou, ou envers quiconque. Ils me l'ont juré.

— Nous sommes disposés à vous croire, et à les croire. Comme il vous l'a aussi dit hier, Maxime s'est rendu aux archives municipales, et… je le laisse vous expliquer.

— Madame Combrait, l'archiviste de la mairie m'a appris que vous vous étiez rendue à son service il y a quatre ou cinq ans, et nous estimons très intelligent de votre part de tenter de percer à jour cet imbroglio juridique. Axelle, la femme de Sébastien, a effectué la même démarche, de façon aussi stérile. En revanche, j'ai discuté avec un papy qui habite à l'entrée de la route…

— Le vieux Lucien !

— Oui, Lulu, comme il m'a autorisé à l'appeler. Il a évoqué une trouvaille qui aurait eu lieu dans la région, voire dans le champ que se disputent les deux familles. Selon lui, ça remonterait à environ un siècle, ce dont je ne doute pas. Toujours est-il que, quelque temps plus tard, les familles Combrait et Barré ont fait bâtir une maison, et ont acheté des chevaux et des vaches. Il n'en fallait pas plus pour que se répande dans le pays qu'elles avaient mis la main sur un trésor.

— Je n'ai jamais entendu parler de cette histoire.

— Vos voisins non plus. Peut-être est-ce parce que c'est faux, qu'il s'agit d'une invention destinée à justifier l'achat des chevaux et des vaches, ou tout bonnement d'un délire de Lucien, mais il a encore toute sa tête. Ce n'était pas à la portée de tout le monde de construire un habitat en dur, plus onéreux encore que les animaux.

Elle sort du sac à main en bandoulière une cigarette, qu'elle glisse entre ses lèvres, et un briquet. Après avoir exhalé la première bouffée, elle s'inquiète :

— C'est seulement pour me dire cela que vous m'avez fixé ce rendez-vous ?

— Oui et non. Nous voulions savoir si vous aviez eu écho de ce fait, et si vous aviez poussé jusqu'aux archives départementales.

— Non. Ça ne m'est pas venu à l'idée.

— Je dispose d'un peu de temps, je vais y aller. Si j'apprends quelque chose, je vous tiendrai au courant. Nul ne sait ce qui a fâché les deux familles ni si ce trésor ou je ne sais quelle découverte en est la cause, mais peut-être que la vérité est écrite noir sur blanc sur un vieux parchemin. Si c'est le cas, il y aura peut-être l'explication de la discorde qui mine des familles qui ne savent pas pourquoi la guerre est déclarée ni depuis quand.

Nous cheminons tous les trois jusqu'à la C4. Murielle rompt le silence.

— Yannick est venu nous aider, hier soir.

— Je l'ai vu entrer chez les voisins, et en ressortir quelques minutes plus tard.

— Il a proposé son aide, en nous montrant comment traire les vaches. Nous pensions que c'était vous qui le lui aviez demandé.

— Je pensais vraiment le faire, mais je ne l'ai pas vu avant.

— Nous n'en doutons pas. Il est certainement d'un abord plus agréable que Ludovic.

— Vous ne les connaissez pas. Tous les deux sont de bons gars, toujours prêts à donner un coup de main. Les seuls sujets de conversation qui irritent Ludovic sont le champ maudit et les descendants de la famille Barré. En dehors de cela, c'est un homme bien sous tous rapports.

Quand elle bipe l'ouverture de sa voiture, nous hésitons sur les derniers mots à prononcer. C'est Angèle qui ouvre la bouche.

— Si vos recherches sont fructueuses, merci de m'en faire part. Je vais travailler. Bonne journée.

Quand elle s'éloigne par l'allée de marronniers, Murielle positive :

— On aura au moins désamorcé la colère de certains, et prouvé qu'il n'y a pas de sentiment de haine.

— Ça ne suffira pas à rapprocher les deux clans, même si plusieurs personnes, comme Yannick, font le minimum pour tirer un trait sur la vendetta qui secoue ce coin au demeurant tranquille.

— Qu'est-ce qu'on fait, on rentre demain à Concarneau ou on reste pour le week-end ?

— Attendons de voir si Steven est libre. On avisera.

Quelques minutes plus tard, après un coup de klaxon et un signe de la main à mon copain Lulu, qui est accoudé à son poste habituel sur le portillon, nous revenons à la maison. Un gendarme paraît attendre, mais nulle trace de son véhicule. Quand je sors pour ouvrir le portail, je note que tout dans son attitude exprime qu'il guettait notre retour. Il sort son téléphone et entreprend de chercher son correspondant. Lorsque après quelques mètres j'arrête le moteur, il se positionne près du portail. Quand je m'en approche pour le refermer, il me toise.

— Bonjour, monsieur Moreau. Comptez-vous repartir prochainement ?

— Nous ne le savons pas encore. Nous n'en avons pas discuté avec nos hôtes. Il se peut que nous partions aujourd'hui, comme il se peut que nous restions pour le week-end. Pourquoi ?

— J'ai mal formulé ma question : ce matin, comptez-vous repartir ou restez-vous ici ?

— Nous ne le savons pas. Nous sommes en vacances, alors nous ne minutons pas notre emploi du temps. Pourquoi ?

S'il a ignoré ma première question, il répond à la deuxième :

— Le lieutenant Jacq souhaite vous rencontrer. Il arrive dans peu de temps.

Allons bon ! Que signifie cette mise en scène ?

— Soit ! Je reviens.

Sans épiloguer, nous nous éloignons du militaire.

— Tu sais ce qu'il te veut, le lieutenant ?

— Absolument pas, mais je n'aime pas ça. Il y a un truc qui ne colle pas. Ça pue la mauvaise nouvelle.

— Tu crois ?

— Oui, j'ai le flair pour ça. Soit Steven a avoué avoir agressé Sébastien, soit… Soit il est présumé innocent, auquel cas, je deviens le suspect numéro un.

*

L'officier se présente dix minutes plus tard, alors que nous sirotons un café sur notre terrasse. Difficile de tenter d'analyser un bonhomme sans vraiment le connaître, mais son air pincé dénonce sa contrariété. Il tient à la main la sacoche contenant l'ordinateur portable et la mini-imprimante.

— Bonjour. Puis-je vous voir, monsieur Moreau ?

— Oui. Cette discussion peut-elle se dérouler devant mon amie ?

— Je ne préfère pas. Où pouvons-nous nous installer ?

— Restez là, dit Murielle, je me change et je vais faire un footing.

— Madame Le Garrec, l'apostrophe-t-il quand elle passe à côté de nous, je souhaiterais vous entendre également.

— J'en ai pour trente minutes. Court mais intense.

Ce délai étant raisonnable, l'officier agrée d'un mouvement de la tête. Tandis que Murielle entre dans la maison, il ouvre sa sacoche puis allume son ordinateur.

— Puis-je avoir des nouvelles de Steven Pourriou ? le sollicité-je, non seulement pour combler le blanc qui s'est instauré, mais pour quêter des informations de première main.

— Il est chez nous. Sa garde à vue est reconduite pour vingt-quatre heures.

Je ne me trompais pas, ça ne sent pas bon. Mais alors pas bon du tout.

— Madame Le Garrec, dit-il quand Murielle ressort, ne traînez pas.

Alors qu'elle s'éloigne à petites foulées pour chauffer l'organisme avant de le pousser plus durement, il fait un copier-coller de mon état civil. Sans lever les yeux de son écran, il pose sa première question.

— Où étiez-vous, cette nuit ?

Qu'est-ce que c'est que ce binz ? L'effet de surprise jouant à plein, je demeure un instant la bouche ouverte. Que s'est-il passé cette nuit qui nécessite de m'auditionner ? Un événement d'une certaine importance, c'est évident, mais lequel ? Je me dis que c'est sûrement arrivé chez les Combrait, mais aussitôt réfute cette idée car Angèle nous l'aurait rapporté, ou aurait refusé le rendez-vous de ce matin au parc de Kerléano. Comme depuis le début, autant être franc du collier.

— Ici, je dormais.

— Votre compagne peut-elle en attester ?

— Sans nul doute. Nous nous sommes couchés vers vingt-trois heures, et ce matin nous étions debout un peu avant six heures pour procéder à la traite des vaches.

— Vous vous y connaissez, en traite des vaches ? interroge-t-il, surpris.

— Pas jusqu'à hier en fin d'après-midi, mais Yannick Combrait est venu gentiment nous montrer comment il fallait s'y prendre.

— Yannick Combrait ? Le voisin ?

Sa double interrogation démontre sa stupéfaction. Que Yannick ait rendu un service à ses voisins le dépasse.

— Oui. Il est venu de son propre chef, nous ne l'avons aucunement menacé.

J'ai prononcé cela en l'accompagnant d'un sourire.

— Il était avec vous ce matin ?

— Non. Il nous a montré hier, vers dix-huit heures, et ce matin nous nous y sommes mis à quatre : ma compagne, les épouses de Steven et Sébastien, et moi. On s'en est bien tirés, pour des amateurs.

Il tape ma réponse sur son clavier. Quand il a terminé, il réfléchit deux secondes avant de poursuivre.

— Avez-vous entendu du bruit, durant la nuit ?

— Non. Je dormais.

— Vous êtes-vous levé durant la nuit, pour boire un verre d'eau, aller aux toilettes…

— Non.

— Et votre compagne ?

— Si elle l'a fait, je ne l'ai pas su. Vous voulez bien me dire ce qu'il s'est passé ?

Il oscille entre répondre ou pas, avant de céder en baissant la voix.

— Il y a eu une intrusion à la ferme Combrait.

— Vous me soupçonnez ?

— C'est un bien grand mot. Vous le savez, nous devons chercher tous azimuts. Après les événements des derniers jours, nous devons envisager toutes les hypothèses, à commencer par les personnes qui auraient un motif pour nuire à ces familles.

— Nuire est aussi un bien grand mot, dis-je pour paraphraser. Je crois qu'elles font ce qu'il faut pour s'éviter, sachant que le moindre incident peut dégénérer. Sébastien est à l'hôpital, Steven dans vos locaux, je ne vois pas leurs épouses se muer en cambrioleuses, encore moins leurs filles qui n'ont pas quinze ans. Quant à ma compagne et moi, nous sommes étrangers à ce contexte... Je crois que vous faites fausse route.

— J'entends votre explication. Dans une enquête, ce qui compte n'est pas de savoir qui est innocent, mais qui est coupable. Qu'avez-vous fait après la traite ?

— Nous avons avalé le petit-déjeuner. Pendant que les mamans étaient avec leurs filles, avant le départ pour le collège, ma compagne et moi sommes revenus ici, puis je suis allé à la ferme, voir si je pouvais me rendre utile. J'y suis resté une dizaine ou une quinzaine de minutes. En revenant, j'ai échangé quelques mots avec Angèle Combrait, qui partait en voiture avec ses fils, et je suis revenu.

Imperturbable, il ne laisse pas transparaître s'il était ou non au courant de ce détail ni ce qu'il en pense.

Avant qu'il ne creuse sur la teneur de notre

conversation, j'attends qu'il ait terminé de pianoter pour ajouter :

— Je suis venu chercher ma compagne, et nous sommes partis en voiture au parc de Kerléano, où nous avons retrouvé Angèle. Elle aussi en a soupé de la querelle ancestrale, alors nous avons discuté en bonne intelligence pour essayer d'en découvrir l'origine, sans succès.

En assimilant son étonnement à ses paupières, qui se sont levées une fraction de seconde, et à ses doigts, qui durant le même espace-temps ont déserté le clavier, je saisis qu'il ignorait ce détail. Je le lui ai balancé pour l'affranchir sur ma bonne volonté.

Deux ou trois questions sans intérêt, puis il relit l'intégralité du procès-verbal avant de l'imprimer. J'appose ma griffe juste quand Murielle revient, le front trempé de sueur, le tee-shirt collé à la peau. L'abandonnant au gendarme, je vais me doucher.

*

Il est dix heures trente quand le lieutenant repart, pour se rendre à la ferme des Combrait afin de savoir si les techniciens en identité criminelle de la gendarmerie ont progressé dans leurs recherches.

Murielle et moi comparons les questions posées par l'officier, et nos réponses. Tout baigne, nos affirmations se complètent. Comment pourrait-il en être autrement ? Comme des millions de personnes, nous étions dans les bras de Morphée pendant qu'un ou plusieurs tordus s'introduisaient dans la ferme voisine.

Le mutisme du lieutenant Jacq quant à la libération de Steven nous désole. Sans le divulguer à ma chérie, je m'interroge sur le motif qui a justifié la prolongation de sa garde à vue. Le gendarme détient-il un argument, un début de preuve, ou est-ce un coup de bluff pour affaiblir Steven et l'amener à craquer ?

Alors que nous nous taisons depuis une vingtaine de secondes, Murielle frappe un coup sec dans ses mains, comme pour annoncer la fin de la récréation.

— Je vais me laver. Max, sans te forcer, ce serait bien que tu ailles à Vannes.

— Tu crois, fais-je mollement, pour ne pas montrer que c'est justement ce à quoi je songeais.

— Oui. Je vais rester ici bouquiner ou dessiner, en attendant le retour des collégiennes. Tu ferais bien d'y aller tout de suite, tu auras peu de temps, et demain et dimanche, ce sera fermé.

— Tu as raison. Je prends des feuilles et un crayon, et j'y vais.

— Prends un crayon à papier, les stylos sont interdits, par crainte qu'un fada n'abîme des documents.

*

Inutile d'entrer dans le centre de Vannes pour se rendre aux archives départementales, puisqu'elles sont situées rue des Vénètes, dans le quartier de Kercado. Vingt kilomètres et autant de minutes après avoir quitté Murielle, je me gare sur le parking. Les formalités d'inscription accomplies, j'entre dans une salle à l'impressionnant silence, malgré la dizaine de personnes attablées, chacune étant concentrée sur la compréhension des actes ou manuscrits qu'elle potasse pour en extraire l'essentiel.

Je choisis une table isolée puis, écoutant les conseils de la dame qui m'a reçu, sur une borne numérique, je cherche les documents d'urbanisme propres à la ville d'Auray. Il importe ensuite d'entrer une localisation, une époque… Plus on apporte de précisions, plus on affine la recherche. Pour la localisation, pas de problème, mais pour l'époque ? Me basant sur les dires de mon vénérable copain Lucien, je sélectionne le code d'un document relatif à un siècle puisque, de toute façon, ce qui est plus récent est soigneusement rangé aux archives municipales d'Auray. Quelques minutes d'attente, puis un homme plutôt jeune, moins de la trentaine, petite queue-de-cheval et lunettes sur la pointe du nez me remet un grand livre à la reliure impeccable. Évidemment, celui ou celle qui a rédigé avait une écriture parfaite, usant sans parcimonie de pleins et de déliés pour un aspect visuel fascinant. En majuscule ou en minuscule, les lettres font invariablement la même taille, s'alignent impeccablement sur le trait. De la belle ouvrage.

Hors de question de me taper toutes les feuilles une par une. L'exercice demandant de la réflexion, je repère quelques éléments distincts et, à partir de là, je décide de procéder par élimination. Ma stratégie étant définie, je m'y attelle avec vaillance.

À quinze heures, j'ai remonté le temps jusqu'à un siècle et demi… sans rien découvrir. Mon estomac me tiraille. Il est loin, le petit-déjeuner, mais l'établissement fermant bientôt, je n'entends pas perdre de temps en allant faire emplette d'un en-cas.

À seize heures trente, je suis dégoûté, désabusé. Regardant autour de moi le comportement des autres usagers, et essayant de deviner sur quel type d'écrits ils effectuent leurs recherches, il me vient soudain une idée. Et si je consultais la presse de l'époque ! Aussitôt, je me renseigne sur le journal qui, il y a un siècle, relatait le quotidien des Alréennes et Alréens. Quand j'ai l'info, comme pour les relevés d'urbanisme, je réclame le périodique *L'Avenir du Morbihan*. L'homme à la queue-de-cheval me tend un microfilm, et devant mon embarras suggère de m'expliquer comment l'utiliser sur l'un des appareils mis à disposition. Je le remercie et, sans perdre de temps en lisant les nouvelles nationales, régionales ou même départementales, je consulte uniquement ce qui a pour cadre Auray et Brech, car il me revient que l'archiviste m'a narré que, à l'origine, cette dernière ville était bien plus étendue que la première, et que c'est à la faveur de la construction de la gare ferroviaire qu'elle est parvenue à s'agrandir. De temps à autre, je jette un regard vers la pendule, dont les aiguilles tournent trop vite à mon goût.

Mon Dieu que ça a passé vite ! J'ai utilisé jusqu'à la dernière seconde, tout cela pour rien. Je suis le dernier à rendre mon document au jeune homme. Mon abattement doit se lire sur mes traits, ou dans mes yeux sans éclat, car il s'enquiert :

— Vous n'avez pas trouvé votre bonheur ?

— Non. Pas grave, je reviendrai lundi, ou mardi, ou…

— Vous ne travaillez pas ?

— Je suis en vacances.

— C'est cool de prendre ses congés après la saison. Vous bénéficiez de l'été indien, et il y a moins de monde. Que cherchez-vous exactement ?

— Des amis se chamaillent avec leurs voisins, au sujet d'un terrain dont personne ne sait à qui il appartient. Pour calmer le jeu, je tente d'y voir plus clair.

— Hum, je vous ai donné tout ce qui a rapport à Auray, pour une période allant de cent à cent cinquante ans. Vous auriez peut-être plus de chance à la BNF.

La Bibliothèque nationale de France. Un des étudiants qui avait fréquenté les archives d'Auray m'en a parlé. La solution serait-elle là-bas ? Devant mon air circonspect, il développe.

— Nous avons ici ce que les archives des villes du Morbihan nous transmettent, comme les actes administratifs, et au sens large ce qui concerne le département, mais à la BNF ce sont des millions de documents qui sont stockés. Ce n'est pas comparable.

— Ce ne doit pas être facile de se repérer…

— Ce n'est pas plus compliqué qu'ici. Tout est référencé, il suffit de savoir ce que vous désirez.

*

En reprenant la route d'Auray, je fais le constat de la journée qui est loin d'être achevée. La rencontre avec Angèle Combrait, ce matin au parc de Kerléano, a permis de réaliser qu'elle aussi a fait son possible pour crever l'abcès qui pourrit la vie des habitants du cul-de-sac, et cela depuis une éternité. Rien n'a changé, mais il y a une évidente volonté de mettre un terme à la vendetta qui anime les deux familles depuis des temps que l'on peut qualifier d'immémoriaux, puisque nul ne sait depuis quand cela date. Voilà pour le positif. À l'inverse, les tracas s'accumulent : la ferme des Combrait a été visitée durant la nuit, la garde à vue de Steven est prolongée, et je n'ai rien découvert de susceptible d'apporter un éclairage nouveau sur l'origine du problème des familles Barré et Combrait. Espérons que la soirée n'apportera pas d'autre mauvaise nouvelle, au singulier ou pire encore au pluriel.

En sortant de voiture pour ouvrir le portail, je vois la voiture d'Axelle devant sa maison. Mes pensées vont à Sébastien, que j'imagine allongé sur son lit d'hôpital, avec autour de la tête un immense pansement, perfusé, branché de partout pour maintenir la vie dans ce corps immobile, jambe et bras plâtrés.

Ce soir, Élise termine à dix-neuf heures. Murielle et moi allons préparer le repas, nous accordant un délai pour que nous ayons le temps de boire un apéritif pour marquer symboliquement la fin de la semaine.

— Alors ?

Un seul mot résume l'interrogation de ma chérie, jusque-là allongée sur un transat de notre terrasse.

— Alors rien. Je n'ai pas arrêté une minute, mais je n'ai pas d'info, je n'ai rien de… Pff.

— Tu n'as pas eu le temps de tout consulter, dit-elle pour me consoler tout en entourant ma taille de ses bras. Tu y retourneras, ajoute-t-elle avant de coller ses lèvres sur les miennes.

Nous restons ainsi un long moment, nos corps pressés l'un contre l'autre, nous balançant lentement, dans une même ondulation d'une forte sensualité. Je l'embrasse dans le cou, m'enivrant de son parfum.

— Ce n'est pas utile que j'y retourne. J'ai parlé avec le gars qui délivre les documents, il m'a dit exactement ce que m'a conseillé un ancien étudiant qui avait fréquenté les archives municipales pour sa thèse. S'il y a quelque chose, c'est peut-être à la Bibliothèque nationale, à Paris.

Elle défait le troisième bouton de ma chemise, les deux premiers l'étant déjà, et promène sa langue sur mon torse.

— Chéri, tu sais qu'on est en vacances la semaine prochaine ? murmure-t-elle langoureusement entre deux baisers. Je me ferai un musée pendant que tu seras à la BNF.

— Rien ne dit que…

— Si tu n'essaies pas, tu ne le sauras pas… Viens, j'ai envie de toi.

Au moment où elle m'attrape par la main pour m'entraîner dans son sillage, la voix de Daphné se fait entendre depuis l'autre terrasse.

— Mumu et Max, vous faites un jeu avec nous ? On s'ennuie !

Masquant notre désillusion, nous nous composons un sourire enjoué.

— D'accord, agrée ma chérie. Mais pas un jeu qui dure des heures ; Maxime ira à la traite tout à l'heure. On arrive.

Entourant ses bras autour de mon cou, elle m'embrasse sur les lèvres, et ponctue :

— Maxime Moreau, ce soir tu ne m'échapperas pas ! Je t'aime !

VIII

Samedi

Élise rentrée de sa journée à l'EHPAD, d'étranges sentiments nous animaient, aussi paradoxaux les uns que les autres. En présence d'Axelle et de ses filles, nous avons dîné. Autour de la table, nous étions huit à parler allégrement, nous coupant mutuellement la parole, émaillant nos saillies de plaisanteries ou de jeux de mots de valeurs inégales. Comme pour conjurer le mauvais sort et repousser le retour à la dure réalité, chacun s'échinait à entretenir ce semblant de liesse générale. Plus tard, alors que les quatre cousines s'étaient retirées dans une chambre pour je ne sais quelle activité, autour d'un digestif, entre adultes, nous avons égrené les péripéties de la semaine, essayant de mettre du positif là où il n'y avait que du négatif. Retrouvant un peu de joie de vivre, les deux belles-sœurs se sont un peu lâchées, enquillant plusieurs mojitos aux doses de rhum de plus en plus généreuses. Hélas, ce qui devait être une soirée de détente tourna au vinaigre quand, verre après verre, l'alcool leur monta à la tête. Progressivement, les rires débridés cédèrent la place à la mélancolie, puis à l'abattement. Ce fut Axelle qui craqua la première. Le chirurgien lui avait mis du baume au cœur en annonçant la programmation du réveil progressif de Sébastien à partir de lundi, mais elle redoutait cette épreuve. Dans quel état serait son mari, après cet épisode ? Récupérerait-il toutes ses facultés, ou conserverait-il des séquelles à vie ? Nul ne pouvait affirmer avec certitude ce que seraient ses aptitudes. D'ailleurs, l'homme de l'art s'était bien gardé d'émettre un pronostic. Angoissée, n'ayant d'autre option que de patienter et d'espérer, elle fondit en larmes. Nos tentatives pour la rassurer furent vaines. Comme si cela ne suffisait pas à plomber la soirée, Élise à son tour fut submergée par un sournois vague à l'âme. Forte durant la semaine, elle accusa la fatigue. Se prenant la tête à deux mains, elle pleura sans discontinuer durant vingt minutes.

Murielle et moi, sans être totalement sobres mais moins atteints, couchâmes les deux femmes dans le même lit et, en y mettant les formes, expliquâmes à leurs filles qu'il s'agissait d'un épisode dont elles ne devraient pas tenir rigueur à leurs mamans. Murielle eut la bonne idée de leur proposer de dormir ensemble, Mylène et Daphné disposant chacune d'un grand lit. L'aventure plut à Bérénice et à Sandra, qui ne se le firent pas dire deux fois pour que naissent des sourires.

Normalement, il était prévu que nous rentrions aujourd'hui à Concarneau, pour attaquer nos travaux, comme nous nous l'étions promis. Les événements de la semaine ayant modifié la donne, Élise et Axelle ont lourdement insisté hier soir pour que nous restions encore quelques jours. Il nous était impossible de refuser et, d'ailleurs, en nous-mêmes, nous ne pouvions nous résigner à les abandonner à leur triste sort.

Quand l'alarme avait sonné à six heures, l'heure de la traite, il avait fallu que je comprime la forte envie d'envoyer valdinguer mon téléphone à l'autre bout de la chambre. N'ayant guère le choix, je m'étais levé pour accomplir ma mission, à laquelle je ne prenais pas vraiment de plaisir, mais je notais que mes gestes étaient plus précis, plus rapides. La désinfection des pis et la pose des trayons n'avaient plus de secret pour moi.

Près de trois heures plus tard, en prenant le petit-déjeuner sur notre terrasse, nous apercevons Élise sortir par la porte-fenêtre de sa maison. Clignant des yeux sous la puissance des rayons du soleil, elle frotte ses cheveux blonds frisés pour illusoirement calmer la tempête sous son crâne. Pieds nus, en short et tee-shirt, il est clair qu'elle sort de son lit et a enfilé ce qui lui est tombé sous la main. Derrière elle, je distingue la silhouette d'Axelle, qui elle aussi connaît des difficultés à émerger. Après la fête, la défaite.

— Déjà debout ! souligne notre hôtesse d'une voix éraillée.

— Je viens de me lever, fait Murielle en s'étirant. Max a déserté le lit avant l'aube pour la traite. Ça va ?

D'une main à plat oscillant de droite à gauche, elle indique qu'elle n'est pas au top. Elle entre dans la maison, et en ressort trente secondes plus tard, un verre de jus d'orange à la main. Axelle la suit, portant une tasse fumante. Elle aussi s'est fringuée à la va-vite, un long tee-shirt lui descendant jusqu'à mi-cuisses. Elles nous rejoignent en marchant lentement, incapables de se mouvoir plus rapidement.

— Maxime, on ne te remerciera jamais assez pour ce que tu fais. Un énorme merci de ma part, de celle de Steven et de nos deux familles.

— Il faut bien que je me rende utile. Ce n'est pas une corvée, tu sais. Je me coucherai plus tôt ce soir, et puis voilà.

— Oh, quelle cuite ! grogne Élise en s'asseyant près de Murielle. On ne s'est pas ratées !

— Parlez pour vous, riposte ma chérie en souriant. Vous aviez toutes les deux le maillot jaune.

— Après le café, il faut que je prenne une douche avant d'aller à Nantes, expose Axelle. Et que je dessaoule complètement. Imaginez s'il y avait un contrôle biniou* ce matin, je me ferais embarquer.

— Ce serait plus prudent d'attendre midi. Tu iras cet après-midi à l'hôpital.

Un hochement de tête valide la recommandation de sa sœur, avant que celle-ci n'ajoute :

— Il faut que je me prépare pour aller chercher Seb. Tu es sûr, Max, qu'ils le libèrent ce matin ?

— La garde à vue se termine dans vingt minutes, fais-je après avoir regardé l'heure sur mon portable. S'ils n'ont rien contre lui, ils devront lui rendre sa liberté.

— Il faut que je me dépêche. Les filles dorment encore, je vais me préparer sans faire de bruit.

Alors qu'Élise se lève, Axelle en fait de même.

— Je vais chez moi chercher mon médoc pour la thyroïde, je reviens.

Les deux zombies s'éloignent à petits pas mal assurés.

— Elle ne va pas conduire dans cet état !

— Non, ce n'est pas prudent. Je vais y aller.

— Heureusement que nous ne sommes pas de mauvaises langues, s'amuse Murielle, sinon on se gargariserait de deux célibataires qui font la fête alors que leurs conjoints sont au plus mal.

* Dénomination employée couramment en Bretagne pour désigner un contrôle d'alcootest par la gendarmerie ou la police.

— Elles ont lâché la pression contenue depuis une semaine. L'alcool a permis d'extérioriser le stress et la fatigue nerveuse accumulée.

— Oui, ça leur a fait du bien. Malheureusement, les problèmes ne sont pas définitivement résolus. Pour parler d'autre chose, dit-elle en reprenant la position debout et en contournant la table sans me quitter d'un regard coquin, malgré ma promesse, tu m'as échappé hier soir, Maxime Moreau.

— Il valait mieux, la performance n'aurait pas été de qualité.

— Aujourd'hui, pas d'alcool, ou alors avec modération. Et ce soir…

Elle m'embrasse goulûment, se pose face à moi sur mes genoux, ses jambes de chaque côté de mon corps. Mes mains retenant ses fesses, même si en aucune manière elles ne menacent de chuter en arrière, je lui rends son baiser avant d'écarter ses cheveux pour me perdre dans son cou. En quelques instants, la température monte, nos respirations s'emballent. L'issue ne fait pas de doute.

— Pourquoi attendre ce soir ? Rentrons, nous n'avons pas besoin de témoin.

Nous allons pour nous isoler, quand des cris nous retiennent. Allons bon, que se passe-t-il encore ? On ne sera jamais peinards !

— Maxime… Max… Viens vite !

Courant aussi vite qu'elle le peut, Axelle survient

à l'angle de la maison d'Élise et Steven. Ses traits reflètent la panique.

— J'ai été cambriolée ! Tout est par terre, tout est… Oh, c'est pas possible !

Cédant à Murielle le soin d'obtenir quelques premiers renseignements, c'est en courant que je m'éloigne. Il est vraisemblable que le cambrioleur n'est plus sur place à cette heure avancée, mais mieux vaut m'en assurer.

Sur la porte, la clé utilisée par Axelle est toujours dans la serrure. Logique, elle devait entrer uniquement pour prendre son médicament et repartir. Négligeant cette issue, je contourne la maison pour identifier l'accès utilisé par le ou les cambrioleurs. Sur la terrasse qui donne une vue imprenable sur la ferme des parents d'Élise et Axelle, une porte-fenêtre est ouverte. Supposant qu'elle l'a sûrement été pour permettre l'intrusion et le départ des voleurs, j'observe les autres fenêtres du rez-de-chaussée et de l'étage, mais toutes sont closes, aucun carreau n'est cassé. Taraudé par l'envie d'entrer pour m'assurer qu'il n'y a plus personne, je rejette vite cette mauvaise idée. Si je le faisais, les techniciens de la gendarmerie ne manqueraient de récolter la preuve de mon intrusion, et ne tiendraient pas compte de mon explication. Se souvenant que je n'ai pas d'alibi pour le moment de l'agression de Sébastien, ils n'hésiteraient pas longtemps avant de me passer les bracelets.

Les trois femmes ne tardent pas à me rejoindre. Bien entendu, il appartient à Axelle d'avertir les autorités. Retenant difficilement ses larmes, elle compose le 17 sur le portable prêté par Murielle. Pendus à ses lèvres, nous l'entendons débiter une longue tirade qui reprend les maigres éléments en notre possession. Alors que son interlocutrice répond, elle met l'appareil sur la fonction haut-parleur afin que nous ne rations rien, et explique.

— La gendarme va voir son supérieur.

Quelques secondes, puis une voix d'homme se fait entendre.

— Bonjour, madame Séminou. Ici l'adjudant Levesque. Ne touchez à rien, nous arrivons tout de suite.

— Et mon mari, s'écrie Élise en se détachant par-dessus l'épaule de sa sœur, il rentre à la maison avec vous ?

— Madame Pourriou, il est actuellement avec le lieutenant Jacq. Je ne sais pas ce que sera sa décision. Pour l'instant, ne touchez à rien dans la maison, nous arrivons.

La main tremblante, Axelle restitue le téléphone. Murielle va pour s'en saisir quand la main tremblante se dérobe, et qu'Axelle s'effondre. Nous n'avons pas le temps d'esquisser un geste qu'elle est au sol.

Heureusement, la tête n'a pas porté. Sans perdre

leur sang-froid, les professionnelles de santé se baissent aussitôt.

— Et merde ! Il ne manquait plus que ça.

Pendant que je vais quérir une chaise sur la terrasse, quelques petites claques assénées sur les joues et Axelle reprend conscience. Alors que les deux femmes vérifient qu'elle a pleinement retrouvé ses esprits, je demande à Murielle de se positionner à un endroit d'où elle ne pourra manquer la sortie d'un cambrioleur, et cours chez Élise chercher un verre et une bouteille d'eau. À mon retour, les voyants sont au vert. Cependant, par précaution, Axelle reste assise. Quelques paroles réconfortantes, et je remplace Murielle. Je suis néanmoins à portée de voix.

— Axelle, sans indiscrétion, il y a de l'argent chez toi ? Des objets précieux, des bijoux ?

— Non, rien d'exceptionnel.

— Il n'y a rien qui pourrait justifier un cambriolage ?

— Non, je ne vois pas ce qu'un voleur pourrait embarquer, sauf la télé ou les ordinateurs.

Il s'en faut d'un bon quart d'heure pour que se pointe une voiture bleue. Les portières libèrent quatre passagers. L'adjudant Levesque, le lieutenant Jacq, une gendarme et Steven, ce qui, outre le fait de m'éviter un aller-retour à la gendarmerie, est une excellente nouvelle. Sans se contenir, Élise se précipite pour le serrer dans ses bras. Une deuxième voiture suit, identique à la première. Deux gendarmes s'en extraient. Venant de l'autre côté de la route, je perçois le moteur de la C4 blanche au toit noir. Sans un regard vers notre direction, Angèle sort de sa propriété et pousse les rapports pour s'éloigner. La libération de Steven sera vite connue du clan Combrait.

— Bonjour, monsieur Moreau, m'apostrophe l'officier. Que savez-vous ?

— Axelle Séminou et ses filles ont couché cette nuit chez les Pourriou. En venant chercher un médicament, elle est entrée par la porte principale et a constaté que son domicile a été visité. Elle nous a prévenus à la seconde même. Nous avons accouru et, bien sûr, nous nous sommes bien gardés de pénétrer. Sur l'arrière, une porte-fenêtre est ouverte. Je n'ai pas vu de trace d'effraction. Nous ignorons s'il y a encore quelqu'un à l'intérieur.

Faisant volte-face, il s'adresse à l'adjudant :

— Faites surveiller l'habitation, il se peut qu'il y ait encore quelqu'un. Et faites fouiller les abords.

Puis il revient vers moi.

— Vous-même, où étiez-vous durant la nuit ?

— Nous avons passé la soirée tous ensemble, avec les enfants. Il était plus d'une heure du matin quand nous nous sommes couchés.

— Et après une heure du matin ?

— La même chose que vous, Lieutenant, j'ai dormi. Ma compagne pourra l'affirmer.

J'ai prononcé cela sans ironie. Il n'est pas utile que je m'attire ses foudres en adoptant un air chambreur.

— Restez ici, s'il vous plaît.

En quelques enjambées, il est près de Murielle. Trois ou quatre mots, et elle le suit vers sa voiture. Je le vois prendre son ordinateur portable dans le coffre, conservant le silence comme s'il estimait que cela fragiliserait Murielle, la mettrait mal à l'aise ou l'irriterait.

Ceci n'est pas pour m'inquiéter. Femme de caractère, je la sais assez forte pour ne pas s'en offusquer.

— Salut, Max. Ça continue !

— Salut, Steven. Ouais, je ne pige pas ce que ça signifie. À mon avis, pour savoir qu'Axelle, Sandra et Bérénice n'étaient pas à la maison, on devait être espionnés.

— Espionnés ! Par qui ?

Il s'est naturellement retourné vers l'autre côté de la route, vers les maisons des trois frères Combrait. Difficile, en effet, de concevoir que la solution puisse être toute autre.

— Ça ne peut pas durer ! Il faut que les gendarmes chopent celui qui est venu ici. Tu sais si on leur a volé quelque chose ?

— Non, nous ne sommes pas entrés. Seulement Axelle pour prendre ses médocs. Je ne le lui ai pas demandé, mais j'imagine qu'elle n'a pas pris le temps de faire l'inventaire avant de venir nous alerter.

— Si j'attrape celui qui… C'est peut-être les trois frères ! Un qui fait le guet pendant que les autres fouillent.

— Comme depuis le début, laissons les gendarmes enquêter. Mais plus que jamais, il faut se méfier. De tout et de tout le monde. Et toi, comment vas-tu ?

— Je suis content d'être dehors. Deux jours qu'ils m'ont gardé ! Ça m'a semblé une éternité. Au fait, Axelle m'a raconté tout ce que tu as fait. Merci pour tout, de t'être occupé des bêtes, de Béré et Sandra quand elles rentraient de l'école… Un grand merci, Max.

Les filles Pourriou et Séminou arrivent. D'abord heureuses de voir Steven, une fois averties du fric-frac, elles ne peuvent cacher leurs émotions et leur mal-être, mélange de surprise et de stupéfaction. Sommées de quitter les lieux par l'adjudant, elles refluent en compagnie de Steven qui chemine un bras autour du cou de chacune de ses filles.

L'échange entre Murielle et le lieutenant Jacq dure un bon quart d'heure, l'officier tapant ses réponses sur son clavier. Quand c'est fini, il vient vers moi tandis que ma chérie part vers la maison d'Élise et Steven.

— Monsieur Moreau, vous ne m'avez pas dit que vous avez déserté votre logement à six heures, ce matin.

— Ah oui, c'est vrai. Je suis allé traire les vaches.

— Je vous place en garde à vue. Il est neuf heures trente-cinq, vous pouvez demander un examen médical et la présence de votre avocat. Si vous n'en avez pas, il en sera commis un d'office.

— Quel est le motif de la garde à vue ?

— Au motif que vous êtes suspecté d'être l'auteur d'un cambriolage.

— Pourquoi pas de tentative d'homicide volontaire sur la personne de Sébastien Séminou, tant qu'à faire ?

— Ne faites pas le malin. J'hésite à vous passer les menottes mais, au moindre geste, à la moindre parole, vous n'y couperez pas. Allons-y !

— J'insiste pour être menotté. Sans cela, je ne bouge pas.

Ébahi, il me jauge, comme s'il doutait que je dispose de la pleine possession de mes moyens. Me tournant, je mets les mains dans le dos.

*

L'adjudant Levesque est demeuré sur place, ainsi que la gendarme, dans l'attente des techniciens en identification criminelle, qui ne devraient plus tarder. Ils en auront au moins pour la matinée, photographiant les lieux, relevant des empreintes digitales, et procédant à toutes sortes de relevés. C'est donc escorté de trois hommes que je prends la direction de la gendarmerie. Je ne me les représentais pas comme cela, mes vacances.

Rue de la Forêt, je suis conduit dans le même bureau qu'avant-hier. Pendant qu'on me défait des menottes, Philippe Jacq semble consulter ses mails.

— Merci de nous apporter du café, s'il vous plaît, fait-il au gendarme, avant de poursuivre sa lecture.

S'il croit que son silence, forcé ou non, va me déstabiliser, il se met le doigt dans l'œil, et cela bien profond. Comme il y a deux jours, je n'ai rien à me reprocher. Certes, les éléments sont contre moi, mais je ne suis absolument pas ébranlé. Parce qu'à chaud il n'est pas toujours aisé de réfléchir sainement, je profite de ce répit pour analyser le dernier événement. Pour moi, il ne fait pas l'ombre d'un doute que nous étions épiés, hier soir. Mais alors, où pouvait se tenir le guetteur ? À quelle distance ? Sûrement assez loin pour que nous ne décelions pas sa présence, ni nous ni Frenchi, le bouledogue français. Et encore, nous pouvons passer outre au flair de celui-ci, car ce n'est pas à proprement parler un chien de garde. Bon, cela étant établi, où étaient le ou les cambrioleurs ? Il y a bien un talus au fond du jardin, mais je pencherais pour un poste plus éloigné. Donc accessible par n'importe qui de malintentionné. Autre possibilité, par l'un des frères Combrait. Mais lequel ? Yannick ? Peu probable, il nous a aidés pour subvenir aux besoins des bêtes. Mais peut-être était-ce pour endormir notre méfiance. Nicolas, le menuisier ? Il aurait fallu qu'il explique à sa femme pourquoi il s'absentait du domicile conjugal. À moins qu'elle ne soit également dans le coup… Ludovic, le plus vindicatif des trois ? Lui aussi est marié, et aurait dû vendre une salade à son épouse pour sortir.

J'en suis là quand le gendarme apporte deux tasses de café, et que le lieutenant s'intéresse à moi, après un copier-coller de mon état civil.

— Vous n'avez pas demandé d'examen médical ni requis la présence d'un avocat. Je vous entends au sujet d'un cambriolage, monsieur Moreau. Où étiez-vous cette nuit ? Racontez-moi ce que vous avez fait depuis vingt heures, hier soir.

Réclamer une deuxième version des faits est un grand classique de l'interrogatoire, afin de s'assurer qu'elle correspond point pour point à la première et aux affirmations des témoins.

C'est sans sourciller que je me plie à l'exercice,

régulant mon flux verbal pour qu'il puisse taper sur son clavier.

— Nous avons dîné tous ensemble. Il y avait Élise Pourriou et ses deux filles, Axelle Séminou et ses deux filles, ma compagne et moi. Vers vingt-deux heures trente ou vingt-trois heures, les quatre cousines sont montées dans une chambre, pour jouer, regarder un film ou que sais-je. Nous, les adultes, sommes restés discuter sur la terrasse car il faisait doux, en buvant un digestif. Il devait être aux alentours d'une heure du matin quand la soirée s'est terminée. Les deux belles-sœurs ayant un peu trop abusé de la divine bouteille, ma compagne et moi les avons couchées, puis nous avons dit à Daphné et Mylène de faire une place dans leur lit pour Sandra et Bérénice. Ensuite, ma compagne et moi sommes allés chez nous, dans la petite maison que nous louons. Ce matin, je me suis levé à six heures, pour la traite des vaches. Cela m'a pris plus de deux heures trente, car je ne maîtrise pas complètement ce domaine, et que j'ai aussi donné du grain aux poules. Après cela, je suis revenu à notre location. Ma compagne dormait. J'ai attendu sur la terrasse, où elle m'a rejoint environ trente minutes plus tard.

— Qu'avez-vous fait durant cette demi-heure ?

— J'ai lu. J'avais emprunté un roman policier à la bibliothèque de nos amis.

Lorsque ma réponse est inscrite sur son écran, il n'embraye pas, comme s'il cogitait à la suite. Une fois encore, je ne suis pas dupe. Adoptant un air détaché, je porte mon regard vers la fenêtre, et sur le ciel uniformément bleu.

— Il y a quelque chose qui me dérange, monsieur Moreau. Ce matin, alors que tous dormaient, vous étiez seul. Et lundi, au moment de l'agression de Sébastien Séminou, vous étiez encore seul. D'ailleurs, vous êtes le seul à ne pouvoir justifier de ce que vous faisiez au moment de cette agression.

— Ce n'est pas tout à fait cela. Je peux justifier. J'étais en plongée.

— Personne ne vous a vu.

— Avez-vous interrogé les loueurs de canoës ? Il y en a sûrement un qui en a loué à deux garçons et une fille d'une vingtaine d'années.

— Nous l'avons fait. Aucun ne cautionne ces locations.

— Dans ce cas, il faut admettre que ces jeunes sont venus avec leurs propres embarcations.

Il reporte les yeux vers son écran, signifiant qu'il ne croit pas à cette éventualité.

— Vous pouvez au moins chercher, en lançant un appel à témoins dans la presse.

À sa façon de lever les paupières et d'abaisser les commissures de ses lèvres, il n'apprécie pas ma suggestion.

Max, reste à ta place, laisse-le gérer son enquête.

— En attendant l'audition des autres témoins, vous allez passer la matinée en cellule. Avec un peu de recul, souhaitez-vous la présence d'un avocat ?

— Non, Lieutenant.

Défendre mon innocence ne servirait à rien. C'est ce qu'attestent tous les suspects… et on ne les croit jamais.

*

Défait de mon porte-monnaie et de mon téléphone portable, j'éprouve une sensation jusqu'alors inconnue quand la porte se referme et que tourne la clé pour un double tour réglementaire. Au cours de ma carrière, il m'est arrivé plusieurs fois de penser à ce que ressentent les gardés à vue, une fois seuls dans une petite pièce, coupés du monde. Maintenant que je suis confronté à cette situation, je ne saurais l'exprimer clairement, tant sous ma coiffe un méli-mélo de certitudes et de contradictions m'assaille.

Assis à même le sol, car je refuse de me poser sur le bat-flanc, coudes sur les genoux et bras croisés, je me remémore chronologiquement les faits qui, depuis une semaine aujourd'hui, se sont succédé. Depuis l'accrochage verbal du samedi, Ludovic Combrait ne s'est pas manifesté. Est-ce pour endormir les soupçons qui pourraient le viser ? Possible, ce serait stratégiquement intelligent. Son frère Yannick, quant à lui, s'est proposé pour expliquer comment s'occuper des bêtes mais, en dehors de cela, nous ne l'avons pas revu. Est-ce intentionnel, était-il pris par ailleurs ou a-t-il jugé qu'il avait fait l'essentiel et que cela suffisait ? Nicolas, le troisième de la fratrie, ne s'est jamais directement mouillé, et semble transparent. Se peut-il que ce soit pour écarter les soupçons ? Si l'on exclut les enfants, bien trop jeunes selon moi pour s'attaquer à Sébastien, qui reste-t-il ? Angèle, la femme de Nicolas, et Sabrina, si j'ai bien retenu son prénom, l'épouse de Ludovic, Yannick étant célibataire. Angèle, en se rendant aux archives municipales pour tenter de découvrir à qui appartient le terrain au bout de l'impasse, a semble-t-il fait ce qu'il fallait pour mettre un terme à la vendetta. Cependant, cette louable initiative pourrait être ternie par son implication si, au cours de ses recherches, elle avait découvert que le champ est propriété des Barré depuis plusieurs générations. Ce n'est pas si stupide que cela en a l'air. N'oublions pas que nous avons sollicité son aide pour nous expliquer les rudiments afin de nous occuper des bêtes, et que Yannick s'est étonné qu'elle ne lui en ait pas parlé. Hum, hum… À bien y repenser, le double jeu d'Angèle est étonnant. Je conserve cela sous le coude. Sabrina, maintenant. Sabrina, que Murielle et moi n'avons jamais vue… Comment avoir un avis sur l'Alréenne, aussi invisible que l'Arlésienne ? Ce serait bien de la rencontrer mais, avec son turbulent mari, il faudrait être prudent pour que ça ne parte pas en live.

Ne pouvant entrer en contact avec Angèle ou Sabrina, je tourne et retourne ces informations dans ma tête, sans que jaillisse une étincelle. De guerre lasse, je me dis qu'il ne faut pas négliger une autre possibilité : ces malheureux événements seraient-ils le fait d'un individu que jusqu'ici personne ne soupçonne, car se tenant à distance pour ne pas être repéré ? Oui, pourquoi pas, mais qui pourrait avoir un intérêt à entretenir la crainte et la suspicion dans ce coin perdu ? Hormis un agriculteur, qui souhaiterait s'approprier le terrain ? Et… Et si le terrain n'avait aucun rapport avec l'agression et les cambriolages ! Et si ce n'était pas un individu mais plusieurs ? Et si…

Paumé, n'apportant aucune réponse à mes interrogations, je chasse ces élucubrations de mon esprit, et n'ai d'autre solution que de céder au lieutenant Jacq le soin de tirer l'affaire au clair.

*

Je suppose qu'il est aux alentours de midi lorsqu'un gendarme m'apporte un sandwich au thon et une petite bouteille d'eau. Je m'adjuge quelques gorgées avant de mordre dans le pain frais. Je n'ai pas terminé la première bouchée que la clé tourne de nouveau dans la serrure.

— Venez, l'adjudant veut vous voir.

Docile, je me tourne pour présenter mes mains.

— Pas la peine de vous menotter, c'est juste à côté.

— Faites-le quand même. Il se murmure que je suis un gibier de potence.

Un poil embarrassé, il hésite. Je lève les mains d'une dizaine de centimètres pour l'inciter à respecter la sacro-sainte procédure. Clic, clic. Opération inverse quelques secondes plus tard, avant que je ne m'asseye face au sous-officier.

— Il n'y en a pas pour longtemps, expose-t-il. Nous allons relever vos empreintes digitales.

— Ce sera inutile, je pense. Mieux vaut un prélèvement ADN. Après l'agression de Sébastien, je suis allé avec Steven dans la maison des Séminou. Nous voulions savoir s'il y avait eu effraction. Je crois que je n'ai rien touché, mais j'ai peut-être perdu un cheveu, un petit morceau de peau ou…

— Dans quelles pièces êtes-vous allé ?

— Seulement le rez-de-chaussée. En constatant que rien ne paraissait dérangé, seul Steven est monté s'assurer qu'il en était de même pour les chambres. Comme c'était le cas, nous sommes repartis rapidement.

Alors que tout en tapant ses questions et mes réponses il se demande ce qu'il doit penser de cette déclaration, je pousse le bouchon.

— Je veux que ceci apparaisse sur le PV.

Difficile de traduire la lueur qui traverse son regard, entre irritation et amusement. Irritation parce qu'il ne m'appartient pas de lui dicter son travail, et amusement parce qu'il doit agréer qu'à ma place il en aurait fait autant.

— Vous avez raison de vouloir prendre votre temps. Votre repas attendra.

— Oui, il ne va pas refroidir.

Ma touche d'humour l'amuse, mais il ne peut le montrer ouvertement.

La prise d'empreintes à l'aide d'un scanner, suivie de la rédaction du document officiel, est rapidement exécutée. Pour l'ADN, un bâtonnet est frotté sous la langue pour l'humidifier puis à l'intérieur des joues. Avant de lancer l'impression, il a ajouté sur le document officiel que j'affirme m'être rendu une seule fois chez Sébastien et Axelle, à la date de lundi dernier.

De retour dans ma geôle, j'ai avalé le sandwich en tournant en rond dans mon exiguë retraite, puis j'ai repris ma position au sol, contre le mur. D'habitude, je suis peu enclin à la sieste, mais les abus de la veille et le manque de sommeil m'ont fait sombrer dans un demi-sommeil.

C'est le double tour de clé qui me réveille. J'ignore combien de temps j'ai dormi. Ce n'est pas le gendarme vu plus tôt qui s'affiche dans le chambranle de la porte, mais l'adjudant Levesque.

— Un café, ou de l'eau ?

— Un café, s'il vous plaît.

Bien des taulards jalouseraient ce traitement de faveur, exception faite des politiques, magnats des affaires ou people du show-biz. Il arrive cependant que pareille louable initiative, comme l'autorisation de fumer, ait pour objectif de créer un climat de confiance, pour amener un suspect à s'épancher. Si tel est le cas, il risque d'être déçu, je n'ai rien à lui apprendre.

Prévoyant, il demande au gendarme un arabica et une autre bouteille d'eau.

— Il fait bon être embastillé chez vous. Dans la police, nous ne pouvons nous le permettre.

— Nous ne le faisons pas pour tout le monde. Disons que votre statut est particulier.

— Parce que je suis flic ?

— Oui, et parce que vous avez un palmarès bien étoffé.

— C'est gentil. Évidemment, si je vous demande combien de temps je vais rester ici, vous n'allez pas me répondre.

— Pour cela, il faudrait connaître la réponse, or je ne l'ai pas. Je ne vous apprends pas le boulot, nous avons des vérifications à faire avant de vous disculper. Mais il faut avouer que rien ne penche en votre faveur.

— Rien non plus ne penche en ma défaveur, mon adjudant. Je ne dirais pas que j'étais au mauvais endroit au mauvais moment, mais il peut y avoir des éléments qui tendraient à démontrer l'implication d'un proche, géographiquement parlant. Il y a une semaine de cela, j'ignorais l'existence du couple Séminou. Pour quelle raison aurais-je assommé le mari et visité leur maison ?

— C'est ce que nous cherchons à définir. Pour vous comme pour les autres suspects. Hormis ce café, vous n'aurez pas de passe-droit.

— Les voisins de nos amis sont-ils eux aussi en garde à vue ?

— Je n'ai pas à vous répondre. Il est clair que nous avons entendu le voisinage, mais je ne commente pas. Le reste nous regarde.

Qu'est-ce que j'espérais ? Qu'il déblatère sur l'enquête en cours ?

Je vide le gobelet d'un café clair et le lui tends.

— Venez, le lieutenant veut vous voir.

Le sous-officier étant plutôt cool, je ne l'enquiquine pas en exigeant les menottes.

Le grand blond n'est pas dans le bureau quand je m'y assieds.

Levesque reste avec moi jusqu'à sa venue, sans m'adresser la parole. Se plantant devant son ordinateur, il repousse le clavier et pose deux mains énormes l'une sur l'autre.

— Monsieur Moreau, j'ai une bonne nouvelle : vos empreintes ne matchent pas avec celles découvertes ce matin dans la maison des époux Séminou. C'est un premier point, qu'il faut voir comme positif.

— Vous me rendez ma liberté, alors ?

— Ce n'est pas aussi simple. Cette première vérification vous est favorable, mais nous continuons à travailler. Tant que nous n'aurons pas élucidé ce qui se passe dans ce quartier, nous n'omettrons aucune piste, aucun détail. Il y a eu cinq incidents, plus ou moins graves, en l'espace d'une semaine. C'est beaucoup, c'est énorme. En vous gardant, s'il se passe un nouveau fait délictuel, nous pourrons supposer que vous êtes étranger à ces exactions.

— C'est un peu léger, Lieutenant. Vous n'allez pas enfermer tous les hommes pour procéder par élimination en les relâchant l'un après l'autre ?

— Ce n'est pas mon objectif. Comprenez qu'en vous gardant, je vous préserve.

— Cette façon de faire est critiquable. Certaines nuits, il ne s'est rien passé. Imaginons que ce soit le cas la nuit prochaine. En déduirez-vous que je suis le coupable ?

— Je verrai comment interpréter les choses. Votre garde à vue se poursuit. Vous ne voulez toujours pas d'un avocat ?

— Non, je n'ai pas besoin d'un baveux*. Ramenez-moi dans ma geôle.

* Un avocat, en jargon policier.

IX

Dimanche

Il n'y a que les imbéciles qui ne changent pas d'avis. Fatigué, lassé de tourner en rond, ayant mal aux fesses à rester assis, j'ai fini par m'allonger sur le bat-flanc, et à ma grande surprise j'ai bien dormi. Il devait être sept heures quand la gendarme vue hier devant la maison d'Élise m'a apporté le petit-déjeuner. Depuis, je ronge mon frein, en attendant neuf heures trente-cinq, heure à laquelle a commencé ma garde à vue. Concrètement, il n'y a aucune raison pour qu'elle soit prolongée de vingt-quatre heures. Reste à savoir si durant la nuit il n'est pas survenu une nouvelle catastrophe.

Je ne porte plus de montre depuis plusieurs mois, quand je l'ai cassée en bricolant. M'appuyant habituellement sur mon portable, je suis incapable d'estimer le temps qui passe. Enfin, je capte un bruit de pas, qui s'arrête devant la porte de ma cellule avant que ne tourne la clé. Liberté, je crie ton nom ! Enfin, j'espère…

Le lieutenant Philippe Jacq, impeccable dans son uniforme, est assis dans le bureau à sa place habituelle. Passant les deux mains sur son casque blond, il m'adjuge un demi-sourire encourageant.

— Bonjour, monsieur Moreau. Avez-vous bien dormi ?

Pragmatique, je n'ai pas envie de tourner autour du pot.

— Ça a été. Alors, où en êtes-vous ?

— L'enquête progresse. Pour être francs, en raison des éléments collectés, nous pouvons tabler sur une issue dans un délai raisonnable. Et puis, ce n'est pas que je m'ennuie à Auray mais, à Vannes, j'ai mes habitudes. Il est neuf heures. Votre garde à vue sera bientôt levée, car je n'ai pas l'intention de la prolonger.

— J'en déduis que la nuit a été calme.

— Oui. Enfin, on ne nous a rien signalé pour l'instant. Avant que vous ne partiez, voyez-vous un élément à me communiquer ?

— Non, aucun. Excepté avec vous, je n'ai discuté avec personne depuis vingt-quatre heures. Je n'ai rien de plus à dire.

— Je vais rédiger le procès-verbal de fin de garde à vue. Restez-vous dans la région, ou repartez-vous chez vous, à Concarneau ?

— Je ne sais pas encore. Il faut que j'en parle à ma compagne, et à nos amis. Ils sont en pleine détresse, nous ne nous sentons pas le cœur de les abandonner.

— En tout cas, faites-le-moi savoir.

Me raccompagnant jusqu'à l'accueil, Jacq me remet mon porte-monnaie et mon portable.

— Passez de bonnes vacances. Voulez-vous téléphoner pour qu'on vienne vous chercher ?

— Non, merci, j'ai ce qu'il faut. La batterie ne doit pas être à plat.

Rue de la Forêt, exit de ma poche, le téléphone portable. Problème, j'ai fanfaronné, car la batterie est à plat. Purée ! Par fierté, j'exclus de faire demi-tour pour demander assistance aux gendarmes. Je pourrais chercher un taxi, mais un peu d'exercice ne me fera pas de mal. Mieux, il me permettra de me défouler, après ce tour de compteur sans me dépenser physiquement. Ça tombe bien, j'ai toute la ville à traverser. Me souvenant de mes différents trajets en voiture lors de balades, j'opte pour la rue du Docteur Laennec. Allez, en avant, marche !

Avançant d'un bon pas, après avoir passé le panneau routier qui annonce la sortie de la ville, je parviens un peu plus tard à l'entrée de la route du cul-de-sac.

Depuis son poste d'observation, mon compère Lulu me voit survenir.

— Pas de footing aujourd'hui ? Tu préfères la marche ?

— J'alterne, dis-je pour ne pas m'appesantir sur la réalité : un jour footing, un autre jour marche.

— C'est bon pour la santé. Tu veux un coup de cidre ?

— Non merci, Lulu, c'est trop tôt pour moi.

— Tu trouves ?

— Une autre fois.

— Moi, j'ai bu un petit verre tout à l'heure.

— Je te laisse ma part pour aujourd'hui, mais je n'ai pas dit mon dernier mot. Allez, Lulu, bonne journée !

Avant que le pipelet n'entame un autre sujet de conversation, je reprends ma progression. Plus j'approche de ma destination, plus j'estime incroyable que dans ce coin retiré les voisins ne pensent qu'à se nuire, alors que la solidarité, ou au minimum la bonne intelligence, devrait régner afin de garantir une certaine sérénité, une confiance. Dans une grande ville, on connaît à peine ses voisins, et tout juste si on les salue, mais ici !

Dans mon dos, le bruit du moteur d'un tracteur se fait plus fort. Si c'est l'un des Combrait, j'ai intérêt à m'écarter, quitte à monter sur le talus. Jetant un œil par-dessus mon épaule, je reconnais Steven au volant.

— Ça y est, fait-il en s'arrêtant à ma hauteur, tu es dehors !

— Oui. C'est fou comme parfois les heures s'égrènent lentement. Quoi de neuf ?

— Rien. On a passé une journée et une soirée tranquilles. Par précaution, on a proposé à Murielle de venir dans la maison, avec nous, mais elle a préféré dormir dans votre lit. Tu montes, je te dépose !

Avisant l'immense pneu arrière de son engin, je suis peu enclin à accepter, craignant qu'une fausse manœuvre ne me transforme en crêpe, mais j'y consens en acquiesçant et grimpe sur le marchepied.

Avant de continuer vers la ferme, Steven me dépose devant sa maison. Inévitablement, le portail est fermé pour empêcher la fuite de Frenchi. Sans doute avec le temps a-t-il identifié le tracteur de son maître, car en émettant de drôles de grognements, le bouledogue français fait les cent pas derrière la barrière, qu'il sait infranchissable en raison de sa petite taille. La voiture d'Élise et la nôtre sont dans l'allée. Sans aller saluer notre hôtesse, je vais directement à notre location. Sur un transat, Murielle est plongée dans la lecture d'un pavé d'au moins six cents pages.

— Ah, tu m'as manqué ! s'écrie-t-elle en fermant le livre sans y glisser un marque-page.

Notre étreinte et nos baisers durent quelques belles secondes, puis elle éloigne une chaise de la table pour que je me pose et va chauffer du café.

— Tu es rentré comment ? lance-t-elle à voix haute en me croyant dehors. À pied ?

— Ne hurle pas, je suis là, fais-je en pénétrant dans la pièce. Oui, à pied. Je ne pouvais pas te prévenir, mon portable est vide. Il faut que je le charge, dis-je en branchant le chargeur.

— Raconte ta GAV.

GAV ! Voilà qu'elle adopte le jargon policier. Il est pourtant rare que je parle boulot à la maison.

— C'était long. Je n'avais rien à leur apprendre, alors ils ont fini par me mettre dehors. En revanche, il y a un souci : on pensait partir dès demain à Paris, et j'ai interdiction de quitter le secteur, excepté pour rentrer à la maison. Jacq veut tout savoir de nos déplacements.

— Merde ! Qu'est-ce qu'on fait, alors ?

Un sourire énigmatique sur mes lèvres la renseigne.

— Non, tu ne vas quand même pas…

— Si ! Si on décolle à cinq heures du mat', on est quai François Mauriac à dix. Avec un peu de chance, je peux trouver une info rapidement…

— Ou ne rien trouver ! coupe-t-elle.

— Ou ne rien trouver, mais il n'y a qu'en y allant qu'on le saura. C'est comme le loto, il n'y a que ceux qui ont joué qui ont gagné. Si on n'essaie pas, on ne saura pas !

— Et si tu restais ici et que j'y allais seule ! Le lieutenant Jacq ne m'a rien interdit !

— Ce n'est pas faux, mais irréalisable. Pour entrer à la BNF, il ne faut pas seulement s'acquitter du prix d'entrée pour pouvoir procéder à des recherches, il faut une accréditation, comme en possèdent les étudiants ou les chercheurs.

— Tu n'es pas étudiant !

— Ni chercheur, mais ma plaque de flic est un excellent sésame. Il ouvre toutes les portes.

— Donc, je ne pourrai pas t'accompagner ?

— Malheureusement. À deux, on aurait été plus efficaces. Mais on peut y aller ensemble quand même. Tu iras te balader dans la capitale, et le soir on revient dare-dare. Ni vu ni connu.

À sa moue, j'entrevois qu'elle n'adhère pas à mon plan.

— Si les gendarmes l'apprennent, on va avoir un paquet d'emmerdements.

— Il suffira de ne rien leur dire. On arrange le coup avec Steven, Élise et Axelle, et au besoin ils inventeront une fable, genre qu'on est sortis faire des courses, partis faire de la plongée ou manger une pizza ou une salade à la terrasse d'un restau. Par précaution, on laissera nos téléphones ici, pour ne pas être géolocalisables. D'ailleurs, je ne serais pas surpris qu'on soit sur écoute. Peut-être pas tous, mais Steven et moi, ainsi que les frères Combrait.

— Ah, en parlant d'eux, tu les as vus à la gendarmerie ?

— Non, pourquoi ?

— Hier soir, vers dix-huit heures, les gendarmes sont venus chercher Yannick et Ludovic. Ce sont des braillements sur la route qui nous ont avertis qu'il se passait un truc.

Illico, je me souviens des protestations entendues hier en fin de journée, avant que ne claquent les portes des cellules. Je ne pouvais en déduire qu'il s'agissait de deux des frères Combrait, leurs voix ne m'étant pas très familières.

— Il fallait s'y attendre. Bon, que faisons-nous aujourd'hui ?

— Cet après-midi, Axelle et ses filles vont à Nantes voir Sébastien. Élise et moi, on se disait que ce serait pas mal de faire un pique-nique.

— Bonne idée ! On phosphore tellement avec toutes ces histoires que nous en oublions que nous sommes en vacances. Pour l'instant, je vais me laver et me raser. Je me sens crado !

*

Sur le papier, un pique-nique dans un site enchanteur du golfe du Morbihan envoyait du rêve. Le souci, c'est que nous n'étions pas les seuls à avoir programmé une journée dans ce secteur très prisé. Les touristes qui ne pouvaient prendre leurs congés annuels en juillet ou en août et les locaux qui entendaient faire durer l'été le plus longtemps possible créaient des bouchons qui retardaient les déplacements. Nous armant de patience, nous avons fini par dénicher un endroit superbe, à la pointe d'Arradon, avec vue imprenable sur l'île aux Moines et l'île d'Arz, sans compter d'autres îles plus petites.

Après ce moment fort agréable, même si obligatoirement nous discutâmes des événements qui nous empoisonnaient la vie, un bain dans la grande bleue s'imposait. Une sieste sur la serviette, un deuxième bain, et il nous fallut repartir, car la traite n'attendrait pas.

Pendant que Steven est descendu à la ferme et qu'Élise et ses filles se douchent, Murielle et moi avons opté pour un footing. Léger, le footing, cinq kilomètres à petite vitesse. Devant sa maison, ses vieux bras reposant sur le portillon, Lulu nous a salués d'un signe de la main et nous a encouragés de la voix.

Alors que nous trottinons vers notre location, le vrombissement d'un moteur nous conseille de courir sur l'herbe à la queue leu leu. Une Opel Astra nous double, et s'arrête, une dizaine de mètres plus loin, soit à une courte distance, car nos foulées nous y dirigent rapidement. La portière avant gauche s'ouvre alors que nous ne sommes plus qu'à deux mètres, sur Ludovic Combrait, qui s'extirpe de la voiture, le visage rouge de colère. Il est clair que, durant son temps de garde à vue, les gendarmes n'ont obtenu aucune information ou aucun aveu pour l'inculper.

— Ah, tu tombes bien, toi ! T'en as pas marre de foutre le bordel dans le quartier ?

Emporté par mon élan, je n'ai aucun mal à l'éviter et, écoutant la sage recommandation murmurée par ma chérie, je poursuis ma course. Ce n'est pas du goût de l'olibrius, qui en hurlant sprinte derrière nous. Imitant Murielle, je cours à en perdre haleine et zigzague pour l'empêcher de m'agripper. Petit à petit, nous prenons de la distance sur l'individu, en surpoids et en manque d'exercice. Mais ce n'est pas dans ma nature de fuir. Lorsque j'estime l'écart suffisant, je m'arrête et monte les mains pour contrer une attaque. Le moment des explications est venu.

— C'est quoi, le souci ? fais-je d'un ton mauvais, pour lui montrer que je ne suis pas le lâche dont il m'a qualifié en ahanant, au milieu d'autres insultes.

Surpris par ma manœuvre, il met du temps à réagir.

— Arrête tes conneries, Ludo ! hurle Yannick en approchant dans son dos, car lui aussi était dans la voiture.

Alors que l'interpellé hésite sur la conduite à tenir, j'y vais, moi aussi, de ma saillie.

— Si c'est une dérouillée que tu veux, tu vas l'avoir ! On n'y est pour rien dans toutes ces histoires, alors lâche-nous la grappe ! C'est la première fois qu'on vient ici, on est en vacances, alors ne nous emmerde pas !

Le souffle court, le regard haineux, il tend le bras pour me saisir au cou.

— Ne recommence pas ! fais-je en écartant sa main avec brutalité et en armant mon poing. Je ne commettrai pas l'erreur de te frapper le premier, mais s'il le faut, je suis prêt pour la bagarre.

— Arrête, Ludo ! s'égosille Yannick à l'adresse de son aîné, avant de le ceinturer et de le faire reculer.

Le costaud a compris que je ne me laisserai pas faire. Il est dans une situation délicate, car il ne veut pas perdre la face, que ce soit en se battant ou sans se battre. Toujours solidement maintenu par son frère, il ne lui reste qu'une solution :

— Tu ne perds rien pour attendre ! La prochaine fois, il n'y aura que toi et moi !

— Ouais, c'est ça ! J'ai hâte !

Les yeux noirs pour montrer que je ne plaisante pas, je reprends ma course vers Murielle, qui ne s'est pas approchée, prête à décamper pour chercher de l'aide.

— Quel con ! chuchote-t-elle.

— Un vrai naze !

— Je parlais de toi. Quel besoin tu avais de t'arrêter ?

X

Lundi

Hier soir, après un compte rendu à nos hôtes sur l'incident avec le sanguin Ludovic Combrait, nous avons mis au point un subterfuge au cas où le lieutenant Jacq nous chercherait, Murielle et moi. Nos amis raconteront que nous sommes partis pour la journée, avec pour objectif de suivre la rivière d'Étel, flâner à Saint-Cado et nous dorer la pilule sur une plage ; bref, le genre d'activités auxquelles se livrent les touristes.

Comme convenu, nous avons laissé nos portables. Toutefois, nous avons pris l'appareil photo de Steven, qui pourrait se révéler utile si à la BNF un document mentionne le champ qui pose un problème depuis plusieurs générations.

Inratables, site François-Mitterrand, les quatre monumentales tours de la Bibliothèque nationale de France évoquent des livres ouverts. Depuis le quai François Mauriac que longe la Seine, nous observons les bâtiments. La vérité se cache-t-elle ici ? D'imaginer les millions d'ouvrages entreposés, les milliards de feuilles pour certaines jamais consultées, nous en avons le tournis. Un moment au cours du trajet, nous avons craint que la BNF ne soit fermée en raison de cette fichue pandémie qui n'en finit pas. Ce n'est pas le cas. Il n'est pas dix heures, et déjà beaucoup attendent l'ouverture des portes pour tenter de satisfaire leur curiosité, dans quelque domaine que ce soit. Nous fiant aux panneaux directionnels, nous nous dirigeons vers une entrée. Nous montrons notre passe sanitaire à un vigile, utilisons le gel hydroalcoolique mis à disposition et faisons la queue. Quand vient notre tour, la trentenaire qui se tient derrière le guichet a le visage fermé, donnant à penser qu'elle se fait tartir et n'attend que la fin de la journée pour esquisser un sourire ou arborer une mine détendue. Notre stratégie étant basée sur un coup de bluff, je redoute le pire.

— Bonjour, je suis le capitaine Moreau du service de police judiciaire de Quimper, et voici la lieutenante Le Garrec. Pour les besoins d'une enquête en cours, nous souhaiterions accéder à des documents ayant trait à la commune d'Auray, dans le Morbihan.

— Ah, c'est rigolo ! s'étonne la femme en se déridant, je suis de Plumergat, juste à côté d'Auray.

Le nombre de Bretons qui bossent à Paris est faramineux. Serait-ce un clin d'œil du destin pour faciliter notre accès ?

— On connaît, on y est passés. C'est effectivement à quelques kilomètres d'Auray.

— Oui. Je peux avoir vos cartes professionnelles ? Il me les faut pour vous inscrire.

— Pas de problème, voici la mienne.

— Oh non ! bougonne Murielle en simulant l'abattement. J'ai changé de veste, j'ai laissé la mienne chez moi, avec mon arme et les menottes parce que je savais que je n'en aurais pas besoin en venant ici.

Le visage de l'hôtesse d'accueil se transforme. Après un regard circulaire pour s'assurer que personne ne l'entende, elle nous confie à voix basse :

— Ce n'est pas grave. Je suis navrée, vous devez payer pour entrer.

— Bien sûr. Vous pouvez nous faire une facture, pour qu'on se fasse rembourser ensuite par notre service ?

— Oui, je vais l'imprimer.

D'un clic sur la souris, elle lance l'impression. Les formalités pour justifier de notre identité et indiquer le motif de nos recherches étant effectuées, nous quittons la jeune femme après qu'elle nous a chargés de donner le bonjour à la Bretagne, la vraie, l'historique, Loire-Atlantique comprise. Si elle avait eu un *Gwenn ha du** dans un tiroir, elle l'aurait brandi d'émotion.

* En français, le blanc et noir, le nom et les couleurs du drapeau breton.

Une heure s'est déjà écoulée, et après moult hésitations, moult erreurs, nous montons enfin à l'étage qui nous intéresse. Comme aux archives départementales de Vannes, le silence est surprenant. Nous tâtonnons un peu devant la borne servant à réserver les documents ; nous nous trompons plusieurs fois, car ce qui nous est remis n'est d'aucun intérêt. Parce que rien ne remplacera jamais un être humain, même si la technique sous toutes ses formes possède d'indéniables qualités, de guerre lasse, nous nous tournons vers une quinquagénaire attablée derrière un bureau. En quelques mots, nous expliquons nos difficultés et ce que nous cherchons. Elle réalise des recherches ciblées sur sa banque de données, puis nous fournit des références. Il y en a sept, aucune n'étant à proprement parler relative à des questions d'urbanisme. Murielle et moi en choisissons une chacun au hasard.

Je m'aperçois rapidement que mon registre concerne uniquement Saint-Goustan, en particulier la zone portuaire, l'église Saint-Sauveur, la Croix Saint-Fiacre et des fouilles archéologiques le long du Loch, cette rivière qui change de nom à la hauteur du pont de Saint-Goustan pour s'appeler la rivière d'Auray. Sans divertir ma chérie, qui semble passionnée par son travail, je rapporte le registre et en demande un autre.

Volumineux, relié plein cuir, celui-ci est de grande

taille. Le souci étant qu'il n'y a pas de répertoire, je me tape l'inventaire des édifices, religieux ou pas, de la commune. C'est d'une grande précision, il faut l'admettre, puisque rien n'est omis. Églises, chapelles, monument aux morts, belvédère, ancienne prison, petit théâtre à l'italienne, mausolée Cadoudal… Je zappe les années de début et de fin des travaux et toutes les autres informations qui ne sont d'aucune utilité. Pour les pages suivantes, il est également fait état de rares découvertes archéologiques, mais aucune ne correspond à la route de nos amis, et par conséquent à l'hypothétique trésor dont m'a parlé le vieux Lucien.

Murielle et moi rendons nos documents en même temps, et décidons d'une pause-café avant de poursuivre.

— Ça me gave, ronchonne Murielle. Je ne dis pas que ce n'est pas intéressant à feuilleter, mais je ne sais même pas ce que je cherche.

— Moi non plus. En plus, il n'y a peut-être rien à chercher. Il se peut tout à fait qu'il n'y ait rien ici qui mérite qu'on s'y attarde mais, dans le doute, nous n'avons pas le choix. Ce qui serait ballot, ce serait de passer à côté.

— Si je récapitule, je sais que la mise au jour de fondations situe la création de la ville vers l'an mille, à dix ou vingt ans près, et que la découverte de pieux en bois et de tuiles, en limite d'Auray et de Crach, atteste de constructions par l'homme bien plus tôt.

— On se cultive, on ne perd pas complètement notre temps. Bon, on en a vu trois, il en reste quatre.

— On va croiser les doigts. Go !

En revenant à notre place avec nos registres, je vois que les feuilles de Murielle sont aussi vierges que les miennes, la mine de son crayon à papier parfaitement taillée. Ce n'est pourtant pas la page blanche de l'écrivain qui nous bloque. Allez, on s'y remet !

Le registre est lui aussi relié plein cuir, magnifique. Pour ne pas risquer de l'abîmer, je prends toutes mes précautions pour tourner les pages. Ce qui dès le départ me plaît bien, c'est que le premier sujet est relatif à des fouilles archéologiques, qui remontent à plusieurs siècles. La proximité des alignements de Kerzhero, du tumulus Saint-Michel et des alignements de Carnac, du plus grand menhir d'Europe à Locmariaquer, les menhirs de l'Étoile à Camors… démontre que cette région est habitée depuis très longtemps. Je ne pense pas que la découverte d'un menhir aurait pu combler de richesses un découvreur, mais il se peut que ce soit un trésor d'une époque plus tardive que le néolithique qui aurait été mis au jour il y a plus d'un siècle, et qui aurait déclenché la brouille entre les familles Barré et Combrait. Ce n'est pas plus bête qu'autre chose, finalement.

En deux heures de lecture, sans prise de note, j'ai confirmation que le sol d'Auray, et plus globalement un secteur plus large, a recelé et recèle sans doute encore des traces de nos prédécesseurs en Armorique. Des chantiers de fouilles ont permis de découvrir des amphores, des cruches, des assiettes, bien souvent cassées, ou plus souvent des vestiges qui attestent d'une occupation, comme les traces d'une habitation, des os d'animaux, d'un foyer dont il demeure de la suie… mais rien qui pécuniairement ne peut ramener à l'histoire contée par Lulu.

Pendant ce temps, Murielle a rapporté son document, en a pris un autre, qu'elle retourne maintenant, pour s'attaquer au dernier. Croisons les doigts.

Un quart d'heure encore, et je referme le registre. Rien, nada, que dalle. Ma déception est sans fond. Je l'ouvre de nouveau. Sans m'attarder, je jette un rapide regard, au cas où une information m'aurait échappé et me sauterait aux yeux. J'ai le droit de rêver. Mon côté TOC me pousse à compter les feuilles, pendant que mes yeux parcourent les pages.

Je referme le registre exactement quand Murielle opère de même avec le sien. Nos mines déconfites sont éloquentes. Tout ça pour rien. Une nuit écourtée, à part un café, nous n'avons rien avalé depuis le petit-déjeuner, le parking va nous coûter une blinde, l'essence, les péages, une journée de vacances envolée… Le constat est amer.

Alors que nous faisons la queue derrière trois personnes pour rendre les documents, nous parlons à voix basse pour ne pas gêner les étudiants et les chercheurs.

— Je suis dégoûtée, dit Murielle. Quand je pense à la route qui nous attend…

— Oui, vivement ce soir qu'on se couche, fais-je en caressant le cuir que je tiens en main.

— C'était quand même intéressant. J'ai appris beaucoup de choses. Bon, ça ne me servira pas dans la vie de tous les jours, mais c'est enrichissant. Et toi, que retires-tu de cette journée ?

J'apprécie particulièrement sa façon de positiver. À sa place, beaucoup se lamenteraient. Je pourrais la féliciter pour cet exceptionnel état d'esprit mais, les prunelles sur la tranche de mon registre, je ne réponds pas.

— Max !

— Hum, oui ?

— Je te demandais ce que…

— Viens !

Sans vérifier si elle me suit, j'opère un demi-tour et retourne à ma place.

— Mais qu'est-ce que tu fabriques ?

— Chérie, je… je ne te l'ai jamais dit, mais j'ai un TOC. Un trouble obsessionnel du comportement. Quand je monte ou que je descends un escalier, quasi systématiquement je compte les marches. Quand je marche dans la rue, pas toujours mais souvent, je compte mes pas.

— Tu es vraiment bizarre. Et alors ?

— J'ai terminé avant toi et, pour t'attendre, j'ai feuilleté le registre de façon grossière, superficielle, et en même temps j'ai compté les pages. Là, tu vois, il y a noté 265 pages. J'en ai compté 261.

— Tu t'es peut-être planté.

— Ça arrive parfois, surtout si je pense à autre chose en même temps. Mais quand il s'agit de quelque chose de nouveau, je ne me trompe pas. Enfin, normalement. Viens à côté de moi, on va les compter ensemble.

Elle m'observe de la même manière qu'elle le ferait en avisant un individu au comportement étrange.

— Viens, je te dis. Tu es prête ? Une, deux, trois…

Deux fois nous comptons ensemble, deux fois nous parvenons au même résultat. Il y a bel et bien 261 pages. On ne va pas s'enflammer, mais c'est tout de même curieux. De là à ce que ce soient des pages qui expliqueraient le problème qui sépare les deux familles, ce serait incroyable. Mais maintenant que nous avons compulsé tous les ouvrages susceptibles d'apporter un peu d'éclairage à notre lanterne, nous ne pouvons passer outre.

Au comptoir où nous rendons les documents

empruntés, nous formulons notre constat à deux hommes qui, sans se mouiller, nous dirigent vers la quinquagénaire à qui nous nous sommes adressés plus tôt. Elle est occupée à expliquer le fonctionnement de la photocopieuse à un homme qui veut conserver la trace originale d'un document. Nous attendons qu'elle retourne à son bureau pour l'aborder.

— Pardon, Madame. Nous avons consulté les registres que vous avez bien voulu nous soumettre, et nous avons constaté qu'il manque des pages dans l'un d'eux.

— Non, ce n'est pas possible ! fait-elle, horrifiée.

— Malheureusement, nous avons vérifié deux fois. Nous voudrions savoir, ajouté-je en montrant ma plaque, qui sont les personnes qui les ont eus en main dernièrement.

Elle force le trait en s'ébrouant, comme si elle reprenait conscience après un horrible cauchemar.

— Attendez, il faut que j'avertisse ma responsable.

Attrapant le combiné du téléphone, elle tape trois touches.

— Venez vite, madame Prévert, il y a eu un vol !

Elle réagit comme si cela venait de se passer devant elle, surjouant la catastrophe.

— C'est celui que vous tenez ? Donnez-moi la référence.

Elle tape les chiffres et les lettres sur son clavier, tandis qu'une femme marche vers nous. La trentaine avancée, un tailleur bleu nuit sur un chemisier à fleurs.

— Expliquez-moi, madame Pavard.

Quand la cheffe de service en sait plus, elle ne nous néglige plus.

— Bonjour, Monsieur. Bonjour, Madame. Pourquoi avez-vous choisi ce registre ?

— Nous sommes de la police judiciaire. Un terrain pose un problème entre deux familles, dans la commune d'Auray, alors nous avons tenté d'y voir plus clair, sans succès malheureusement. Votre collègue nous a aidés à sélectionner sept ouvrages, et dans l'un nous avons remarqué qu'il manquait quatre pages.

— Comment avez-vous fait ? interroge-t-elle en ouvrant en deux le registre dont elle s'est saisie. Elles ne sont pas numérotées.

— En attendant que ma collègue termine, je me suis amusé à compter, tout simplement. Justement, du fait qu'elles ne sont pas numérotées, il m'est impossible de dire lesquelles manquent.

— Je vais recompter !

Pour ce faire, elle s'éloigne vers la première table.

— Madame Pavard, merci de me donner une copie de la liste des derniers emprunteurs.

Sans montrer d'étonnement au fait que je l'appelle

par son nom, elle se lève et va à la photocopieuse, qui crache une feuille. Quand elle me la tend, je la lis avant de la glisser au beau milieu de mes feuilles blanches.

— Je pense que madame Prévert en voudra une également.

— Oui, bien sûr. Où ai-je la tête ?

Tandis qu'elle procède à un second tirage, sa cheffe vient vers nous.

— J'ai vu quelles pages ont été volées. Même si elles ne sont pas numérotées, on passe de la 228 à la 237. Il manque effectivement quatre feuilles. Je pense que le voleur s'est servi d'un cutter, en coupant juste au ras de la reliure pour que personne ne s'en aperçoive au premier coup d'œil. C'est un désastre ! Comment je vais expliquer cela à ma hiérarchie ?

Comme pour tous les boulots, en se couvrant. Reprenant le dessus, elle plisse les paupières. J'entrevois tout de suite ce qui lui trotte dans la tête.

— Vous pouvez vérifier, Madame, nous n'avons rien dans nos poches. Là, ce ne sont que des feuilles blanches que nous avions prévues pour prendre des notes, mais nous n'avons rien découvert qui puisse nous aider.

— Il faut que j'en réfère à mon N+1.

Comprenant qu'elle va contacter son ou sa cheffe, nous attendons qu'elle s'esbigne pour en faire de même. Histoire de montrer que nous n'avons rien à nous reprocher, nos feuilles vierges ayant été observées d'une main nerveuse mais d'un œil avisé, nous envoyons un signe de la main à madame Pavard et disparaissons.

*

Le parking pour la journée n'est pas donné. En plein Paris, il ne fait pas bon être automobiliste, à moins d'avoir un porte-monnaie blindé. Alors que je tire de ma vie d'ancien flic parisien de bonnes notions pour nous mettre dans la bonne direction, Murielle me fait entièrement confiance. Ce qui l'interpelle, c'est mon TOC.

— J'ignorais que tu avais un trouble obsessionnel du comportement. Non mais, tu te rends compte avec qui je fais ma vie ? pouffe-t-elle.

— Mis à part le fait que je compte des marches, des étages, mes pas et d'autres bricoles de ce type, je pense être à peu près équilibré.

— C'est toi qui le dis. Tu en es certain ?

— Je vais faire une réponse de Normand. Oui, parce que j'ai choisi de faire ma vie avec toi, et que j'en suis heureux. Et non, parce que parfois je doute de ma pleine et entière lucidité. Mais je compte sur toi pour me faire rentrer dans le rang si je m'en écarte.

— Je vais devoir te surveiller. Tout à l'heure, j'ai appris que je suis ta collègue. Je n'ai pas souvenir d'être entrée dans la police.

— Il fallait donner le change. Tu aurais préféré que je dise ma femme ?

— S'agit-il d'une demande en mariage ? Tu as acheté des alliances ?

Le mariage, le Graal de beaucoup d'hommes et de femmes. Nous n'en avons jamais parlé, ou sur le ton de la plaisanterie, même s'il s'agit d'une décision on ne peut plus sérieuse. Pour éviter ce sujet brûlant, mieux vaut faire de l'humour. Non pas que le passage à l'acte me fasse peur, mais les femmes ont une excellente mémoire pour certaines paroles, et s'y attachent, au point de nous le faire regretter, à nous les hommes, qui quelquefois ne pesons pas les mots pour les employer dans leur juste sens.

— Pas encore, mais nous en discuterons quand nous aurons l'estomac bien calé. Où veux-tu aller dîner ?

— Aucune idée, je ne suis pas du quartier.

— Alors laisse-moi te driver. Je connais de bonnes adresses. Mais d'abord on se balade dans Paname.

Lors de ma carrière parisienne, avec les copains flics, après le service, à toute heure du jour ou de la nuit, c'est souvent qu'on allait se taper un couscous du côté d'Issy-les-Moulineaux. Abdelkader n'avait pas son pareil pour nous régaler, et, pas chien, il nous faisait toujours un prix. Il croyait ainsi acheter notre silence, mais on n'en avait rien à faire de ses menues arnaques et de ses coups tordus à la petite semaine. On était spécialisés dans le gros gibier, alors on ne grattait pas. Sitôt la porte franchie, après une petite hésitation, il m'a reconnu, et nous a trouvé une table dans un coin tranquille de la salle. Est-ce parce que j'étais accompagné, ou parce que les années ont effilé le lien qui nous unissait, et aussi que nous ne sommes pas et ne serons jamais du même côté de la barrière, qu'il s'est abstenu des vannes bien souvent en dessous de la ceinture dont il nous abreuvait ? Quand j'ai demandé l'addition, il était prêt à offrir le digestif, mais les centaines de bornes à avaler nous ont fait décliner la proposition.

Gavés comme des oies d'un excellent couscous royal, nous récupérons la voiture et prenons la direction de l'Ouest.

— Ce serait bien qu'on vienne à Paris, pour nos prochaines vacances. Je n'y suis pas venue souvent, tu sais.

— On peut voir ça. C'est clair, il y a matière à s'occuper. Ce ne sont pas les visites et les loisirs qui manquent.

— Chiche ! On se fait Paris la prochaine fois qu'on bouge ?

— Banco ! Au printemps, ça pourrait être sympa.

— Attention, Max, je note. Je rêve du Louvre et de Versailles. Plus un ou deux spectacles dans un cabaret.

— Pas de souci, je suis partant.

— Parce que là, c'est une visite éclair. On n'a rien vu, et en plus on est venus pour rien.

— Pas tout à fait. Je retire du positif de cette journée.

C'est souvent un petit jeu entre nous que de laisser mijoter l'autre.

— Allez, accouche !

— Sur la feuille remise par madame Pavard, il y a deux noms qui me parlent.

— Raconte !

XI

Mardi

Le retour s'est fait sans difficulté. Rouler à 130 km/h nécessite l'attention qui fait que le sommeil n'a pas d'emprise. Il était près de trois heures du mat' quand nous sommes arrivés. Avant que Murielle ne cède à la fatigue, nous avons discuté de ce qu'il fallait retirer de cette journée, et de la suite à donner. Agréable surprise à notre arrivée, Élise ou Steven ne nous avait pas laissé de papier signalant une intervention de la gendarmerie ou un nouvel événement marquant. Mieux encore, en allumant nos téléphones, nous n'avions aucun message alarmiste. Personne n'avait tenté de nous joindre. Nous pouvions considérer que notre aller-retour était inconnu des gendarmes. Il nous faudrait un peu de temps avant de récupérer de la fatigue occasionnée, mais dans un jour ou deux rien n'y paraîtrait.

En tête à tête devant une tasse de café et un bol de céréales arrosées de lait tiède, car nous n'avons pas de pain de la veille à griller, la nuit même courte portant conseil, nous reprenons la conversation entamée durant le trajet.

— Avec un peu de recul, tu comptes en parler au lieutenant Jacq ?

— Non. Il piquerait une colère en découvrant que je lui ai désobéi en ne restant pas ici. En plus, je ne suis même pas certain qu'il croirait à notre hypothèse.

— Ton hypothèse ! rejette Murielle avant d'avaler une cuillerée de céréales.

— Notre hypothèse ! Si tu n'y croyais pas, tu ne m'aurais pas accompagné. Avoue que ça se tient…

Elle déglutit en acceptant son adhésion d'un mouvement de la tête, et s'inquiète :

— Comment tu vois la suite ?

— Deux ou trois coups de téléphone, et nous en saurons peut-être plus. Plus que deux ou trois, finalement. Pour ne pas donner l'éveil, je vais remonter plus loin dans la liste des personnes qui ont eu en main le registre de la BNF.

M'adjugeant une gorgée d'arabica, je m'interroge sur le nombre d'années sur lesquelles je vais devoir remonter.

— Ce qui est essentiel, c'est de ne pas mettre la puce à l'oreille du voleur, ou de la voleuse. Il faut compter sur la chance, en espérant que ceux qui ont feuilleté ce registre ont travaillé sur les feuilles manquantes pour espérer savoir ce qu'elles recèlent.

— J'imagine que les étudiants, les chercheurs, ou quelles que soient les personnes qui ont consulté ce document, avaient tous un objectif précis. Pour préparer un mémoire ou une thèse, pour leur culture personnelle ou encore pour écrire un ouvrage historique sur Auray, ou de façon plus générale sur la région d'Auray. Mais si cela remonte à plusieurs années, il y a peu de chance qu'ils aient conservé les photocopies réalisées à ce moment-là.

— Aussi faible soit-elle, il faut essayer. Tu me laisses la matinée, et cet après-midi je serai à ta pleine et entière disposition.

Un brin de toilette, et je me penche sur la liste remise par madame Pavard, à la BNF. S'agissant des trois étudiants, qui ces dernières années se sont rendus aux archives municipales d'Auray, respectivement il y a quasiment un peu plus et un peu moins d'un an, les noms des deux garçons y figurent, mais pas celui d'Éva Engelibert.

Je peux la barrer non pas de la liste de madame Pavard, puisque son nom n'y est pas, mais de ma liste de suspects.

Depuis dix ans, le manuscrit aux feuilles manquantes est passé dans les mains de huit individus. L'avantage avec une grosse structure comme la BNF, c'est qu'automatiquement apparaissent les coordonnées récoltées lors de l'inscription du visiteur. Mu par la volonté de ne pas mettre en alerte le potentiel voleur, je compose le numéro du plus ancien, qui demeure dans l'Oise.

— Allô, monsieur Miguel ?

— Oui, fait la voix mal assurée d'un homme que, à la louche, j'estime sexagénaire.

— Bonjour. Je vous contacte parce que hier je suis allé à la BNF, et en voulant consulter un document, je me suis aperçu qu'il manquait des pages. Comme je sais que vous aussi avez procédé à des recherches sur ce même document il y a onze ans, j'appelle pour savoir si vous en aviez fait un tirage de photocopies. J'en ai vraiment besoin pour un travail de recherche sur un pan de l'histoire d'Auray.

Ne pas le mettre mal à l'aise en le supposant l'indélicat voleur, endormir sa méfiance.

— À quoi fait référence ce document ?

— À plusieurs mégalithes ou tumulus aux alentours de la ville d'Auray, dans le Morbihan, et à des fouilles archéologiques.

— J'en ai un souvenir confus. J'ai lu tellement de choses sur le sujet que tout ne me revient pas instantanément, en particulier celui-là. Lors de mes vacances en Bretagne, où je suis allé plusieurs fois, j'ai été marqué par la variété et le nombre de mégalithes, de sorte que je me suis énormément renseigné sur le sujet. À mon retour chez moi, à Compiègne, je me suis plongé corps et âme sur ce thème, à la fois pour préparer mes prochaines vacances et en apprendre plus sur ce qui a pu motiver des hommes à se lancer dans ces travaux herculéens.

— À tout hasard, vous pourriez vérifier si vous en avez une copie ?

— Je n'ai plus rien, mon pauvre monsieur. Tout était stocké dans mon ordinateur, et sur un disque dur externe, mais il y a trois ans ma femme m'a quitté. Elle était tellement furieuse qu'avant de partir elle a détruit mon matériel informatique. Il ne me reste que des photos prises sur différents sites, mais pour ce qui est de mes notes, il ne reste plus rien.

— Quel dommage !

— À qui le dites-vous. Maintenant que vous avez attisé ma curiosité, le voleur est identifié ?

— Non. Je pense que la BNF va demander qu'une enquête soit diligentée.

— J'espère que je ne serai pas suspecté. À mon âge, je n'ai pas envie d'être importuné.

— Je pense que vous pouvez être tranquille, monsieur Miguel. Votre passage remonte à si longtemps. Bonne fin de journée, au revoir.

Un d'éliminé. Au suivant.

En dix minutes, je barre deux autres noms sur ma liste. Un homme est décédé dans un tragique accident de la circulation, une femme du Covid. Tous deux étaient célibataires, leurs héritiers se sont débarrassés de leur mobilier et de ce qu'il renfermait, en les envoyant à la déchetterie locale. Qui sait, peut-être y avait-il parmi les paperasses qu'ils stockaient les feuilles disparues. Ce serait cruel…

Je suis ensuite en liaison avec une Vendéenne, demeurant à Fontenay-le-Comte, à qui je fais la même entrée en matière qu'à Miguel. Vive, j'ai à peine fini d'expliquer le motif de mon appel qu'elle répond :

— Je suis allée plusieurs fois à la BNF, il y a sept ou huit ans, quand je préparais ma thèse sur le général Georges Cadoudal. Je dis général, mais en fait il a été fait maréchal de France à titre posthume, après avoir été guillotiné en 1804.

Avant de me laisser emporter dans le cyclone de sa passion et qu'elle ne débite toute la vie du chouan, vite, je reprends les rênes pour limiter son champ d'action, et l'oriente vers ce qui m'intéresse.

— Madame Chouafni, auriez-vous conservé une trace des documents qui vous ont servi pour votre doctorat ?

— De certains, oui, mais pas tous.

— Pourriez-vous regarder si celui que je recherche en fait partie ?

Après avoir noté la référence du manuscrit, elle s'excuse :

— Je ne suis pas chez moi, mais je vérifierai dès ce soir. Il est probable qu'il soit encore dans mon ordinateur. J'ai scanné un nombre incalculable de documents pour mon doctorat. Cela me demandera un peu de temps, mais je vais chercher.

— Merci, madame Chouafni. Vous pouvez me rappeler à n'importe quel moment, quelle que soit l'heure. Bonne journée.

Surtout ne pas crier victoire. Selon la date sur la liste, il y a huit ans qu'elle a eu en main le registre. Disons deux ou trois ans de travail pour obtenir son doctorat, cela signifie qu'elle n'en a pas eu besoin depuis environ cinq ans. Si un jour elle a voulu libérer de la place sur son disque dur, il est possible qu'elle ait supprimé les fichiers devenus inutiles. Et si son ordinateur a rendu l'âme…

Il reste quatre noms sur ma liste, dont Tristan Récenice et Thibault Pont-Bois. Ces deux derniers, je n'ai pas envie de les contacter, car leurs passages aux archives municipales d'Auray et à la BNF sont relativement récents, ce qui à mon sens leur donne volontiers une place sur le podium de mes suspects. Place aux deux autres. Là, pas de chance, personne ne répond. Je laisse un message vocal et, s'agissant de téléphones portables, je double d'un SMS demandant de me rappeler ou promettant que je le ferai plus tard.

Me mettant en quête de Murielle, je la trouve devant la maison d'Axelle, en compagnie de celle-ci.

Échange de bises, puis je prends des nouvelles de Sébastien.

— Hier, le neurochirurgien a procédé à la phase de réveil. Il pense que les fonctions cognitives vont reprendre rapidement. D'après lui, ce sera de l'ordre de vingt-quatre heures. Et pour ce qui est du physique, au début, il faudra sûrement lui donner à manger, ou au minimum cuisiner et couper la viande. Du fait de sa jambe et de son bras cassés, il coulera de l'eau sous les ponts avant qu'il ne puisse se lever. Ce n'est pas pour tout de suite, les béquilles. Il faudra l'assister pendant au moins deux mois avant qu'il ne retrouve une vie normale. Si tout se passe bien, il devrait être dirigé vers l'hôpital d'Auray jeudi ou vendredi. Une petite semaine de convalescence, et il pourra rentrer à la maison.

— J'en suis heureux pour lui. Mais comment allez-vous faire ?

— Je ne sais pas. Chaque patient est un cas à part mais, vu la casse, il ne sera pas autonome tout de suite. Il faudra que je me renseigne pour profiter d'un arrêt de travail pour m'occuper de lui.

— C'est certain.

— J'ai envie de retourner au boulot. C'est fou comme ça me manque, mais je ne pourrai pas le laisser seul à la maison toute la journée. Peut-être qu'il y a des actions ou des services pour pallier mon absence. Il faudra que je m'en soucie.

— Je suppose que les filles ont hâte de revoir leur papa tous les jours ?

— Oh oui ! Bon, je vais à Nantes. Je serai avec Seb tout l'après-midi. À ce soir !

— Tu nous raconteras. Embrasse-le de notre part.

Alors que sa voiture quitte l'allée du jardin pour embouquer la route, Murielle se blottit dans mes bras.

— Elle est forte. Je ne sais pas comment je réagirais à sa place, et à celle de Sandra et Bérénice.

— Ce n'est pas une épreuve facile pour cette famille. Heureusement qu'il y a Steven et Élise pour les soutenir. En parlant de Steven, tu l'as vu ?

— Non. Il doit être à la ferme, ou sur son tracteur dans un champ.

— On descend voir ?

Un camion-citerne se présentant sur la route, nous en déduisons que Steven est à la ferme. Nous cheminons lentement, accusant la fatigue de notre raid éclair à Paris. Pendant ce temps, le conducteur du camion a opéré une manœuvre pour positionner son véhicule à côté de la salle qui abrite l'immense cuve renfermant les hectolitres de plusieurs jours de traite. L'homme descend pesamment du marchepied, serre la main de Steven, avant que celui-ci ne pénètre dans la pièce. Avec les années, l'exercice est parfaitement rodé, chacun sait ce qu'il a à faire.

Un geste de la tête pour saluer le routier, un autre

de la main à notre ami lorsqu'il est de nouveau visible, et nous demeurons à distance, soucieux de ne pas déranger. Quand le flux laiteux change progressivement de contenant, Steven nous rejoint.

— Comment ça va ? Pas trop crevés de votre tournée parisienne ?

— On s'en remettra. Et ici, il ne s'est rien passé de tragique ?

— Non. Et pas de nouvelle du lieutenant Jacq ou de l'adjudant Levesque.

— On va finir pas croire que c'est nous qui portons la poisse, sourit Murielle.

— Ou que les problèmes sont définitivement terminés. Avez-vous découvert des choses intéressantes à la BNF ?

— Oui et non. On a constaté qu'il manque quatre feuilles dans un document. Impossible de dire si cela a un lien avec les ennuis rencontrés depuis plus d'une semaine, mais si on pouvait savoir ce qu'elles contiennent, on avancerait peut-être un peu.

— Tu y crois, Max ?

— Je n'en sais rien. Nous nous sommes procuré l'identité des personnes qui ont eu en main le document en question depuis douze ans. En les contactant, nous aurons peut-être une chance de savoir ce que ces feuilles mentionnent.

— Ce serait la fin de vos soucis, ajoute Murielle, si l'identité du propriétaire du champ est indiquée.

— J'en ai appelé quatre, sans résultat significatif. J'ai laissé un message à deux autres. Quant aux deux derniers, j'avais déjà relevé leurs noms lors de mon passage aux archives municipales. J'hésite à les joindre.

— Pourquoi ? s'enquiert Steven qui n'a pas tout saisi de notre logique.

— Parce que cela fait moins d'un an qu'ils sont venus à la mairie d'Auray, où ils se sont penchés sur les documents relatifs au champ du bout de la route. Si l'un d'eux a découvert un élément expliquant pourquoi les familles Barré et Combrait sont brouillées, il se pourrait qu'on puisse mettre un terme à la vendetta. Pour cela, il ne faut surtout pas les inquiéter tout de suite. Le temps travaille pour nous. Il faut rester vigilants, en attendant d'en savoir plus.

À quelques mètres, le chauffeur a allumé une cigarette. Je suppose qu'en temps normal lui et Steven discutent pendant que le lait est transvasé de la cuve à la citerne. Aujourd'hui, il profite de ce temps mort pour lire des messages sur les réseaux sociaux.

Le premier sujet de conversation étant momentanément épuisé, Murielle nous emmène sur un autre :

— Enfin des bonnes nouvelles ! s'enhardit-elle. Nous venons de voir Axelle. Les toubibs sont contents, tout se passe normalement pour Sébastien.

— Oui, on était soulagés, hier soir. Il ne reprendra pas le travail tout de suite, mais c'est rassurant.

— Élise est au boulot, les filles au collège : tu manges avec nous à midi ?

— Oh, ne t'embête pas, j'ai un reste de…

— Ne fais pas ta chochotte, je préparerai des crudités et des côtes de porc au barbecue.

Sont-ce ces échanges positifs, les bienheureux rayons du soleil ou la fatigue qui s'estompe qui font que nous repartons d'un bon pied, le moral au beau fixe ?

*

Tenant compte du fait que Steven est levé depuis un bon moment, nous devons faire en sorte que le déjeuner soit servi à une heure correcte. Nous sommes en vacances, pas lui. Annulée, la balade apéritive sur le port de Saint-Goustan qui, un court instant, m'a effleuré. En fin de compte, nous ne disposons pas de beaucoup de temps. S'apercevant qu'un saut en ville est nécessaire pour faire emplette de pain, de légumes et de boissons, Murielle décide de s'en charger.

Je téléphone aux deux personnes déjà appelées plus tôt, mais là encore nul ne répond. Sans laisser de message cette fois, je coupe la communication. Et maintenant, que vais-je faire ? Sans trop savoir pourquoi, je ferme à clé notre location et, une fois sur la route, alors que le camion-citerne s'en retourne le ventre plein, je me dirige vers le cul-de-sac.

Dans la cour de la ferme des Combrait, je distingue la silhouette massive de Ludovic. Lui aussi me voit mais, tandis qu'il pose les mains sur ses hanches, je ramène mon regard droit devant moi. Inutile de verser dans la provocation. À droite et à gauche, les champs sont en culture. Au loin, à deux ou trois kilomètres, sur une petite colline, un tracteur dont je ne perçois pas le bruit du moteur procède à la récolte de je ne sais quels légumes. Cette scène pastorale est belle, émouvante et forte de la beauté de ces hommes tenaces, courageux, qui travaillent la terre pour alimenter leurs contemporains, ne s'accordant que peu de répit, peu de vacances, peu de week-ends.

Après le virage et la pente marquée, l'ombre des châtaigniers est salvatrice pour m'empêcher de transpirer. De même, un courant d'air agrémenté de senteurs boisées est le bienvenu, flattant mon odorat de parfums oubliés depuis des lustres. Si un net penchant me fait le plus clair du temps opter pour une balade sur le littoral, j'apprécie à sa juste valeur cette promenade champêtre, regrettant amèrement mon ignorance quant à la majorité de ce que Dame Nature fait pousser autour de moi.

Parvenant au bout de la route, j'observe posément

les alentours. Quel secret ce lieu possède-t-il ? Pour quelle raison ce champ, qui ne semble pas immense, a-t-il justifié les délits commis depuis longtemps, et qui ces derniers jours ont repris de plus belle ? Est-ce là la clé de l'énigme, ou est-ce que je me plante benoîtement ? J'en suis là des interrogations qui m'assaillent quand un bruit furtif me fait pivoter. Ludovic Combrait est à quelques mètres, avec sur le visage un masque de défiance. J'interprète à sa face rougeaude qu'il s'est hâté pour me suivre. Sur les derniers mètres, la route s'est rétrécie, ne me laissant que peu de place pour l'éviter si je fais demi-tour. D'abord parler, nouer le contact ; j'aviserai ensuite, en fonction de son état d'esprit, de sa bienveillance ou de son manque de discernement. S'il m'a suivi uniquement pour la castagne, je suis prêt, mais on ne pourra pas me reprocher d'avoir tenté d'arrondir les angles.

— Bonjour ! fais-je d'une voix qu'aucun trémolo ne fragilise.

En combinaison de travail verte, bottes aux pieds, les mains dans les poches, il hésite à me rendre mon salut, se demandant comment cela va se terminer.

— C'est la deuxième fois que je monte jusqu'ici. Je ne comprends pas ce que ce terrain peut avoir de si particulier pour déchaîner autant de violence.

Il n'a pas accompli un pas de plus, ce que je traduis par le fait qu'il n'est pas venu pour se battre. Du moins, pas tout de suite. Quand il sort les mains au grand jour, je redoute de voir un couteau ou un quelconque objet dangereux, mais elles sont nues.

— C'est depuis que tu es arrivé, Ducon, que c'est reparti de plus belle. Avant que tu te pointes, il n'y avait plus de problème. Et d'un seul coup…

— Je n'y suis pour rien.

— Ouais, c'est ça ! coupe-t-il, sa voix prenant de l'ampleur, les traits de son visage se durcissant, ses yeux virant au noir le plus sombre.

— C'est un malheureux hasard. Je n'y suis pour rien s'il y a eu une cascade d'incidents depuis plus d'une semaine.

— À cause de tes conneries, les gendarmes nous ont coffrés, mes frères et moi. On est des gars honnêtes, on n'a jamais…

— Moi aussi, je suis honnête, et moi aussi ils m'ont embarqué.

Je sens à sa respiration qui accélère que sa colère s'emballe.

Pour le calmer, j'assène :

— S'ils m'ont relâché, c'est bien qu'ils n'avaient rien contre moi.

— Nous aussi, ils nous ont relâchés. Mais on s'est quand même payé la honte, vis-à-vis de nos femmes, de nos enfants et de tous ceux qui sont au courant. On a l'air de quoi, maintenant ? De voyous, de bandits ?

— Non. Comme Steven et moi, vous passez pour des personnes qui ont été interrogées, et à qui il n'y a rien à reprocher.

Nos interventions se sont enchaînées sans temps mort, les décibels montant insidieusement, clouant le bec aux oiseaux. Le silence qui suit est d'une étrange teneur, possible préambule à une explication musclée ou à un arrangement diplomatique.

— Quand vous repartez d'ici ? On veut retrouver une vie paisible.

— Dimanche, au plus tard. On reprend le boulot lundi.

— Hum… J'espère que d'ici à dimanche il ne se passera rien, sinon… sinon, je m'occupe de toi. T'es prévenu !

Rabaissant l'index qu'il a tendu vers moi pour accentuer sa menace, il va pour repartir quand je l'arrête net.

— Attendez, j'ai une question. Je sais que ce terrain est à l'origine des problèmes de voisinage entre votre famille et les Barré. Est-ce que vous m'autorisez à y pénétrer pour le défricher, qu'on sache enfin comment il est exactement, qu'on voie s'il y a une ancienne construction ou quelque chose qui pourrait expliquer la querelle qui sépare vos deux familles ?

— Hors de question ! Tu n'as rien à faire ici. Si tu mets un pied sur ce champ, mes frères et moi, on te le fera regretter.

Le regard mauvais pour me dissuader de toute initiative, et quelque part ravi d'avoir le dernier mot, il plonge les mains dans les poches de sa combinaison et repart, les talons de ses bottes raclant le sol.

Après que la courbe de la route l'a avalé, je me hisse sur la pointe des pieds, dans l'espoir d'apercevoir, au-delà de la végétation, le toit d'une construction, un mur ou un quelconque indice qui démontrerait qu'il ne s'agit pas d'un vulgaire champ, mais d'un ancien lieu d'habitation, ou qu'il recèle un élément façonné par l'homme. Pour gagner de la hauteur, je saute pour attraper une branche et, l'ayant bien en main, je m'en sers pour grimper sur le talus qui borde la route, en veillant à ne pas accrocher mon short ou mon tee-shirt aux ronces ni à me brûler les mains ou les jambes aux orties. En considérant qu'il y a bien deux mètres, voire trois, d'un inextricable mélange d'épineux, de ligneux de toutes sortes ou encore d'une grande variété d'arbustes, s'il y avait ici une maison, j'en distinguerais le toit. Regrettant de ne rien voir, je me console en me disant qu'il se pourrait qu'avec le temps il se soit effondré. Autre possibilité, sous l'inextricable capharnaüm vert, il y a peut-être un puits, une fontaine ou… Clairement, seul un défrichage en règle permettrait de mettre au jour un vestige, s'il y en a un. De là à ce qu'il livre la raison pour laquelle une vendetta règne depuis une éternité, il ne faut pas rêver.

*

Durant le repas, j'ai tenu Murielle et Steven informés de ma rencontre avec l'aîné de la famille Combrait. Si lui ne s'est pas exprimé sur le sujet, elle n'était pas enchantée par la tournure de l'échange, appréhendant que tôt ou tard le colosse et moi en venions à nous battre. Alors que je la rassurais, la sonnerie de mon portable a clos le débat. L'appelant était l'une des personnes à qui j'avais laissé un message le matin. Dès les premiers mots, la femme a affirmé qu'elle n'avait conservé aucune trace de ses recherches et, peu après son passage à la BNF, modifié le cours de ses études, choisissant la géologie au détriment de l'histoire.

Quand Steven repart à ses activités, ma chérie et moi prenons le temps d'un café pour décider de ce que sera notre après-midi. Après un temps de réflexion, sans faire montre de gravité outrancière, j'exprime le fond de ma pensée.

— Depuis un bon moment, pour ne pas dire depuis le début, je pense finalement que les cinq familles sont épiées. Quelqu'un suit leurs faits et gestes et, quand il n'y a aucun risque, en profite pour venir fouiller, à la recherche de je-ne-sais-quoi.

Dans un réflexe, Murielle se redresse sur sa chaise, tourne la tête vers la droite puis la gauche, avec sur le front une barre d'inquiétude.

— Nom de... Reste tranquille, ne donne pas l'éveil.

— Tu allais m'engueuler ? s'indigne-t-elle.

— Pas du tout ! Je viens de percuter ! Je sais ou je crois savoir ce que cherchent les cambrioleurs. Quand j'ai prononcé « Nom de... », c'est parce que la vérité venait de m'apparaître. Tu as remarqué qu'ensuite mon ton s'est adouci pour te dire de te comporter comme s'il n'y avait rien de particulier.

— Explique ! Quelle serait la vérité ?

— Les papiers que nos amis et les Combrait tiennent de leurs ancêtres ! C'est ça qu'ils cherchent. Ils ignorent qu'ils n'ont pas de valeur juridique ; alors, en les possédant, ils estiment qu'ils pourraient se déclarer propriétaires. On peut logiquement supposer qu'ils n'ont pas eu l'info aux archives que le terrain est un bien sans maître.

Un silence s'installe, nous permettant de réfléchir.

— Quoi qu'il en soit, à supposer qu'il s'agisse d'un homme, et à supposer qu'il n'y en ait qu'un, il est certainement à une bonne distance, invisible, soigneusement caché. Essayer de le découvrir donnerait l'éveil. C'est ce qu'il ne faut surtout pas faire. Nous devons nous comporter normalement, sans rien changer à ce que nous ferions si nous ignorions sa présence.

Une gorgée d'arabica, et je poursuis :

— C'est le cas pour Steven et Élise qui travaillent, pour Axelle qui se rend à Nantes auprès de Sébastien, et pour les filles qui vont au collège. Quant à nous deux, toujours pour endormir sa méfiance, endossons le rôle des parfaits vacanciers que nous sommes.

— Tu crois que c'est prudent de laisser les maisons inoccupées ?

— Je n'en sais rien. Tu sais, il est aussi possible que l'adjudant Levesque et ses hommes soient en planque, leur enquête étant en stand-by. Voilà une deuxième bonne raison de faire ce que ferait n'importe quel couple dans notre situation.

— L'amour, suggère-t-elle, malicieuse, avant de caresser ses lèvres de sa langue rose.

— De cela, il n'y aura pas de témoin, mais dès ce soir nous rattraperons notre retard. Viens, chérie, on va se balader.

*

En revenant trois heures plus tard, après un coup de klaxon et un signe de la main à l'ineffable Lulu, appuyé à son portillon, nous découvrons les collégiennes sur la terrasse d'Élise et Steven. Il fait moins beau et chaud aujourd'hui, des nuages composant une chape grise sans que nous ressentions l'imminence d'une averse.

Elles ont cependant opté pour faire leurs devoirs en commun, plutôt que chacune dans sa chambre. Une bise à la quatrième fille, quand la sonnerie de mon téléphone retentit.

— Allô ! fais-je en m'éloignant pour ne pas déranger les élèves studieuses.

— Bonjour, vous m'avez laissé un message demandant de vous rappeler.

— Oui, bonjour ! Je voulais savoir si vous avez conservé des notes relatives à un document que vous avez consulté à la BNF, il y a trois ans.

— Ça dépend. Quel est ce document ?

— Il porte sur des fouilles archéologiques qui se seraient déroulées dans la région d'Auray, Carnac, Locmariaquer et la région proche.

Après consultation du papier sur lequel j'ai noté la référence du registre, je la lui lis, pendu à ses lèvres par téléphone interposé.

— Comme ça, je ne me souviens pas. Ce devait être au début de mes études. En cherchant des renseignements annexes, il se peut que je l'aie feuilleté, mais je n'en ai pas le souvenir.

— À tout hasard, vous pourriez vérifier si vous en avez gardé des notes ?

— Oui, mais je ne le pourrai pas avant ce week-end.

— Ce n'est pas un problème. N'hésitez surtout pas à me joindre si vous trouvez des notes sur ce registre, ou des photocopies de certains passages.

— Comptez sur moi. Bonne fin de journée.

À chaque appel, les chances s'amenuisent. C'est le visage chafouin que je reviens sur la terrasse, où Murielle taquine Frenchi. Le chien émet des grognements qui parfois font craindre qu'il ne s'étouffe, mais cela est tout à fait normal selon Élise, qui arrive à l'instant même. Quelques mots sur sa journée de travail, et elle propose un thé ou un café. Un nouvel appel me pousse à me mettre à distance.

— Allô !

— Ici madame Chouafni. Je suis rentrée chez moi plus tôt que prévu. J'ai regardé sur mon ordinateur, j'ai effectivement une copie du registre dont vous me parliez ce matin.

— Formidable ! fais-je en me souvenant qu'il s'agit de celle qui habite à Fontenay-le-Comte. Une partie du document ou l'intégralité ?

— La totalité.

Pas d'exaltation, la déception n'en serait que plus profonde…

— S'il vous plaît, Madame, pourriez-vous vérifier s'il comporte les pages 228 à 237 ?

— Bien sûr. Il est affiché sur l'écran de mon ordinateur, j'en ai pour une minute. Sur ce registre, les pages n'étaient pas numérotées, mais pour gagner du temps dans mes recherches, je l'avais paginé.

Nous demeurons en ligne sans parler. J'entends le clic de la souris…

— Oui, elles y sont.

— Génial ! Vous me rendriez un énorme service si vous pouviez me les faire suivre par mail.

— Donnez-moi votre adresse mail. Je vous écoute.

En glissant mon portable dans ma poche, je masque difficilement ma joie. Murielle s'en aperçoit, à l'inverse d'Élise qui, penchée sur l'épaule de Mylène, contrôle la bonne exécution d'un exercice de maths par sa cadette. Un clin d'œil à ma chérie, et quand Élise se redresse, je demande :

— Je peux utiliser ton ordinateur ? On me fait suivre un mail, et ce sera plus facile pour lire la pièce jointe que sur mon téléphone, et éventuellement l'imprimer.

— Oui, vas-y. Tu l'allumes et tu vas dans ma session. Il n'y a pas de code d'accès.

Intéressée, Murielle m'emboîte le pas.

— Tu crois que c'est bon ?

— On le saura sous peu.

XII

Mercredi

Quelle soirée ! Depuis le dimanche qui a suivi notre arrivée, et la litanie de malheurs qui s'est abattue sur ce tranquille coin du Morbihan, pas une fois nous n'avons senti autant de décontraction, de liesse. Cerise sur le gâteau, colportées par Axelle à son retour de Nantes, les nouvelles quant au rétablissement de Sébastien étaient excellentes. Il a récupéré la totalité de ses fonctions cognitives, et dès demain il sera conduit à l'hôpital d'Auray, ce qui pour Axelle et ses filles sera plus confortable pour aller le voir.

Murielle et moi avons attendu que les filles s'isolent pour annoncer ce que narrent les feuilles manquantes du registre de la BNF. Les deux femmes et Steven se sont empressés de commenter notre découverte, s'enflammant pour énoncer des hypothèses quant à ce qui pourrait en découler. Il a fallu patienter pour que chacun se calme et réfléchisse, pour décider conjointement de ce que nous allions faire. Une fois le plan parfaitement établi, il n'était pas envisageable de passer à un autre sujet de conversation, celui-ci étant particulièrement riche. L'excitation amenait à se couper mutuellement la parole, à extrapoler, à imaginer un final époustouflant.

Nous sommes sûrement plusieurs à être placés sous écoute par le lieutenant Jacq. Aussi ne serions-nous pas étonnés qu'il débarque rapidement pour demander des précisions. Qu'il n'ait pas encore réagi à mes appels d'hier est surprenant. Ou alors, peut-être n'entrevoit-il pas l'intérêt de mes conversations avec celles et ceux qui ont fréquenté la BNF. C'est possible, finalement, et pour le coup je me félicite rétrospectivement de ne pas avoir prié madame Chouafni de me lire la teneur des pages manquantes. Je pense que c'est une cohorte de gendarmes qui aurait débarqué, ce qui nous aurait valu une ribambelle de questions et aurait alimenté la suspicion de l'officier à mon sujet.

Comme convenu lors de l'élaboration de notre stratégie, ce matin, il appartient à Axelle de se rendre au domicile de Sabrina et Ludovic Combrait. Cachés derrière le rideau de la cuisine de nos hôtes en leur compagnie, nous la voyons traverser la petite route, et entrer d'un pas décidé dans la courte allée.

Sabrina ouvre la porte en réponse au coup de sonnette. D'où nous nous tenons, il est impossible de lire son étonnement sur ses traits, mais il est évident qu'elle ne s'attendait pas à voir sa voisine. Alors qu'elles échangent quelques mots, le moteur d'un tracteur se fait de plus en plus audible. Au volant, Ludovic approche, la tête tournée vers sa maison. Comme son épouse, il doit s'interroger sur la présence d'Axelle.

— Il va s'arrêter, vous croyez ? interroge Steven.

— Tout dépend de sa curiosité, hasarde Murielle.

De fait, Ludovic immobilise son engin au beau milieu de la route, nous cachant la scène, et, sans éteindre le moteur, en descend.

— Quel con, il est pile dans l'axe ! Montons dans une chambre.

Nous escaladons l'escalier quatre à quatre pour foncer vers le repaire de Daphné, manquant de nous prendre les pieds dans un pantalon et un peignoir à même le sol. Sans trop approcher du rideau pour ne pas être repérés, nous distinguons les trois personnes en conversation. Orientée vers le nouvel arrivant, Axelle doit réitérer ce qu'elle a dit à Sabrina. La discussion dure plusieurs minutes, puis Axelle les quitte. Soudain, elle revient vers eux, dit quelques mots, et repart.

De notre poste d'observation, nous la voyons marcher dans notre direction, alors que le couple discute de cette visite inattendue, et de ses conséquences.

Nous descendons au rez-de-chaussée pour accueillir notre diplomate.

— Alors ? faisons-nous en chœur tous les trois quand elle passe le seuil.

— Ce n'était pas évident d'obtenir leur aval, surtout celui de Ludovic, mais ils sont d'accord.

— Yes ! s'exclame Steven.

— Une première étape de franchie, et pas la moindre. Un moment, tu as fait demi-tour, c'était pour quelle raison ?

— J'ai écouté ton conseil, Max. C'était pour qu'ils n'utilisent pas leur téléphone pour prévenir Yannick et Nicolas. Ils étaient sidérés de nous supposer sous écoute. Bref, ils en parlent à midi avec les deux frères, et ils feront ce qu'il faut pour être présents à quatorze heures.

— Nickel ! fais-je en me frottant les mains de contentement. Il faut que j'écrive une attestation, et que j'en tire un jeu de photocopies pour chacun, histoire de matérialiser nos propos. Avant de s'engager, il faut qu'ils sachent exactement de quoi il retourne.

— Et moi, je dois m'y remettre, constate Steven en consultant sa montre à son poignet. À tout à l'heure !

*

Footing, étirements et douche nous ont occupés une bonne partie de la matinée, suivis d'indispensables dispositions pour préparer le rendez-vous de l'après-midi.

Prétextant des troubles intestinaux afin qu'il ne se formalise pas, et également dans le souci de ne pas attirer les soupçons des zonzons*, Axelle a avisé Sébastien qu'elle ne se rendrait pas ce jour à Nantes. Seule Élise ne pouvait se faire porter pâle au travail. C'est donc à quatre que, peu avant quatorze heures, nous laissons les quatre filles qui n'ont pas cours cet après-midi, et partons à pied vers le champ maudit.

Nous sommes les premiers. Parlant peu, nous regardons le terrain. Maintenant que nous connaissons son secret, nous sommes encore plus curieux de savoir comment il serait une fois débarrassé de la végétation anarchique qui le recouvre.

Presque au grand complet, puisqu'il ne manque qu'Angèle, l'épouse de Nicolas, les Combrait avancent vers nous, parlant à voix basse et observant les alentours, comme s'ils redoutaient de tomber dans un piège. Ils s'arrêtent à plusieurs mètres, sur la défensive. Tout dans leur attitude souligne ouvertement que ce rencard ne leur plaît pas, et qu'ils s'accordent le droit de décamper s'ils ne voient aucun intérêt à cette sorte de réconciliation ou si elle tourne au vinaigre. Signe qu'après cela ils reprendront leurs activités, ils ne se sont pas changés. Ludovic et Yannick sont en bottes et combinaison verte ; Nicolas

* En argot policier, surnom du service des écoutes.

porte un pantalon bleu de travail, un tee-shirt et des chaussures de sécurité.

— Bonjour, salue Steven dans un sourire empli de bienveillance, car il est naturel que ce soit lui ou Axelle qui ouvre la séance – en échange, il ne reçoit que des hochements de tête. Merci d'être venus. Avant ce jour, nous ne nous sommes jamais adressé la parole, je souhaite vivement que cela s'arrange. Voici nos amis, Murielle et Maxime. N'ayez pas un a priori, ce sont des gens bien, très bien, et c'est grâce à eux si aujourd'hui nous sommes ici. Ils… ils ont fait des recherches sur ce terrain qui divise vos familles depuis longtemps. Tellement longtemps que personne ne pourrait dire à quand cela remonte. Enfin, ça, c'était avant, puisque maintenant nous savons sensiblement à quelle date nous pouvons estimer la brouille de vos arrière-grands-parents. Je vous l'expliquerai tout à l'heure.

Jusqu'ici, toutes les paires d'yeux étaient braquées sur Steven. Les Combrait analysent l'entrée en matière, s'interrogeant du regard pour savoir ce que chacun en pense, avant de revenir vers lui pour mieux s'imprégner des mots qui vont suivre.

— Donc, Murielle et Maxime ont fouillé, ici, au cadastre et aux archives municipales, à Vannes, aux archives départementales, et même à Paris à la Bibliothèque nationale de France. Et ils ont trouvé ! Ils ont découvert ce qui a brisé les règles de bon voisinage qui devaient régner ici, ainsi que l'entente cordiale et la solidarité qui prévalaient dans ce coin perdu, et qui devait être encore plus isolé il y a un siècle.

Il se tait, laissant la possibilité aux Combrait de poser des questions s'ils en ont, ou de commenter. Comme aucun ne moufte, il reprend :

— Il y a cent douze ans, dans ce champ, là derrière moi, on a découvert un trésor. Il s'agissait de pièces de vingt et de quarante francs en or, qui en l'an 1800 ont remplacé les louis d'or et les doubles louis. Maxime, lors de ce que l'on peut appeler une enquête, a rencontré une femme qui a consacré une partie de sa thèse au lieutenant-général Georges Cadoudal, qui commandait les troupes royales de Bretagne à l'époque. Il était né à Brech, la commune d'à côté, qui était plus vaste que de nos jours, et dont nos terrains faisaient partie. On sait qu'il a quitté la France en 1800, et qu'il était de retour à Paris trois ans plus tard pour, avec d'autres complotistes, enlever ou tuer le premier consul, alors que d'autres devaient prendre position au gouvernement, afin de proclamer Louis XVIII à la tête de la France.

Ayant conscience que toutes ces infos peuvent avoir un côté rébarbatif, il esquisse un sourire gêné, avant de poursuivre, car il n'y a toujours pas de question ou de commentaire de la part de l'assistance.

— Désolé pour ce petit cours d'histoire, mais il était nécessaire pour mieux comprendre toute l'affaire. On peut supposer que, avant de fuir en Angleterre, Cadoudal est passé par sa ville natale, et y a enterré ou caché son trésor. Trois ans plus tard, sans doute n'a-t-il pas eu le temps de revenir le déterrer avant de monter à la capitale. Et plus tard non plus, car le coup d'État ayant raté, il a été arrêté et emprisonné, avant d'être guillotiné en 1804. Vous… vous savez maintenant ce qu'ont découvert vos arrière-grands-parents. On ne connaît pas les circonstances, et on ne les connaîtra sans doute jamais, mais on peut penser que vos arrière-grands-pères étaient ensemble ce jour-là, et qu'ils se sont partagé les pièces, se faisant construire chacun une ferme. Après… après, nous ignorons ce qu'il s'est passé, mais il y a fort à parier que l'argent a chamboulé les esprits de nos ancêtres, et qu'ils se sont brouillés. Tous les deux ont certainement voulu s'approprier le terrain, escomptant qu'il recelait encore des pièces, et c'est depuis que votre famille et la nôtre se chicanent.

Il marche vers eux, distribue à chacun un jeu de photocopies des pages 228 à 237 du registre de la BNF, et conserve d'autres feuilles à la main. Dans une symbolique d'apaisement, il ne reprend pas sa place près de sa sœur, mais reste avec les trois frères et Sabrina.

— Voici ce que Murielle et Maxime ont relevé sur, non pas le document de la BNF, mais une copie qu'une étudiante leur a procurée, car, et c'est là que vous allez tout comprendre, ces feuilles ont été prélevées dans le registre dans lequel elles étaient, à la prestigieuse Bibliothèque nationale de France. Qui les a prises ? On l'ignore… Ce que nous croyons, et ce que Murielle et Maxime ont pensé bien avant nous, c'est qu'un petit malin a appris ce que nos arrière-grands-parents avaient découvert. Il a fait le lien avec le pactole de Georges Cadoudal qui, conformément à ce qu'une étudiante a appris à Maxime, s'élevait certainement à bien plus que ce que les grands-parents de vos grands-parents ont sorti de l'oubli, à bien plus qu'il n'en fallait pour construire deux fermes. Certes, à l'époque, c'était beaucoup pour de pauvres paysans, mais sans commune mesure avec l'estimation de ce que Cadoudal avait amassé. Donc, on peut raisonnablement estimer qu'un petit malin est persuadé que ce n'est qu'une infime partie de l'argent qui a été déterrée. Réfléchissez… Il n'y avait plus d'incidents entre nos familles depuis des lustres et, depuis une dizaine de jours, c'est reparti de plus belle. Curieux, non ?

Satisfait d'avoir correctement planté le décor, il s'accorde un délai avant de se préparer à conclure.

— Il y a incident et incident. Quelques mots pour une voiture mal stationnée sur le bord de la route, ce n'est pas grave. À l'inverse, l'agression dont a été victime Sébastien, le mari d'Axelle, montre une aggravation des faits, de même que les cambriolages de la ferme de leurs parents et de la maison d'Axelle, et peu après celui de la ferme de vos parents. Maxime suppose que c'était pour s'emparer de l'acte de propriété que votre famille et la nôtre détiennent. En faisant disparaître ces morceaux de papier, ce terrain au cadastre étant déclaré un bien sans maître, il ne serait pas compliqué de s'en porter acquéreur. Vous voyez où je veux en venir ?

Comme plus tôt en guise de salut, des hochements de tête confirment qu'ils ont suivi le cheminement de ses explications et débouchent sur les mêmes conclusions.

— D'après toi, sollicite Yannick, ou d'après vous tous, ce serait ça, la finalité ? Nous déposséder de ce terrain ?

— Oui, nous déposséder, reconnaît Steven en employant sciemment lui aussi la première personne du pluriel, pour pouvoir fouiller à loisir et déterrer ce qu'il reste du magot.

— Ce serait qui, ce gars ? bougonne Ludovic en se massant un avant-bras, prêt à en découdre avec le mis en cause si l'identité ne lui est pas inconnue.

— Maxime a deux suspects.

Les regards convergeant vers moi, il me revient

de livrer le fruit de mon analyse, en expliquant comment je l'ai affinée.

— J'ai relevé les noms de deux hommes qui se sont déplacés aux archives municipales, et ensuite à la BNF, où ils ont examiné le registre dont vous avez un passage dans les mains. Ce ne peut être que l'un des deux.

— Leurs noms ? réclame Ludovic sans une once de politesse.

— Pour l'instant, je ne veux pas dévoiler leur identité. En leur rentrant dans le chou, on n'obtiendra rien. Nous n'avons pas de preuve, il leur serait facile de nier. On pourrait le dire aux gendarmes, mais dans le meilleur des cas ça se limiterait aux cambriolages s'ils ont relevé des empreintes ou de l'ADN. Mieux vaut jouer en finesse, en tendant un piège, pour que celui qui a estourbi Sébastien paie le prix cher.

Mon intervention semble ne pas emporter l'adhésion de Ludovic, ce qui n'est pas une surprise. Ses frères et Sabrina, pour leur part, opinent du chef.

— Une précision, souffle Steven. Maxime est flic, il sait de quoi il parle. Si le gars se fait coincer par le lieutenant Jacq, en l'état actuel, sa peine sera légère. Nous avons réfléchi, et nous en déduisons qu'il faut le pousser à agir, à commettre une erreur. Une erreur qui le conduira derrière les barreaux pour un bon moment, avec une sanction à la hauteur des délits qu'il a commis, chez vous comme chez nous.

Il a pesé ses mots, pour mieux intégrer les Combrait à notre projet, pour qu'ils sentent qu'ils y ont leur place et leur rôle à jouer, et que rien ne se décidera s'ils ne se sentent pas concernés.

— Quelle est votre idée ?

Cette fois, c'est Nicolas qui fait entendre le timbre de sa voix. Axelle lui répond.

— Si on part du principe que les récents déboires que nous avons supportés, vous et nous, ont pour objectif de nous faire craquer en mettant le terrain en vente, cela afin qu'il l'achète, il n'y a qu'à le mettre en vente.

— N'importe quoi ! s'exclame Ludovic. On ne va pas le lui servir sur un plateau !

— Bien sûr que non ! tempère Steven. Aujourd'hui, nous le mettons en vente, mais pas de façon officielle. Pas d'agence immobilière, pas d'étude notariale. On installe un panneau « *Terrain à vendre* » à l'entrée de la route et un autre « *Vendu* » à l'entrée du champ. Le mec, c'est clair qu'il va réagir au quart de tour.

— Vous vous attendez à quelle réaction ? s'inquiète Nicolas, dubitatif, n'entrevoyant pas ce que nous prévoyons.

— Il va se manifester ! s'écrie Axelle avec fougue. Quand il va voir que le terrain lui échappe, il va vouloir savoir qui s'en est porté acquéreur. C'est évident, il va rappliquer en quatrième vitesse.

— Et justement, qui sera l'acheteur ?

La première, Sabrina a pris du recul pour démonter chaque rouage de la belle mécanique que nous proposons.

— Pas un descendant des Combrait ou des Barré, annonce Steven. Nous avons pensé à Murielle et Maxime. Nous voulons pousser celui qui nous enquiquine à se montrer. On ignore comment il s'y prendra pour se renseigner, mais il le fera. Quand il apprendra, par vous, par nous ou par quiconque à qui nous aurons donné l'information, qui sont les futurs propriétaires, il va certainement faire une offre d'achat supérieure, car il est persuadé que le sol de ce terrain cache une fortune. Il ne voudra pas le laisser lui échapper. Si nous faisons bloc en disant qu'il y a un préavis de vente signé chez un notaire, sans dire lequel de sorte qu'il n'aura pas d'information et également parce qu'il ne sera pas vraiment en vente, il fera ce qu'il peut pour compromettre la transaction.

— Soit en faisant une offre supérieure, confirme Axelle, soit en tentant de dissuader Murielle et Maxime d'acheter, soit enfin en s'en prenant à eux physiquement pour arriver à ses fins. Quand on voit les risques qu'il a pris en cambriolant, dans l'ordre, la ferme de nos parents, chez nous, la ferme de vos parents, et pire encore en s'attaquant à mon mari, c'est évident qu'il ne laissera pas tomber l'affaire.

— J'ai remarqué, glisse Steven, que vous avez tiqué en entendant qui sont les acheteurs. Soyez tranquilles, Murielle et Maxime ont préparé un papier, signé de leur main, par lequel ils s'engagent à ne pas acquérir le champ.

Pendant qu'il remet à chacun une feuille par laquelle Murielle et moi exprimons effectivement que nous ne sommes pas intéressés par le terrain, Axelle enchaîne.

— Votre famille et la nôtre resteront propriétaires. Heu… Si tout se déroule comme nous le souhaitons, il sera assez tôt, ensuite, de trancher sur ce que nous ferons : le laisser en friche, en l'état ou, ensemble, nous retrousser les manches et fouiller chaque centimètre carré du sol. Peut-être mettrons-nous la main sur le magot de Cadoudal, peut-être pas, mais si tel est le cas, cela peut représenter une petite fortune. Et puis… outre le fait de connaître enfin la vérité, et la satisfaction d'avoir mis hors d'état de nuire celui qui nous menace, nous, vous et nos enfants, cela détendra peut-être les relations que nous avons héritées de nos parents, grands-parents et arrière-grands-parents respectifs.

Un silence s'installe, que même les oiseaux respectent. Au-dessus de nous, un souffle d'air fait bruisser les feuilles des arbres. À mon tour, je prends la parole.

— Nous vous garantissons que ma compagne et moi ne sommes pas intéressés par ce champ. D'ailleurs, et c'est là la singularité de la situation, les deux familles s'en estiment propriétaires, et il ne vous sera pas demandé de signer la vente. À mon avis, le motif des cambriolages était de mettre la main sur les actes de propriété, dont la valeur légale peut être mise en doute, mais cela ne nous regarde pas, ceci certainement afin de les détruire, et ainsi de pouvoir se porter acquéreur. Le cambrioleur a pris des risques, et il va encore en prendre pour arriver à ses fins. Si nous simulons la vente, il va bouger. C'est pour cela que si vous êtes questionnés sur ce point, désignez-nous comme les acheteurs, pour que ce soit à nous qu'il s'en prenne.

— Ça peut être dangereux, constate Nicolas.

— Nous prendrons des précautions… mais en laissant une faille. Quand il s'y engouffrera, il n'y aura plus qu'à le cueillir.

— Pourquoi ne pas avertir les gendarmes ? s'étonne Yannick.

— Le lieutenant Jacq ne nous a pas à la bonne, dis-je en devançant Steven. Il nous a tous mis en garde à vue, je parle pour les hommes, et son enquête est au point mort. Il doit être irritable, ces jours-ci, alors si on lui débite ce que Steven vous a raconté, je ne suis pas persuadé qu'il nous croirait crédibles.

— Et nous, on doit vous croire ?

Il fallait s'y attendre, Ludovic est le plus récalcitrant. Il s'était tu depuis un moment, mais son intervention, conjuguée à une moue sceptique, illustre son état d'esprit. Ce n'est pas surprenant ; depuis le début, le courant ne passe pas entre lui et moi. Si je ne peux le convaincre individuellement, il importe d'obtenir l'adhésion du clan. Sa femme et ses frères sauront peut-être l'amener à revoir son point de vue…

— Vous ne risquez rien à essayer. Si les gendarmes s'en mêlent, ils vont embarquer les deux suspects dont nous avons l'identité, et les interrogeront. Ils parviendront sûrement à confondre l'auteur des cambriolages s'ils ont relevé des empreintes papillaires, mais ils ne pourront pas lui attribuer l'agression de Sébastien, ce à quoi nous tenons principalement. Le gars sera condamné à du sursis, et basta. Là où ça change la donne, s'il tombe dans notre piège, c'est qu'il prendra cher, beaucoup plus cher.

— À commencer par une grosse tête !

L'anticipation du frondeur est une victoire. Démonter le portrait de celui qui a osé s'introduire dans la ferme de ses parents, là où il a grandi, le galvanise. Il en reste trois à convaincre. L'époux d'Élise me cède le soin d'embrayer, ayant lui aussi perçu que celui que nous estimions le plus difficile à convaincre abonde dans notre sens.

— Si vous vous joignez à notre projet, il y aura des dispositions à adopter, mais en se comportant le plus naturellement. Le gars doit nous observer, à distance ; c'est comme cela qu'il a su quand il pouvait se permettre d'entrer dans une maison. Pour Sébastien, j'imagine qu'il n'avait pas prévu sa présence à ce moment-là. Dans l'urgence, il l'a frappé, et il n'y est pas allé avec le dos de la cuillère. Il faut donc que nous nous comportions normalement, sans observer autour de nous pour le débusquer. Tant qu'à faire, il se peut que les gendarmes nous surveillent, eux aussi. Raison de plus pour ne rien faire d'anormal. Je pense aussi que nos téléphones sont sur écoute, alors, si vous marchez avec nous, pas un mot au téléphone sur ce que nous préparons. Le lieutenant Jacq et ses hommes débarqueraient dans le quart d'heure, et tout serait foutu.

Un à un, nous les fixons avec attention, jusqu'à ce qu'Axelle s'enquière :

— Alors, vous êtes avec nous ou vous laissez tomber ?

*

Étrange situation, lorsque nous redescendons vers les habitations. Les trois femmes marchent en retrait, évoquant la santé de Sébastien et les récentes évolutions réalisées. Les hommes progressent de front, sans ouvrir la bouche.

— Soyez naturels, ne puis-je m'empêcher de rappeler. Nous sommes peut-être espionnés.

Devant les maisons, Nicolas lance un « ciao » général en montant dans son fourgon pour filer à son chantier, alors que ses frères prennent la direction de leur ferme. Tous les trois ont à la main l'attestation signée par Murielle et moi.

— Je vais fabriquer les panneaux, garantit Steven. J'ai du bois et de la peinture, je n'en ai pas pour longtemps.

— Pour préparer la réception de notre invité mystère, Murielle et moi allons faire quelques achats.

Alors que nous nous éloignons tous les deux, Axelle et Sabrina poursuivent leur conversation. Les deux femmes ne se connaissent pas mais, en souriant, se découvrent des amies communes et des sujets de conversation illimités. Il y a tellement de temps à rattraper…

Veillant à la dépense, car le prix du matériel voulu n'est pas donné, nous ne nous en sortons pas trop mal, financièrement. En embouquant la route pour rallier notre base, nous repérons la pancarte fraîchement installée et parfaitement visible. Tout juste si la peinture est sèche.

Dans notre location, je pose un carton de bonnes dimensions sur la table du séjour, à l'abri d'un éventuel indiscret. Une heure m'est nécessaire pour tout déballer, réaliser les branchements et vérifier le bon fonctionnement. Il ne reste plus qu'à attendre la nuit et le noir le plus complet mais, avant cela, en toute innocence, définir dans le jardin l'emplacement idéal.

— Chérie, on va jouer avec Frenchi ? Ça fera une bonne diversion, et ça lui fera de l'exercice, de courir à droite à gauche après son os en caoutchouc.

XIII

Jeudi

Ce n'est pas si facile que cela, de vivre normalement. Sans montrer que nous nous savons guettés, nous sommes gagnés par une certaine fébrilité, qui nous interdit d'évoluer comme nous le faisons habituellement. Le constat nous est vite apparu, hier soir, quand nous dînions sur la terrasse. Nous nous sommes tous surpris à promener notre regard sur les alentours, tentant d'apercevoir une présence ou un détail confirmant que celui à qui l'on devait cet état était peut-être là, tapi dans l'ombre. Pour qu'elles ne commettent pas une boulette, et également pour qu'elles ne s'inquiètent pas, nous n'avons rien dévoilé de ce qui se tramait aux collégiennes, qui immanquablement auraient modifié leur attitude, observant à la dérobée vers le fond du jardin ou autour d'elles, parlant moins fort qu'à l'accoutumée ou réprimant leur fraîcheur, leur joie de vivre et leurs éclats de rire.

Sitôt qu'elles se furent évaporées vers une chambre de l'étage, Élise m'a questionné.

— Si tu étais officiellement chargé de cette affaire, que ferais-tu ?

Deux secondes pour m'immiscer dans ma peau de flic, deux doigts pour me frotter le menton, une seule réponse.

— Si j'en avais été saisi, je serais dans la même expectative que le lieutenant Jacq.

Une gorgée d'un rosé corse tout à fait correct, et j'ai poursuivi :

— En vivant cela de l'intérieur, je sais des choses que les gendarmes ignorent. Il y a les faits, et il y a l'historique qui fait que vos deux familles ont des antécédents. Ce sont ces antécédents que j'ai creusés, avec l'assistance des archivistes et de Murielle.

— Oh, il est mignon ! s'était amusée ma compagne avant de m'embrasser à pleine bouche.

— C'est vrai, ma belle, tu m'as aidé bien plus que tu ne le crois. Pas seulement en sacrifiant tes vacances pendant que je faisais le tour des administrations locales ou un aller-retour à Vannes, mais aussi lors de notre voyage express à Paris. Et cela sans compter nos débriefings quasiment tous les soirs.

J'ai bu une nouvelle gorgée de rosé, qui avait un goût de revenez-y auquel seule la dernière goutte mettrait un terme.

— Sachant ce que nous savons, et disposant de moyens judiciaires, je ne serais pas assis à abuser de la divine bouteille. Je lancerais des recherches sur les deux suspects, et en même temps je réquisitionnerais leur opérateur téléphonique pour, à travers les relais activés, apprendre lequel se baladait dans la région aux moments des multiples épisodes des dix derniers jours. On ferait aussi ce qu'il faut pour consulter le GPS de sa voiture, s'il en a un. Pour peu que nous ayons récolté ses empreintes ou de l'ADN sur les lieux, il serait grillé. Une perquisition de son logement permettrait certainement de mettre la main sur des documents attestant de son intérêt pour le terrain, et en cumulant tous ces faisceaux d'indices, il serait rapidement contraint d'avouer.

— Quelle peine risquerait-il ?

— Ça, Axelle, ce serait en fonction de la possibilité de lui coller sur le dos l'agression de Sébastien ou non. Le fait le plus grave est l'agression mais, si on ne peut la lui imputer, il aurait droit à un bracelet électronique, et ne pourrait sortir de son domicile pendant un an ou deux. Ceci s'il n'a pas d'antécédents judiciaires. S'il a un casier chargé, ce sera peut-être plus lourd ; sinon, il ne sera pas trop inquiété.

— Bref, pas une grosse sanction ! s'était emporté Steve. Ça me donne presque envie de faire des conneries, pour moi aussi rester à la maison m'occuper de mes filles.

— De quoi on vivrait ? s'était récriée Élise. Le prêt de la maison, la ferme… On serait dans une merde totale.

— On ne va pas s'appesantir sur le laxisme de la justice. Les prisons sont surchargées, on n'en construit pas de nouvelle alors que notre société est de plus en plus violente… La décision appartient à nos dirigeants, mais force est de constater que rien ne change. L'art et la manière de ne pas se mouiller pour ne pas chagriner la société bien-pensante.

Encore une gorgée et, en posant mon verre vide, je suis revenu à mes décisions si j'avais mené l'enquête.

— Ou alors, avant la perquisition de son domicile, tant qu'à faire, je poserais une balise sous sa voiture, pour connaître ses déplacements et le filer sans risquer d'être retapissé. Autre avantage, ça nous aurait évité la surveillance que nous allons devoir opérer. Pas à partir de ce soir, c'est trop frais, mais comme Dieu seul sait quand il passera à l'action, dès demain, il nous faudra être vigilants.

— Un autre verre, Max ? avait soumis Steven, une main sur une bouteille, l'autre tenant un tire-bouchon.

— Oui, s'il te plaît. Ce soir, on peut se lâcher, mais à partir de demain, pas une goutte d'alcool. Il conviendra d'avoir les idées claires, pour parer à toutes éventualités.

J'ai ingurgité deux verres avant que nous ne nous repliions, un peu éméchés, surtout moi serait-il plus correct de préciser, dans notre location. Tandis que Murielle avait investi la salle de bains, j'ai vérifié le bon fonctionnement des deux caméras à infrarouge. Sur l'écran, j'ai été agréablement surpris par la qualité de l'image. Nous avons fait une bonne affaire.

Preuve que je n'étais pas trop imbibé, ce matin, je ne ressens pas les effets nauséeux ou autres de l'alcool. Après un petit-déjeuner aussi copieux que les autres jours, je décide d'une petite visite à mon copain Lulu, le concierge de la route. S'il y a bien un personnage qu'il faut interroger pour s'affranchir des ragots de ce petit coin d'Auray, ce ne peut être que le garde-barrière du hameau.

C'est en short et tee-shirt que je me rends chez lui, mais sans courir, même si j'ai chaussé mes tennis, car je ne suis finalement pas au mieux de ma forme. Exceptionnellement, le vénérable papy n'est pas à son poste. Je vais pour pousser le portillon quand il rapplique, tout droit de sa cuisine si j'en crois le quignon de pain qu'il tient à la main.

— Bonjour, Maxime. Comment vas-tu ?

— Bonjour, Lulu. Je vais bien, et toi ?

— Un peu mal au dos, mais c'est tous les jours, alors je ne fais plus trop attention.

— Prends soin de toi, mon ami. Tel que tu me vois, je viens t'annoncer une grande nouvelle.

— Ah ! Laquelle ?

— Nous serons bientôt voisins. Enfin presque. Je vais acheter le bout de terrain qui fait que les Combrait et les Barré se chicanent depuis la nuit des temps.

— Non, c'est pas vrai ! Et qu'est-ce que tu vas en faire, de ce champ ? Planter du maïs ou des patates ?

Sa saillie déclenche un large sourire, qui découvre ses rares chicots. Ne pouvant pas mordre, au risque d'ébranler ses dents fragilisées par les années, il arrache un morceau de pain et le porte à sa bouche, tout en continuant à se marrer.

— Non, je vais procéder à des démarches pour que le terrain soit déclaré constructible. Après, je ferai construire une résidence de vacances comportant douze logements, et une piscine.

— Douze logements ! Une piscine !

— Oui. C'est le paradis, ici. On est à la campagne tout en étant proche de la mer. Je suis certain que les locations marcheront du feu de Dieu.

— Hou, hou ! rigole-t-il, ça va jaser. Il y en a qui ne seront pas contents.

— Il y a toujours des râleurs. L'important est que les Barré et les Combrait soient d'accord.

— On ne m'a pas demandé mon avis, mais j'aurais dit oui si on m'avait posé la question. Il faut mettre de la vie, par ici !

Son entrain n'est pas feint. Il est de ces gens qui prennent la vie du bon côté, quels que soient leur situation et leurs tracas. Les fréquenter procure du bien-être ; leur bienveillance illumine chaque rencontre.

— Tu as réussi à discuter avec ces têtes de mule ? s'étonne-t-il en postillonnant un copieux morceau de mie. Ça n'a pas dû être facile, si ?

— Contrairement à ce que tu crois, c'était un jeu d'enfant. Ce champ est une source d'ennuis, alors si un tiers en devient propriétaire, ils n'auront plus de raison de se faire la gueule. Et tu ne sais pas la meilleure ? Je ne l'ai pas payé très cher ! Je ne dis pas que j'ai fait l'affaire du siècle, mais le prix est convenable.

— Il faut fêter ça ! Viens, on va boire un coup de cidre. En plus, le pain est sec, il est d'hier.

Au même titre que la chaleur, l'argument est une bénédiction pour le vieil homme, qui déjà s'emporte vers l'appentis. Comme l'autre jour, il n'y a qu'un verre, qu'il me tend après l'avoir rempli presque jusqu'en haut au filet du robinet du fût de deux cents litres.

— Tu l'as déjà goûté, glousse-t-il, les yeux brillants, en préambule à la dégustation. C'est la récolte de l'année dernière.

— Tu devrais prévoir un deuxième verre, on aurait trinqué.

— Pas bête. Je me dis ça chaque fois que j'ai du monde, et j'oublie quand je rentre dans la maison. Attends, je vais en chercher un.

Pendant sa courte absence, je vide la moitié du verre sur le côté de l'appentis. Non pas qu'il soit mauvais, loin de là, mais je frissonne à l'idée d'en absorber une grande quantité dès le matin.

— Ah, t'as pas pu t'en empêcher ! s'amuse Lucien à son retour en constatant la baisse du niveau. Il place son verre de cuisine, identique au mien mais bien plus propre, sous le robinet, et verse jusqu'en haut, puis sans ambages se saisit du mien. Donne, on va trinquer avec des verres pleins.

Pas mèche de refuser sans l'offusquer.

— Allez, à la nôtre !

— Tchin !

Le liquide doré coule en moi, sans aigreur. Il est fameux.

Pour un peu, j'en abuserais, mais pas à dix heures.

— Il fait quelle superficie, ton terrain ?

— Il n'est pas encore à moi. On signe chez le notaire dans quatre jours, avant que nous ne repartions chez nous pour reprendre le travail. Il y a trois mille mètres carrés.

— C'est pas mal, il y aura de la place pour ta résidence. Mais avant ça, il y a sûrement du boulot. Tu ne vas pas t'ennuyer.

— Je ne serai pas seul. Les voisins ont promis de tout défricher. Ça va faire une grosse quantité de déchets verts qu'il faudra évacuer.

— Vaut mieux les brûler, vous éviterez les navettes à la déchetterie.

— Pas faux, c'est ce que nous ferons. Quand il sera mis à nu, on verra à quel endroit situer la résidence. Après, ce sera au terrassier d'intervenir.

— Je vois que tu as réfléchi à ton affaire.

— C'est un beau projet. D'ailleurs, il faut que je parte, j'ai rendez-vous avec le banquier. Salut, Lulu, à très bientôt !

Je ne suis pas mécontent de mon excursion. Nous pouvons compter sur Lulu pour divulguer à qui le verra que le champ aux deux propriétaires est cédé à un couple d'inconnus qui veulent en faire un immeuble résidentiel. On peut espérer que cette information sera rapidement le sujet de conversation de nombre d'Alréens et d'Alréennes, et se répandra comme une traînée de poudre.

C'est ce dont je m'ouvre à Murielle un peu plus tard, autour d'un café sur notre terrasse, mais elle ne l'entend pas de cette oreille.

— Tu as modifié ce qui était convenu. On avait dit une maison, pour nos vieux jours.

— Plus les rumeurs sont grosses, mieux elles se répandent. Les mots sont sortis tout seuls. Et illico, je me suis convaincu que l'énormité de l'information allait assurer sa plus large propagation, en partant du principe que plus la construction sera imposante, plus il y aura de terrassement, donc plus de chance de découvrir le trésor de Cadoudal. Tu sais où est Steven ?

— Je ne l'ai pas vu de la matinée, réplique-t-elle sans chasser entièrement l'ombre sur son visage.

— Tu m'accompagnes ? J'ai un autre artifice à lui proposer, ainsi qu'aux Combrait.

Évidemment, elle veut connaître mon astuce pour juger de son utilité. Je la lui explique et, quand elle est acquise à ma cause, c'est d'un pas alerte que nous partons.

Le premier que nous croisons est Yannick. Alors que je commence à peine à lui exposer mon plan, Ludovic survient sur son tracteur. Son frère lui faisant signe de s'arrêter, il cède à son injonction. Sur ses traits, je lis que, malgré l'échange poli de la veille, il n'est pas disposé à faire acte de courtoisie exagérée.

— Bonjour. Je suis allé raconter à Lucien, le vieil homme qui habite le hameau à l'entrée de la route, que Murielle et moi allions nous porter acquéreurs du terrain. Pour m'assurer que l'info défrayera la chronique, j'ai ajouté que c'était pour y bâtir une résidence de douze appartements et une piscine. Nous pouvons escompter que tout le monde va vite le savoir. J'ai balancé que la vente était pour lundi matin, afin de forcer l'individu malintentionné à agir vite. Maintenant que tout est en place, si vous êtes d'accord, ainsi que votre autre frère et Steven, comme j'ai du temps de libre, j'aimerais désherber le terrain. Oh, pas la totalité, juste l'entrée, sur quelques mètres carrés, histoire de donner plus de crédit à notre piège. Êtes-vous d'accord ?

Les deux frères attachent leurs regards, se consultant silencieusement. Comme de juste, Ludovic émet une réserve.

— Ça me plaît moyen. J'espère que ce n'est pas une embrouille.

— Non, bien sûr que non. Vous le savez, tout cela est une fable. Une seule chose compte, choper le gazier. Et plus il croira en la véracité des faits, plus il sera amené à se découvrir.

— Pour moi, c'est d'accord, jette Yannick. Il faut qu'on l'attrape, cette ordure. Je pense que Nicolas aussi sera d'accord.

— OK, acquiesce le méchant de service, mais je ne vous file pas un coup de main.

— Merci. Je vais me débrouiller. Le tout est de donner l'illusion, de donner à penser que ça prend forme. Bonne journée, à bientôt sûrement.

Quand ils repartent à leurs occupations, nous nous mettons en quête de Steven. Ne le trouvant pas à la ferme et avisant qu'il manque un tracteur, Murielle l'appelle sur son portable.

— Allô, Steven. Ne quitte pas, je te passe Max.

Il m'écoute exposer la ligne supplémentaire au traquenard, avant de tenter de me raisonner.

— Tu te rends compte de ce que cela représente ? C'est un boulot de titan.

— Steven, je ne vais pas m'y atteler comme un furieux. Il me faut une paire de gants, une pelle, une pioche et des bottes.

— Tu trouveras tout cela à la ferme. Prends aussi un râteau et une faux. Méfie-toi, je l'ai affûtée la semaine dernière. Il te faudra aussi une scie, ce n'est pas avec une faux que tu vas abattre les arbres ou les arbustes.

— Ce n'est pas mon objectif. Je veux seulement qu'en me voyant on croie en ma résolution.

— Bon courage, mon ami, je passerai te voir. À tout' !

*

J'ai enfilé une combinaison de travail, qui doit appartenir à Sébastien, plus proche de ma taille et de ma corpulence que Steven, et des bottes. Murielle m'a aidé à apporter les outils, et courageusement nous avons attaqué. Oui, nous, car Murielle n'entendait pas fainéanter sur un transat pendant que je suais sang et eau. Au bout d'une heure d'efforts intenses, elle a toutefois déclaré forfait, annonçant qu'elle allait chercher des boissons.

Pour qui n'est pas habitué, c'est mon cas, manipuler une faux s'apprend progressivement. Sur certains espaces, j'effectue de longs coups à la ronde, puis je ratisse pour éloigner ronces, herbes hautes, fougères et autres végétations. Quand se présente un végétal d'un autre calibre, j'en nettoie au mieux les abords pour approcher et jouer de la scie. Sur la route, une belle quantité de branches et de verdure atteste de ma volonté, alors que l'espace dégagé est infime. Qu'est-ce qui m'a pris de me lancer dans cette aventure ? C'est ce que je me répète en boucle, sans que s'impose une réponse appropriée autre que de vouloir donner du corps à notre allégation. Et du corps, j'en donne, il n'est que de constater les éraflures sur mes bras pour s'en convaincre.

— Ça te change de ta routine, fait une voix dans mon dos, alors que je scie une branche qui, à hauteur de mon visage, limite ma progression et sur un geste malheureux pourrait m'éborgner.

— Salut, Steven. Tu parles d'une galère ! J'ai l'impression de ne pas avancer. J'ai à peine dégrossi quinze mètres carrés en deux heures.

— Je ne veux pas te niquer le moral, mais ça fait près de trois heures que tu t'escrimes.

— Non ?

— Si. Murielle et moi avons mangé en tête à tête. Elle t'apporte ton repas dans quelques minutes.

Il pénètre sur la parcelle, et parce qu'il n'est pas

du genre à rester sans rien faire, il prend le manche de la faux. Son geste est plus efficace que le mien, plus précis, plus régulier et plus rapide.

— Laisse, tu as bien assez à faire comme cela.

Ce n'est pas mon injonction qui le retient, mais l'arrivée d'une voiture, une Citroën Berlingo blanche qui n'a pas connu l'étape lavage depuis longtemps. L'homme qui en sort peut avoir entre quarante et cinquante ans. Il porte une moustache, ce qui n'est plus courant, et une casquette enfoncée sur la tête, au-dessus de ses yeux marron.

— Bonjour, Monsieur, salue Steven. Je peux te voir ?

Les civilités effectuées, il demeure à l'écart. Se peut-il que ce soit l'annonce de la vente du terrain qui l'ait guidé jusqu'ici ?

— Tiens, Max, fait le mari d'Élise en me tendant la faux.

Je suis dans une position inconfortable. Si je continue la tâche que je me suis fixée, l'autre va tout de suite piger que je suis novice et, si je la pose, il va me prendre pour une feignasse. Quel est le pire ? L'incompétence ou la fainéantise ? Parade à ce dilemme, la branche et la scie se rappellent à mon souvenir, et me permettent de sauver la face. De dos, la conversation étant couverte par le bruit de la scie, je ne capte rien de l'échange. Quand la branche est séparée du tronc, j'attaque une deuxième, à peine plus haute, mais placée de l'autre côté du tronc, ce qui fait que je peux observer la scène. Le conducteur du Berlingo ne paraît pas enchanté et, par son attitude, le fait comprendre. Steven essaie de l'apaiser en intervenant de temps à autre, mais son compère l'interrompt rapidement et reprend sa diatribe. Je feins de ne pas m'en apercevoir. Quand la branche cède, je l'accompagne vers le sol sans la lâcher, puis je prends la première et les tire vers le tas déjà constitué. Constatant que j'approche, le moustachu met un terme à l'échange, et remonte dans sa Citroën.

— Il est en colère. Il cherche du terrain agricole, et il n'en trouve pas.

— Tu le connais ?

— Oui. C'est pour cela qu'il m'en veut de ne pas l'avoir averti avant de vendre. Enfin, de faire semblant de vendre, mais je ne lui ai pas avoué ce détail.

— Tu as bien fait. Il faut que cela paraisse réel. Quand tout sera terminé, il ne sera pas trop tard s'il veut l'acheter. Si toi et les Combrait voulez vous en débarrasser…

— On verra. Un temps pour tout. J'y vais, j'ai du taf. Ah ben, tiens, voilà Murielle. Bon appétit !

*

Hormis pour manger, je n'ai pas arrêté une minute. Murielle s'est proposée pour m'aider, mais j'ai refusé pour deux raisons : elle n'était pas équipée pour se protéger des griffures ou des épines et, pour être en cohérence avec ce que nous avions combiné, il fallait seulement donner l'impression que les futurs nouveaux propriétaires s'attelaient à la tâche. Il n'était pas question de désherber le champ dans sa totalité, ce qui représente une charge de travail colossale, mais d'apporter du crédit à notre machination. Si un jour ce terrain est vendu, ou si les Séminou, les Pourriou et les Combrait trouvent un accord, il appartiendra à qui de droit de se taper la corvée, encore que des moyens mécaniques dont je ne dispose pas allégeront celle-ci.

C'est complètement rincé, vers dix-sept heures, le tee-shirt collé à la peau et les outils à la main, que je suis retourné à la ferme me changer. Une indispensable douche, des vêtements propres, et avec ma chérie nous prenons la direction de l'hôpital, pour enfin revoir Sébastien.

Il est seul dans sa chambre, ce qui est parfois préférable, car le compagnon de chambrée n'est pas toujours sympathique, ou discret. Je m'attendais à le voir la tête cernée d'un bandage, mais il n'en est rien.

On lui a coupé les cheveux au plus ras, pour le soigner, mais cela lui va plutôt bien. Sa barbe et sa moustache ont peu poussé, ses yeux bleu-vert reflètent sa lucidité.

— Salut, Seb ! On a préféré ne pas aller à Nantes, car tu avais besoin de te reposer et de récupérer, mais maintenant que tu es plus proche de chez toi, on ne pouvait pas ne pas venir. Comment te sens-tu ?

— Bien. Enfin, je serai mieux à la maison, dans quelques jours.

— C'est certain, mais courage, ça devient bon. Tous les soirs, Axelle nous parlait de toi, et de tes progrès. C'est formidable !

— Oui, mais là, j'en ai marre. J'ai l'impression de ne servir à rien.

— Ça va vite rentrer dans l'ordre, un peu de patience.

Parce que je ne suis pas à l'aise dans ce genre d'exercice, Murielle a entamé la conversation avec cet homme que nous n'avons pas vraiment eu le loisir de connaître intimement, car un malheureux événement nous a vite séparés. Mais ce que nous savons de lui est tout à son honneur. Rassasié des parlotes autour de sa santé et de ses progrès dont on l'abreuve depuis qu'il a recouvré ses moyens, c'est vers moi qu'il tourne la tête.

— Où en est l'enquête, Max ?

— On n'a pas revu les gendarmes depuis un moment. Il faut en déduire qu'ils ne s'éparpillent pas et concentrent leurs effectifs sur l'affaire. C'est mon interprétation, je crois ne pas être loin de la vérité. Dis, Seb, tu as eu le temps d'y réfléchir ? Te souviens-tu d'un détail, n'importe lequel, qui pourrait nous aider, et aider les gendarmes ?

— Non. C'est le trou noir. J'y repense souvent, mais rien ne vient. Mon seul souvenir est que j'avais oublié mon portable. Je revenais à la maison pour le prendre et, d'un seul coup, plus rien. Le noir complet.

La conversation traîne encore un peu sur ce sujet mais, faute de matière, vite nous en changeons.

— Il me tarde de reprendre le boulot, déclare-t-il. Je voudrais retrouver ma place près de Steven, et bien sûr auprès de ma femme et de mes filles.

— C'est pour bientôt. Dans quelques jours, tu vas reprendre tes habitudes à la maison, et quand ton bras et ta jambe seront solides, tu rattraperas le temps perdu.

— Oui... Ce qui me manque le plus, c'est de manger à des heures normales. J'en ai par-dessus la tête des repas à onze heures et à dix-sept heures trente ou dix-huit heures. Je me tiens bien à table, je rêve d'un steak-frites !

— On le dira à Axelle. Tu ne seras pas déçu.

— Sympa, le message de tes filles sur ton plâtre, s'amuse Murielle. « À notre papa adoré ! »

— Elles en mouraient d'envie. J'ai essayé de les dissuader, mais elles rigolaient tellement que je n'ai pas pu dire non.

Nous repartons peu après, heureux de cet instant qui quelque part nous rassure quant à son état d'esprit. Il est trop tôt pour le dire notre ami, mais indéniablement nous percevons qu'il possède des qualités morales qui nous rapprochent, et que le temps renforcera.

Après quelques courses purement alimentaires et un petit crochet pour signaler à Élise que ce soir c'est nous qui invitons, à charge pour elle de prévenir Axelle et ses filles, nous nous activons pour recevoir dignement les affamés. Habituellement, nous squattons la terrasse de nos hôtes ; ce soir, à nous de les recevoir dignement.

*

Un apéro, un verre de rosé, et le reste de la soirée j'ai fait abstinence de la boisson. Pas d'abus tous les soirs ! Quand tous sont partis se coucher, Murielle et moi avons débarrassé la table, reportant au lendemain la vaisselle. Quand elle a bâillé à s'en décrocher la mâchoire, je l'ai poussée à aller se coucher. Pour moi, la soirée n'était pas terminée.

Je me suis retiré dans la salle de bains, où j'avais installé l'écran sur lequel apparaissent les images des deux caméras extérieures, chacune sur la moitié de l'écran. Assis sur une chaise, les bras croisés, en faction, la surveillance a commencé…

… Je ne sais pas combien de temps elle a duré. Un soubresaut m'a réveillé à quatre heures du matin. Les yeux rivés sur l'écran, je me suis demandé si c'était un fait sur une caméra qui m'avait soudain fait réagir. J'avais beau ouvrir les paupières en grand, le programme était le même sur ma télé personnelle. Par acquit de conscience, je me suis levé pour effectuer quelques mouvements pour ne pas me rendormir, sans quitter l'écran des yeux, mais les images demeuraient fixes. Pour que la clarté de l'écran ne me dénonce pas, je l'ai éteint, et suis allé me servir un verre d'eau, avant de rejoindre ma place. La porte refermée, j'ai rallumé l'écran. Rien n'avait changé.

Quatre heures trente. Steven ne va pas tarder à se lever. Éreinté, je me dis que s'il avait dû y avoir de l'action, elle aurait été programmée plus tôt. Je ne suis pas dans la tête du tordu, mais voici comment j'aurais procédé à sa place. Fort de ce constat, ou trop affaibli par la fatigue pour raisonner logiquement, je vais me coucher.

XIV

Vendredi

— Tu vas vraiment le faire ?

— Oui. Si nous étions réellement les acquéreurs de ce terrain, ce serait évident que nous nous renseignerions sur ce qui nous attend.

Murielle doute de l'intérêt de l'idée qui cette nuit m'est apparue comme on ne peut plus logique. Ma conviction repose sur un point que je ne lui ai pas encore exposé.

— Si X nous surveille, ça va renforcer sa certitude quant à notre prétendu projet, et augmenter son inquiétude. Il ne pourra pas croire à un canular, ce qui le poussera à commettre une erreur. Cette erreur lui sera fatale.

— Il n'est peut-être pas dans le coin, en ce moment. Les deux suspects n'habitent pas la porte à côté.

— Quelques petites heures de conduite et il est sur place et, en raison de l'enjeu, on peut parier qu'il vient très régulièrement par ici. Il sait qu'il a tout à gagner, alors ça doit le hanter jour et nuit. Pour qu'il morde à l'hameçon, je vais m'amuser avec mon jouet dès cet après-midi, et aussi durant le week-end, si aujourd'hui le travail ou une autre occupation le retient ailleurs. On peut présager que ses obligations professionnelles le contraignent à déserter les lieux durant la semaine, mais je te fiche mon billet qu'il accourt tous les week-ends, ou presque. Peut-être pas les deux jours, mais le samedi ou le dimanche. En me voyant opérer, et fais-moi confiance pour me faire remarquer, il va piger qu'il y a du neuf, et le panneau indiquant la vente du terrain ajoutera à sa surprise.

— Hum… Pas con, mais…

Une moue de dépit souligne que sa conviction n'est pas totale. Cependant, sa phrase en suspens indique qu'elle rend momentanément les armes.

Je me lève en grimaçant, conséquence directe des courbatures liées aux efforts physiques de la veille, et vais me placer derrière elle. Alors qu'elle est toujours assise sur sa chaise, je l'enserre dans mes bras et l'embrasse dans le cou. Il n'y a rien de plus sexy qu'un cou, sa chaleur, sa douceur, son odeur.

— On doit donner le change, chérie. Il n'y en a plus pour longtemps. On va le serrer, ce branque. Il doit payer pour ce qu'il a fait.

— Vivement que ça se termine, murmure-t-elle en posant une main sur mon avant-bras. J'en ai marre de ces vacances. On n'aura rien fait… rien.

— La prochaine fois, on se tire dans un endroit où on ne connaît personne. Juste toi et moi. À l'étranger ou au fin fond de la Creuse, on s'en fout, juste nous deux.

Nous ne bougeons pas durant une bonne minute, nos corps oscillant selon le même rythme langoureux. Venant me renifler un mollet en émettant des grognements, Frenchi brise la magie de l'instant.

— Tu viens avec moi en ville ? Ce serait bien qu'on se prenne un peu de temps pour nous, dis-je en me redressant.

— Oui. J'en ai par-dessus la tête de rester ici. Je vais me préparer.

Pendant qu'elle disparaît dans la maison, je cherche sur internet un magasin qui, dans le meilleur des cas à Auray pour ne pas se taper un voyage express à Vannes ou à Lorient, serait susceptible de me délivrer ce dont j'ai besoin. Quelques mots-clés et il s'avère que le commerçant chez lequel j'ai fait emplette des deux caméras et de l'écran vend le matériel approprié.

*

L'avantage des petits commerçants est qu'ils ciblent parfaitement ce que veulent leurs clients. Quand j'expose mon souhait, celui-ci n'est pas insensible au fait que je n'entends pas acheter, car cela a un certain coût et que par la suite je n'en aurai plus usage, mais plutôt louer si c'est possible. Alors qu'il n'a pas un centime à y gagner, il consent à écrire sur un morceau de papier les coordonnées d'un jeune homme de la commune. Sur le trottoir, je lance l'appel, mais la messagerie se déclenche tout de suite. Pas grave, je recommencerai plus tard.

Main dans la main, comme deux amoureux que nous sommes, nous nous baladons dans le centre-ville, consultant les offres d'une agence immobilière pour nous faire une idée des prix dans ce havre de paix, admirant une robe ou une veste, épluchant en salivant la carte d'un restaurant. Nous finissons par jeter notre dévolu sur la terrasse d'un bar, baignée de soleil mais disposant de larges parasols. Un nouvel essai téléphonique étant infructueux, je rengaine l'appareil.

Nous restons là un bon moment, parlant peu, tout à la joie de quitter passagèrement notre lieu de villégiature et évacuant par bonheur le stress accumulé sans que nous en ayons conscience, nos congés étant ceints d'une cotonneuse menace. Aussi vaporeuse soit-elle, car nous ne sommes pas directement impliqués, elle est constamment présente depuis le début, bridant notre plaisir de jouir pleinement de nos amis et des magnifiques journées de cet exceptionnel été indien.

Comme nous vidons nos verres, mon téléphone sonne.

— Bonjour. Vous avez essayé de me joindre ?

— Oui. Bonjour. J'ai eu votre numéro par monsieur Roberton, le commerçant de la place Notre-Dame. Ce serait possible que nous nous rencontrions ? J'ai un service à vous demander.

*

Le rendez-vous avec mon interlocuteur étant fixé à quinze heures, nous avons opté pour une table au restaurant vu plus tôt. Un café, une promenade digestive en flânant, et nous revenons à l'heure dite à notre point de base. Âgé d'une vingtaine d'années, frôlant le mètre quatre-vingt-dix, des cheveux frisés blonds tirant sur le roux, notre contact nous a devancés.

— Bonjour. Je suis Maxime, voici Murielle, ma compagne.

— Moi, c'est Quentin. J'ai préparé mon matos.

— On va y aller, alors. Venez, c'est à quelques centaines de mètres.

— J'ai envie de faire un essai avant, dit-il sans marquer de surprise en indiquant que nous pourrions y aller en voiture, ce qui me va bien car je veux que notre manège interpelle le guetteur s'il est à son poste. J'ai le temps ?

— Oui, bien sûr.

Ouvrant le coffre de sa Scénic, d'une main il

prend son drone, de l'autre le boîtier de la radiocommande. Il pose l'hélicoptère miniature au sol, referme le coffre de la Renault, et se concentre sur la manipulation de deux joysticks. Quasi silencieux, le drone quitte le goudron. Quentin lui fait effectuer quelques manœuvres puis le ramène près de lui.

— C'est bon, tout va bien. Que voulez-vous exactement ?

— Il y a un peu plus haut un terrain que nous souhaitons acheter. Il y a tellement de végétation qu'il est utopique de savoir ce qui nous attend. Nous voudrions avoir une idée précise de sa forme, car nous n'en voyons pas les limites. Le but est également de définir ce qu'il renferme.

— D'accord. Vous pouvez me rappeler votre numéro de portable ? Je vais l'enregistrer, comme ça, vous recevrez les images en temps réel, et vous pourrez les conserver.

— Non, vous pouvez faire cela ?

— Oui. Il suffira que vous me disiez le secteur que vous voulez observer de plus près, et il le survolera. Je pourrai zoomer, si vous le désirez, et prendre des photos.

— C'est trop génial ! s'enflamme Murielle. Je pensais rester ici, mais je vais avec vous. Je veux voir ça.

Quelques minutes plus tard, sur place, Quentin entre mon numéro sur le clavier du boîtier, puis posément examine l'espace à couvrir, avant de décréter :

— Pour commencer, je vais faire un survol général, assez haut. Vous suivrez sur l'écran de votre mobile, et vous choisirez la direction vers laquelle aller. Par rapport aux arbres, je devrai maintenir une certaine altitude, surtout près de ceux qui sont au niveau des talus qui bordent le terrain.

— Faites pour le mieux !

— C'est parti !

Il chasse sa risette guillerette et prend un masque empreint de sérieux. Le drone s'élève, monte à une cinquantaine de mètres, avant de s'éloigner. Le terrain est de forme rectangulaire, entouré sur l'arrière et les côtés de champs en culture, exclusivement du maïs. Disposant lui aussi d'une vision d'ensemble sur son cadran, d'une netteté prodigieuse, bien supérieure à mon téléphone, il fait réaliser à son appareil un vol stationnaire.

— Il y a quelque chose, là, pas tout à fait au centre. Vous voyez ? Je m'en approche ?

— Oui.

L'appareil descend à une dizaine de mètres, au-dessus d'un rectangle plus sombre que la verdure alentour.

— Ce sont des murs, explique-t-il. On dirait qu'il n'y a pas de toit, ou qu'il s'est effondré.

Le doute n'est effectivement pas permis. Selon

le cadastre, il s'agit d'un bien sans maître. Or, la ruine confirme qu'il y avait une habitation, certainement celle du dénommé Yves Plounec, qui aurait signé aux aïeux Barré et Combrait un document validant la cession de son terrain. À la louche, elle est à une quinzaine de mètres de là où j'ai arrêté de couper ou d'arracher les mauvaises herbes et autres plantes envahissantes.

— Pouvez-vous prendre des clichés, s'il vous plaît ? Des murs, et plus généralement du terrain.

— Entendu.

Il s'y emploie, collectionnant des images qui nous font mieux nous rendre compte des dimensions et de la composition du champ.

— Ça ira comme ça, ou vous en voulez d'autres ?

— C'est très bien, Quentin. Maintenant, prenez de la hauteur pour encore trois ou quatre photos.

Je me moque des prises de vues. Ce que je veux, mais je ne peux m'en ouvrir au jeune homme, c'est titiller la curiosité de l'éventuel choufeur tout en matérialisant notre intérêt pour ce terrain.

Après une demi-heure d'exercice, il fait atterrir le drone à deux mètres de nous.

— La batterie montre des signes de faiblesse. Si vous le souhaitez, je la mets en charge.

— C'est très bien comme ça. Un énorme merci, Quentin.

Alors que nous nous apprêtons à rebrousser chemin,

une voiture approche. Sans arrêter le moteur, un homme ouvre la portière. La trentaine, des bras puissants émergeant de son tee-shirt, il ne s'embarrasse pas de fioriture pour nous apostropher, en adoptant cependant un ton courtois.

— Bonjour. Je viens de parler avec Lucien, le p'tit vieux qui habite à l'autre bout de la route. Il m'a dit que ce terrain est à vendre.

— Bonjour. Il ne l'est plus. Ma femme et moi venons de nous en porter acquéreurs.

— Ah merde ! Je peux savoir ce que vous allez en faire ?

— Nous allons faire construire une maison pour nos vieux jours. Pourquoi ?

— J'ai une ferme, un peu plus loin, à trois kilomètres. Je cherche du terrain agricole pour le mettre en culture.

— Ce n'est pas un terrain agricole. Avec son drone, ce monsieur vient de le survoler, et il subsiste les murs d'une habitation.

— Ah ! Bon, ben, tant pis. Bonne journée, Messieurs Dame.

Il ne tarde pas à se remettre au volant et, après une rapide manœuvre, il repart aussi vite qu'il était venu. À l'abri d'un témoin, je remets à Quentin la somme en espèces sur laquelle nous nous sommes entendus, puis nous quittons les lieux. Avant qu'il ne range son matériel dans son coffre, je hasarde :

— Seriez-vous d'accord pour remettre cela demain, dans l'après-midi ?

— Oui. On peut le refaire tout de suite, si vous voulez.

— Non, plutôt demain. En nous basant sur les photos que vous avez fait suivre sur mon portable, nous allons réfléchir à l'implantation de ce que nous souhaiterions construire.

— D'accord. Demain, ce sera à la même heure qu'aujourd'hui ?

— Oui, pareil, quinze heures. À demain, Quentin.

Nous prenons garde à ne pas laisser d'espace à Frenchi pour qu'il se faufile par le portail ouvert, et comme Murielle le referme, un véhicule de gendarmerie se signale. L'adjudant Levesque en sort, ainsi que le gendarme qui le conduisait.

— Bonjour.

— Bonjour, mon adjudant.

— Eh bien, dites donc, vous défrayez la chronique !

— Nous ?

— Oui, vous ! Depuis que vous êtes arrivés, il y a deux semaines, les incidents se multiplient, et voilà que j'apprends que vous envisagez de vous établir ici. Ce n'est pas ce que j'appelle une bonne nouvelle.

À son introduction, nous pouvons en déduire que les informations circulent. Merci, Lulu ! Il convient néanmoins de tranquilliser le sous-officier. C'est ma chérie qui s'y colle.

— Nous habitons Concarneau, nous travaillons à Quimper. Nous sommes tombés amoureux de cet endroit, où nous avons des amis très chers. Alors, oui, nous aimerions construire un pied-à-terre. Une heure de voiture et nous y sommes.

— Imposant, votre pied-à-terre ! Une dizaine de logements, une piscine... Vous aurez vos aises.

— Oh, rien n'est fait. Dans un premier temps, nous achetons un terrain, nous verrons ensuite avec la mairie pour le permis de construire. Ce serait un plus pour Auray, et pour le tourisme, une résidence de vacances au vert, à quelques kilomètres de la mer et de la presqu'île de Quiberon, où les prix sont nettement supérieurs. Il ne faut pas rêver, nous n'aurons jamais les fonds pour une résidence. Ce sera notre maison de vacances, et quand nous serons à la retraite nous nous installerons définitivement.

Pour créer une diversion, j'interviens :

— Mon adjudant, où en est l'enquête du lieutenant Jacq ?

— Je... je ne vous répondrai pas sur ce point. Nos investigations se poursuivent, et comme vous êtes directement concernés, vous comprendrez que je ne fasse aucune révélation.

— C'est parfaitement compréhensible. Nos vacances se terminent. Nous partirons dimanche, ou au plus tard très tôt lundi matin. Merci de communiquer cette information au lieutenant. Si nous pouvons aider, nous demeurons à votre disposition, à tout moment.

XV

Samedi

— Max… Max. Il est midi.

J'ouvre péniblement les yeux, et les referme tant mes paupières sont lourdes. Je perçois que Murielle s'allonge près de moi.

Le rythme de sa respiration se calque sur la mienne. Je suis bien. Elle aussi…

— Oh là, là, Max ! Il est une heure et demie ! Je me suis endormie. Mon four !

Alors qu'elle se précipite dans la pièce voisine, dans un souvenir confus, je me remémore qu'elle est venue me rejoindre. J'étais trop naze pour émerger, et c'est sans mal que j'ai repiqué. Maintenant que je suis correctement reposé, je me lève et enfile mon peignoir.

— J'avais mis le four en préchauffage. Heureusement, il s'est éteint tout seul à la fin de la temporisation.

— Il doit encore être tiède. Qu'est-ce que tu as préparé ?

— Une pizza maison, aux anchois, olives et tomates séchées. Ça te va ? Tu as le temps de boire un café avant.

— Oui, ça me va, pour la pizza, et le café.

— À quelle heure t'es-tu couché ? s'inquiète-t-elle en introduisant une tasse dans le micro-ondes.

— À six heures. Je me suis dit que Steven était debout pour la traite, ça ne servait à rien que je reste à ma place. Tout était calme.

Je suis effectivement resté toute la nuit devant l'écran, observant si nul n'approchait de notre location. Pour résister à la fatigue, et plus encore à la monotonie du jardin qui, même pris sous deux angles différents ne variait pas d'un iota, j'ai rempli les cases de mots croisés et de sudokus.

— Tu remets ça, ce soir ?

— Oui, sauf si dans la journée il se passe un événement déterminant. Que veux-tu faire cet après-midi ?

— Une balade sur la côte me plairait bien, mais le temps a changé. Ça va même s'aggraver, ils annoncent de la pluie en fin de journée.

— On a quand même été vernis pour notre séjour. Il fallait bien que ça arrive. On peut tenter une promenade du côté de Quiberon ou de La Trinité-sur-Mer, si tu veux. On rentrera avant l'averse.

— Je vote pour La Trinité. Tu as faim ? On aura assez d'une pizza ?

— En sortant du lit, ce n'est pas évident, mais c'est très bien. Ça changera des tartines.

Je la prends dans mes bras. Une haleine de renard n'étant pas glamour, je m'abstiens de l'embrasser alors que j'en meurs d'envie, reportant ce doux instant pour après mon passage par la salle de bains.

— Il y a un os, proteste-t-elle soudain. Quentin vient en plein milieu de l'après-midi.

— Oh, purée, je l'avais oublié ! Je suis un peu désorienté, au niveau des horaires. Je vais l'appeler pour qu'il vienne plus tard.

Franchement désolé, le jeune homme ne peut décaler notre rendez-vous, étant attendu à Rennes à dix-sept heures pour un rassemblement familial.

— Il ne peut pas reporter, dis-je en m'asseyant, même si elle a saisi la teneur de l'échange téléphonique. C'est vraiment dommage.

— Il n'y a pas de mal, j'ai bougé ce matin.

— Tu ne me l'as pas dit. Où es-tu allée ?

— Au champ, où je n'ai vu personne. Je suis ensuite descendue à la ferme donner le bonjour à Steven, et après je me suis invitée chez Axelle. Nous avons bu un café ensemble, tout en supervisant les devoirs de Bérénice et Sandra.

— Comment va-t-elle ?

— Elle est fatiguée. Sébastien sort lundi, elle espère qu'il réussira à se gérer quand elle sera au boulot, mais avec un bras et une jambe plâtrés, il ne pourra pas utiliser des béquilles. Il devra se déplacer sur une chaise roulante.

— Tu oublies ses côtes fêlées. Pour se mouvoir, il sera limité au minimum.

— Je ne voudrais pas être à sa place. Il en a pour un moment avant d'être opérationnel.

— Le pauvre gars. Il faudra contacter une aide-ménagère, et un cabinet infirmier pour les soins. Axelle, elle non plus, n'a pas été épargnée depuis deux semaines. Mais bon, petit à petit, leur vie reprendra un cours normal.

— C'est prêt ! lance Murielle après un regard vers la porte du four.

Alors qu'elle divise la pizza en quatre parts, je me fais séducteur.

— Ce soir, je t'emmène au restaurant. Excepté hier midi, on ne s'est pas beaucoup fait plaisir. Nous méritons une compensation.

— Je t'interdis de changer de plan. Et en rentrant, avant que tu ne reprennes ton poste de surveillance, j'ai l'intention de concrétiser ce qui nous lie.

— Élégante formule pour parler d'amour.

— Parler, c'est bien. Agir, c'est mieux !

*

Une douche, un deuxième café et nous rejoignons la route pour attendre Quentin. Des nuages gris s'accumulent dans le ciel mais, en regardant vers la côte qui est à seulement quelques kilomètres, l'espoir d'une excursion demeure.

Le jeune homme arrive pile à l'heure. L'air contrarié, comme plus tôt au téléphone, il répète qu'il est navré de ne pouvoir différer cette deuxième expérience. Pour qu'il ne culpabilise pas, nous l'assurons qu'il n'y a aucun problème. Un essai, comme hier, et nous marchons vers le terrain.

Tout en progressant, je me demande si nous sommes épiés. Nous ne pouvons nous permettre de zieuter autour de nous, sonder les champs et talus, espérant apercevoir une silhouette, le reflet de jumelles même si le soleil est masqué, ou un vêtement qui trancherait sur les multiples déclinaisons de vert qui nous entourent. Autre motif de frustration, nous avons dépensé plusieurs centaines d'euros, entre les caméras, l'écran et les deux interventions de Quentin. De l'argent, et du temps, sacrifiant de belles journées ensoleillées plutôt que de profiter intensément de chaque seconde pour nous vider la tête et recharger nos batteries.

Ayant conservé mon numéro, le jeune homme aux cheveux frisés blond-roux est prêt.

— C'est bon pour moi. Que voulez-vous exactement, aujourd'hui ?

— L'idéal serait de voir le champ de plus haut, pour mieux contempler les alentours, et ensuite de descendre pour voir s'il ne subsiste pas de traces d'une autre habitation, d'un puits ou d'un mur servant à délimiter un espace.

En fait, comme la veille, nous ne pouvons le lui divulguer, mais nous voulons surtout, primo, que les évolutions du drone ne passent pas inaperçues, et secundo, tenter de repérer où Cadoudal aurait pu cacher son trésor, avant qu'un ancêtre Barré et un ancêtre Combrait n'en découvrent tout ou partie. En effet, plus que Murielle, je n'en démords pas, cette explication est obligatoirement la bonne, car il n'en existe aucune autre.

L'aéronef sans passager prend l'air, montant vite bien plus haut qu'hier. La prouesse technique m'épate tellement que je délaisse l'écran de mon mobile pour le suivre, rêvant secrètement de pouvoir en faire autant, comme un oiseau.

— Comme ça ou plus haut ?

L'interrogation me ramène à la réalité.

— C'est impeccable. Il est placé au beau milieu de la campagne. Pas une maison, pas une ferme dans un périmètre de cinq cents mètres. Au moins, nous ne serons pas enquiquinés par les voisins.

— On descend ou vous voulez voir autre chose ?

— Faites-le survoler les autres champs, juste pour la beauté des lieux.

Tu parles d'un motif pipeau. Seul compte d'exciter l'espion, s'il est à proximité.

Quentin se fait plaisir en manœuvrant son hélicoptère de poche. Même s'il est silencieux, l'exercice ne peut échapper à quiconque surveille les abords, tant sa forme noire se découpe nettement sur les nuages gris clair.

Après quelques minutes, Murielle, qui se prend au jeu, suggère d'examiner le sol de plus près, ce à quoi Quentin se plie sans sourciller, prenant lui aussi un certain plaisir à inspecter le site. L'observation au plus bas dure un gros quart d'heure, sans rien déceler d'autre que les quatre murs de la maison vue hier, avant que le drone n'atterrisse à sa place initiale. Nous n'avons rien découvert qui mérite de plus amples recherches, la densité de la végétation occultant la nature du sol, ainsi que ce qui pourrait être inférieur à un bon mètre de hauteur.

— Merci, Quentin. Tenez, voici pour vous.

En remerciant, il enfouit l'argent dans une poche de son jean.

— Si vous avez encore besoin de mes services, n'hésitez pas. Je dois partir, mais je serai de retour lundi.

— C'est sympa. Il y a peu de chances, mais nous retenons votre proposition.

Nous revenons vers les maisons en discutant de la pluie qui ne devrait pas tarder à tomber. Le vent s'est levé, les mouettes ont déserté la côte pour s'enfoncer dans les terres, signe que ça se gâte sur le littoral.

— Ça va donner, je crois, anticipe Murielle, qui elle aussi fait plus confiance à ces volatiles qu'aux spécialistes de la météo.

Le matériel rangé dans le coffre de sa Scénic et s'étant installé dans l'habitacle, Quentin démarre le moteur de son monospace. Un signe de la main pour lui dire au revoir, et je vais pour ouvrir le portail quand la C4 blanche au toit noir se découpe sur la route. Un appel de phares nous exhorte à attendre. Depuis le réchauffement des relations entre voisins, nous ne pouvons décemment pas ignorer Angèle Combrait alors qu'elle nous gratifie d'un geste amical.

Nous nous apprêtons à lui expédier un sourire complice quand nous constatons qu'elle ralentit, pour carrément s'arrêter à notre niveau.

— Bonjour.

— Bonjour, Angèle. Vous allez bien ?

— Oui, merci. Ce matin, dit-elle l'air préoccupé, j'ai remarqué une voiture, à environ un kilomètre de l'embranchement de notre petite route. Elle y est toujours.

— Peut-être un ramasseur de champignons.

— Je ne pense pas, il n'a pas plu depuis deux semaines. Et puis, pour quelle raison un banal promeneur engagerait-il sa voiture dans une entrée de champ, alors qu'il y a de la place au bord de la route ?

— Vous croyez qu'elle est volontairement camouflée ?

— Oui. Personnellement, je me serais garée là si j'avais voulu ne pas attirer l'attention.

— Elle a pourtant attiré la vôtre.

— Le hasard ! Il m'a semblé que ma direction était bizarre, un peu comme si j'avais un pneu crevé. Je me suis arrêtée, et c'est alors que j'ai aperçu la voiture. Sans cela, je passais sans la voir.

— Qu'est-ce que c'est, comme modèle ?

— Je n'y connais rien. Je peux seulement dire qu'elle est blanche.

Notre imagination nous joue-t-elle des tours, ou le mystérieux cambrioleur agresseur s'enhardirait-il ?

— S'il s'agit de notre gars, il ne faut surtout pas l'alarmer. Aussi bien, il s'agit d'un ramasseur de mûres, d'un photographe féru de botanique ou d'animaux en liberté. Nous ne devons rien laisser paraître. Où est précisément cette voiture ? Ne faites pas de geste du bras ou de la main, la retins-je alors qu'elle allait poser une main en partie sur l'autre pour schématiser l'intersection du hameau.

— Au stop, il faut prendre à droite, en direction d'Auray. C'est en gros à un kilomètre, sur la droite. Juste avant, il y a un panneau limitant la vitesse à 70 km/h.

— À travers champs, ça doit représenter quelques centaines de mètres pour parvenir à la ferme des parents d'Axelle et Steven. Ça pourrait être notre bonhomme. N'en parlez à personne, votre mari ou ses frères pourraient décider de camper près de la bagnole pour le toper. Or, pour l'instant, nous ne pouvons rien prouver.

— Seriez-vous d'accord pour nous donner votre numéro de téléphone ? sollicite Murielle, qui depuis le début nous a laissés nous exprimer. On pourrait avoir besoin de vous joindre, si les événements se précipitaient.

— Là-dessus, dit-elle en piochant une carte de visite dans le vide-poches de la portière, il y a mon numéro et celui de mon mari.

— Angèle, nous allons nous séparer. S'il planque à distance, nous allons donner le change, comme le feraient la vendeuse d'un terrain et ses acheteurs. Pas de grandes démonstrations, sans non plus être timorés, juste le sourire et le geste qui vont bien.

— OK. Bonne journée !

Nous reculons d'un pas quand elle enclenche une vitesse et, juste avant le premier tour de roues, nous lui adressons un signe amical, auquel elle répond en souriant.

— C'est quoi, la suite ? marmonne ma chérie.

— Il n'y en a pas, dans l'immédiat. Il ne faut pas laisser supposer que nous avons une réaction à la suite de cette courte entrevue. On se chauffe un café ?

*

— Et qu'est-ce qu'on va faire maintenant, et qu'est-ce qu'on va faire maintenant ? chantonne Murielle sur un air de sa composition, jamais ouï sur aucune radio.

— Appelle Steven pendant que je débarrasse les tasses. Dis-lui qu'on part se balader et, sans qu'il flippe, qu'il se tienne sur ses gardes. Mon petit doigt me grattouille…

Ses sourcils froncés dénonçant qu'elle s'interroge sur le sens sibyllin de cette phrase, j'ajoute :

— Signe qu'on entre dans la dernière phase. J'ai le pif pour sentir ce genre de truc.

Deux minutes plus tard, au stop, avant d'aborder la route principale, je baisse le carreau de la portière.

— Salut, Lulu. Tu vas bien ?

— Salut, mon futur voisin ! Oui, ça va. Je vais me rentrer, il va pleuvoir.

Effectivement, quelques gouttes constellent le pare-brise. Je remonte le carreau, et souris à ma belle.

— J'ai rarement été aussi content d'avoir de la pluie. Notre gazier va sûrement se mettre à l'abri.

Je tourne à droite, évidemment, roulant à vitesse normale, en examinant attentivement les deux côtés de la voie tout en conservant la tête droite. Quand nous nous estimons proches du lieu de la voiture signalée par Axelle, je cède à Murielle le loisir de repérer la carrosserie.

— Rien, soupire-t-elle, alors que nous avons parcouru un kilomètre cinq cents. Tout à l'heure, il y avait ce qui doit correspondre à une courte allée. C'était peut-être là.

— Je l'ai repérée, moi aussi. C'était sûrement là, il y avait deux cents mètres avant le panneau routier. On fait demi-tour.

Aussitôt que possible, nous rebroussons chemin, repassons devant l'endroit identifié, et roulons sur cinq cents mètres. Masqués par un virage, une rapide manœuvre, et nous revenons à trois cents mètres de notre objectif. Après un été digne de ce nom, le risque de nous embourber est minime malgré la pluie qui redouble de violence. J'entre en marche avant dans un champ de maïs.

— Reste au sec, je vais surveiller.

J'attrape dans le coffre une serviette de plage, et l'étale sur les herbes folles qui tapissent le fond du fossé. Quand je suis étendu, en relevant la tête, je vois idéalement l'entrée de l'allée. Au cours de ma carrière, j'ai connu plus agréable pour planquer, au sec dans une voiture, un sous-marin* ou un appartement. Néanmoins, je ne m'en tire pas si mal, l'eau

* Fourgon dans lequel les policiers ou gendarmes sont invisibles pour planquer.

qui me picote le dos à travers mon polo n'est pas glaciale comme en hiver.

Les nuages gris clair ont viré à un gris plus sombre, voire au noir pour certains. Théoriquement, tout homme sensé ferait le nécessaire pour se protéger. J'ai une excellente motivation pour ne pas m'y plier, puisque je suis persuadé d'être sur la bonne piste. Mais le gars qui a dissimulé sa voiture, s'il s'agit de notre client, n'a pas vraiment d'échéance, hormis la prétendue signature du compromis de vente lundi matin s'il en est averti. Il serait par conséquent logique qu'il accoure pour se mettre au sec. C'est ce que je me répète durant de longues minutes. De temps à autre, l'abattement me gagne, mais la certitude de ne pas me fourvoyer dans une fausse piste détermine mon entêtement.

Soudain, une idée m'assaille. Je rampe à reculons et, ayant repris la position debout, vais ouvrir la portière.

— Appelle Steven, pour confirmation que tout va bien là-bas. Ce n'est pas normal que le gars ne soit pas revenu au galop.

Pendant qu'elle souscrit à ma requête, je retourne à mon poste. Bien m'en prend. Je suis à peine allongé dans la cuvette d'eau retenue dans la serviette que la voiture blanche sort de l'allée. Surtout, ne pas bouger, au cas où elle viendrait dans notre direction. Coup de bol, ou ai-je pressenti qu'elle se dirigerait vers Auray plutôt que vers Crach, elle démarre dans le sens opposé. Quand je suis certain de ne plus être visible, je gicle de ma cachette.

— Ça bouge, fais-je en me glissant derrière le volant. Il ne faut pas le perdre.

— Tu es trempé, constate Murielle en prenant des mouchoirs en papier dans la boîte à gants. Vu ce qui dégringole, ce n'est pas surprenant.

— Tu sais ce que de Kersauson a prononcé sur la pluie qui tombe en Bretagne* ? Alors, estimons que je transpire.

Tandis qu'elle tamponne mes cheveux, mon front, ma nuque, puis mon visage sans me cacher la route, je lâche les chevaux. La 308 blanche est rapidement à une distance respectable.

— Il ne faut pas qu'il nous remarque. On mémorise sa plaque d'immatriculation, et on vire dans une autre direction.

Nous passons sur le pont au-dessus de la voie express. Lorsque les premières maisons apparaissent dans le paysage, annonçant la proximité de l'agglomération, la Peugeot freine pour adapter sa vitesse à la circulation en zone urbaine. Pas moi, si bien que la distance diminue rapidement.

— AD… Je ne vois pas si le deuxième chiffre est un huit ou un zéro.

---

* « En Bretagne, la pluie ne mouille que les cons. »

— On va vite le savoir.

Une petite accélération, et le doute est levé.

— C'est bon, fait ma copilote.

— Allez, on rentre !

Clignotant à droite, impasse de Kerdavid. Un demi-tour réglementaire, et nous rebroussons chemin. Objectif atteint !

*

Une douche chaude, des vêtements secs et, entourés d'Élise, de Steven et d'Axelle, nous faisons le point de la journée. Axelle débute, relatant sa visite quotidienne à Sébastien, toujours hospitalisé.

— C'est acté, Seb sera lundi à la maison. Il en a ras le bol de l'hosto. Si je ne le tempérais pas, il enfilerait ses fringues et rentrerait en courant pour qu'on ne le rattrape pas.

— Génial, s'enthousiasme Steven. Ce ne serait pas possible dans son état, mais je le sais assez fou pour essayer. J'irai le voir demain.

— Nous aussi, promet Murielle. Il va falloir pousser les murs, pour tous nous caser dans sa chambre.

De toutes parts suivent des commentaires joyeux. Qu'il puisse retrouver les siens, et à plus ou moins longue échéance reprendre le travail à la ferme avec son beau-frère, alors que le pronostic vital fut un temps engagé, est annexé à un miracle. Nous décrétons aussitôt qu'un verre est le bienvenu pour célébrer la bonne nouvelle. Bière bretonne pour les hommes et clairette de Die pour les femmes sont débouchées. Un toast, et nous évoquons le sujet de notre rendez-vous. En préambule, j'éclaire les lanternes.

— Angèle Combrait nous a interpellés, Murielle et moi, un peu avant seize heures. Elle avait remarqué une voiture, à l'écart de la route, un peu plus loin en allant vers Auray. En traversant les cultures ou les pâturages, ce n'est pas loin d'ici. Nous nous y sommes rendus, et avons attendu. La pluie était si forte que le gars n'a pas tardé à décamper. Nous avons relevé le numéro de sa plaque, avant de le laisser déguerpir pour qu'il ne nous repère pas. Soyons objectifs, on ne pouvait pas le serrer pour un simple tour dans la campagne environnante. Nous avons bien plus à lui coller sur le dos.

— Ce n'est peut-être pas lui qui nous tourmente depuis si longtemps, ose Steven.

— C'est aussi ce sur quoi je méditais, jusqu'à ce que, tout à l'heure, je me livre à une petite recherche on ne peut plus classique, à savoir qui est le propriétaire de cette voiture. Si le nom était celui de l'un des deux suspects, nous aurions su à qui nous avons affaire. Malheureusement, ce n'est pas le cas. La voiture est signalée volée depuis cette nuit. Elle a été dérobée à Clisson. Sur le coup, on ne sait qui la conduisait, ce qui entretient le suspense.

— Il n'y a vraiment rien que l'on puisse faire ? s'insurge Élise.

— Pour l'instant, on ne peut rien prouver. Quand il commettra la boulette de nous affronter, en nous y prenant bien, nous récolterons des éléments qui pèseront lourd dans la balance. En fin de compte, je vois dans cette voiture dérobée à son propriétaire la volonté de ne pas se faire identifier en utilisant son propre moyen de locomotion, à condition qu'il en ait un.

Une gorgée d'une délicate bière ambrée, toujours made in Bretagne.

— Ce type, un forfait de plus ou de moins, il s'en fout. Une seule chose compte : posséder le terrain ! Et pour cela, il est prêt à tout. Nous devons continuer à prendre nos précautions, sans qu'il se doute de ce que nous préparons.

XVI

Dimanche

Ce n'était pas l'ambiance détendue des dernières soirées. Pas de jeu de mots, même douteux, pas d'éclat de rire, pas de plaisanterie potache.

Vers vingt-deux heures, nous nous sommes enfermés dans notre location. Comme lors des deux dernières nuits, nous avons fermé les volets des portes-fenêtres, ainsi que ceux des autres fenêtres. Murielle a lourdement insisté pour que j'aille m'allonger un peu avant ma nuit de garde. Impossible de la contredire, sous peine de me faire enguirlander. À minuit, elle m'a réveillé. La relève s'est effectuée en silence, dans l'obscurité la plus totale. Dans la salle de bains, une fois la porte refermée, il m'a fallu tâtonner pour allumer l'écran, que Murielle avait éteint pour qu'aucune lueur ne nous trahisse, car la porte d'entrée est vitrée dans sa partie haute.

Je n'entends pas la pluie tomber mais, par moments, des stries zèbrent l'écran. Il semble qu'il n'y ait pas de vent, ce qui finalement ne serait pas un problème car les caméras sont impeccablement fixées. Ce serait le contraire qui me ravirait, apportant de l'animation aux deux scènes figées qui se partagent l'écran.

Parce qu'il n'est pas possible de se limiter à ce paysage sans mouvement, je me refais le film de ce qui m'a amené à conclure à la responsabilité de l'un des suspects. Il y a trop d'éléments concomitants, comme l'enchaînement des faits. J'occulte la colère simulée de Ludovic Combrait quand, le premier jour, ma voiture était stationnée au bord de la route. Clairement, il pouvait passer ; le but était uniquement d'entretenir un climat détestable entre les deux familles. Non, ce qui est notable, c'est le fric-frac de la ferme des parents décédés d'Axelle et Élise, puis le lendemain la violente agression qui a valu à Sébastien deux semaines d'hôpital, suivie du cambriolage de la maison d'Axelle et Sébastien, et enfin l'intrusion à la ferme des parents Combrait. Ces quatre actes délictueux, sur une courte période, dénoncent un acharnement, une envie d'atteindre un but dans un bref délai, en accélérant le processus. Je n'en démords pas. Que le lieutenant Jacq et l'adjudant Levesque n'aient pu apporter une explication crédible démontre l'irréalité du mobile, et par là même un mystère total quant à l'identité de son ou ses auteurs. Il faut en déduire que, pour ne pas le deviner, pour nous tous à commencer par les premiers concernés, c'est bel et bien parce que le mobile ne repose sur rien d'interprétable tant il nous est étranger. Par ricochet, si ce n'est pas compréhensible, si la logique ne repose sur aucun élément tangible, on aborde une autre dimension, dont nous ignorons les limites. Une seule chose à faire pour ne pas se perdre et sombrer, établir un constat et revenir aux fondamentaux. Or, en guise de base, nous n'avons que la vendetta qui secoue de temps à autre, à un rythme irrégulier, les familles de ce coin perdu. Ensuite, à partir des maigres informations dont nous disposons, chercher une corrélation, et si elle ne nous saute pas aux yeux, s'entêter et creuser plus profondément, nouer des liens entre les éléments, les dénouer si cela se révèle stérile et les rattacher à d'autres pour tenter de comprendre. C'est ce que nous avons fait, et de cela découle une seule potentialité, renforcée par nos recherches, et concrétisée par le vol des feuilles à la BNF.

Non, clairement, il n'y a pas d'énigme, les récentes catastrophes sont liées à ce terrain abandonné. Je ne me suis pas fourvoyé à partir d'une impression illusoire, d'une sensation sans fondement solide. Quelque part, au fond de moi, je voudrais me tromper, et que cessent à jamais les tourments de nos amis et de leurs voisins. Ce n'est cependant pas imaginable. L'inconnu, car nous savons désormais qu'il s'agit d'un homme, est allé trop loin pour soudain mettre un terme à ses exactions. Il ne peut se résoudre à arrêter ses conneries, lui qui en a tant fait pour parvenir à son but. Si ce n'est cette nuit, ce sera la prochaine, ou l'autre d'après, dans une semaine, dans un mois… Il viendra parachever son œuvre. En n'hésitant pas à prendre des risques, il a prouvé qu'il est prêt à tout. Tôt ou tard… Tôt. Tôt !

Sur l'écran, une silhouette se meut dans la nuit, sans l'aide d'une lampe torche ou d'une lampe frontale. À la main droite, il – car effectivement c'est un homme – tient un rectangle que j'estime de quarante ou cinquante centimètres sur une trentaine. Ce qui me rassure, c'est que ce n'est pas une arme, moi qui n'ai qu'un manche de pioche pour l'accueillir, n'ayant pas pour habitude d'emporter mon Sig-Sauer quand je suis en vacances.

Sur le portable remis par Murielle en me réveillant, j'appelle Steven. Tut, tut, tut… puis la messagerie. Merde, qu'est-ce qu'il fout ? J'éteins l'écran et, aussi vite que possible dans le silence le plus complet, je me déplace vers la chambre. Sans prévenance, mes mains cherchent le corps de Murielle. Une jambe, l'autre, je remonte vers le haut du corps, et déballe dans un chuchotement.

— Il est là. Pas de bruit. Steven ne répond pas, appelle les Combrait.

D'un étonnant sang-froid, elle trouve ma main dans le noir et s'empare du portable. Sur la pointe de mes tennis pas lacées, je ressors de la chambre. La porte de la salle de bains close, je rallume l'écran. L'homme approche de la terrasse, regarde derrière lui, autour de lui. Il pose sur le sol le rectangle qui reste debout, regarde encore derrière lui. Une main s'active sur le dessus du rectangle, sans que j'interprète ce geste tant l'objet en lui-même ne me dit rien. Il se penche sur le côté, reprend le rectangle, pose les pieds sur la terrasse. C'est seulement quand je le vois hisser l'objet à la hauteur de son torse que je percute, réalisant pleinement ce qu'il s'apprête à faire. Là, pas une seconde à perdre ! Si j'étais avec mes collègues, je lancerais le fameux « Top interpel'* ! »

Me fichant de la lueur de l'écran, je file à la porte. En veillant à ce que je ne sois pas visible de l'extérieur, le manche de pioche assuré dans la main droite, de la gauche, je tourne la clé sans faire de bruit pour qu'il ne s'enfuie pas, et dans la même seconde allume les lumières intérieures et extérieures, abaisse la poignée, et me rue dehors.

L'inconnu n'est pas devant moi, mais sur le côté de la maison. Trois enjambées et je l'avise, une main tenant un jerrican, l'autre l'inclinant pour qu'il déverse ce qu'il contient. Surpris par mon irruption, il n'esquisse pas un geste. Ni pour lâcher

* Abréviation policière pour déclencher le moment de l'interpellation.

le jerrican ni pour déguerpir. L'odeur âcre de l'essence, s'il en était besoin, dénonce ce qu'il allait commettre. Le manche de pioche au niveau de la tête, prêt à lui asséner un coup s'il n'obtempère pas, et criant pour l'apeurer, je n'y vais pas de main morte.

— Tu ne bouges pas ! Pose ton jerrican ! Obéis, vite !

Sec comme un coup de trique, 1,85 mètre, une mèche qui lui barre le front, le jeune homme acquiesce. Me souvenant de ses photos sur son compte Facebook, je balance son identité pour lui signaler que je ne suis pas surpris par sa présence.

— Thibault Pont-Bois, tu es mal barré. Pose ton putain de jerrican ou…

*

Quand j'ouvre les yeux en grimaçant, j'ignore combien de temps je suis resté inconscient. Une seconde, dix, vingt… une minute… Le visage de Steven est penché sur moi. Une douleur lancinante sur l'arrière de la tête me fait fermer les yeux. Les remugles d'essence me prennent à la gorge, me ramenant à la réalité. Nom de Dieu ! Pont-Bois !

Je tente de me relever, mais la dextre pesante de Steven me bloque.

— Reste tranquille, tout va bien.

Dans un brouillard, je capte des éclats de voix, sans réaliser d'emblée ce qui se trame. Me posant sur un coude, je vois Ludovic Combrait rudoyer Thibault Pont-Bois en le secouant sans ménagement. Deux mètres plus loin, son frère Yannick et un autre homme que je n'identifie pas roulent dans l'herbe, chacun essayant de saisir son adversaire à la gorge ou de lui balancer un coup de poing. Le brouillard se dispersant, il m'apparaît alors une scène surréaliste, que je conserverai en mémoire jusqu'à la fin de mes jours. Solidement campée sur ses jambes, Murielle tonne d'une voix claire malgré les circonstances :

— Le premier qui bouge, je le transperce !

Tenant mon fusil de chasse sous-marine, elle l'oriente tour à tour vers un Pont-Bois fermement maintenu par Ludovic, puis vers les lutteurs qui n'en finissent pas de se mettre des beignes.

Conscient que je vais mieux, Steven me délaisse. Juste quand l'autre gars, assis sur Yannick, va pour lui administrer une droite, il prend son élan et, tel un rugbyman, lui inflige un placage digne de Sébastien Chabal. Il n'y va pas à moitié, l'épaule en avant pour durcir l'impact au niveau de la mâchoire. Le résultat est sans appel. Groggy, étendu dans l'herbe sur le ventre, les bras ramenés en arrière, il n'a pas d'autre solution que de se tenir à carreau.

L'heure n'est pas à se remercier mutuellement. Nous comprenons tous qu'une période sombre vient de se terminer, et que des jours meilleurs suivront. D'avoir conjointement participé à la mise hors d'état de nuire de deux gars qui allaient mettre le feu à la maison pour nous griller nous rapproche. Sur les faciès, on lit la fierté d'avoir fait cesser les exactions qui menaçaient les deux familles. La base est encore fragile, mais bientôt elle se consolidera.

Je compte sur Murielle pour me narrer ce qu'il est advenu durant ma perte de conscience, due au deuxième type qui m'a estourbi sans que je détecte sa présence derrière moi. À aucun moment je n'avais deviné que Pont-Bois n'était pas seul.

En courant, Nicolas Combrait nous rejoint. Découvrant une situation sous contrôle, il pousse un ouf de soulagement.

— Dis, Max, qu'est-ce qu'on fait, maintenant ?

La question de Steven reste en suspens deux secondes, le temps que je sois debout.

— On va appeler la gendarmerie, mais pas tout de suite. Ces messieurs vont d'abord nous raconter leur version des faits. Et elle a intérêt à être conforme à ce que nous savons, sinon il y aura distribution de torgnoles. Nous préviendrons le lieutenant Jacq seulement quand nous serons satisfaits… ou nous creuserons un grand trou. Il y a, pas très loin d'ici, un terrain abandonné. S'ils nous mènent en bateau, on ne les retrouvera jamais.

J'ai volontairement parlé fort et distinctement. Attrapant Pont-Bois par le colback, je le tire vers l'intérieur de notre maison. En temps normal, je ne pourrais me permettre d'opérer ainsi sans par la suite m'exposer aux griefs de l'avocat du prévenu. Ça a du bon, d'agir hors procédure, à l'ancienne.

Quand il est assis sur une chaise, face à moi, je le mets en garde :

— On sait tout… ou presque. Pour être franc, on attendait ta venue. Ce dont on ne se doutait pas, c'est que tu serais accompagné, ce qui m'a valu un bon coup sur la coiffe. À ce sujet, ton pote ne perd rien pour attendre… Tiens, regarde.

Je vais à la salle de bains chercher l'écran, qui dispose d'assez de longueur de câble pour que je lui montre notre dispositif.

— Tu vois, je ne te raconte pas des craques. Les abords étaient sous surveillance. On savait que tu finirais par te montrer. Allez, raconte, et n'oublie rien, sinon je me mets en colère. Si tu nous berlures, on le saura tout de suite car on connaît les trois quarts, voire plus, de l'histoire. Si tu zappes un passage ou que tu nous la fais à l'envers, on s'en apercevra, et voilà ce qu'il t'arrivera.

Ma main ouverte rencontre sa joue pour une claque sonore. Alors que sa peau vire au rouge, j'ajoute :

— Tu peux brailler, pleurnicher, personne ne viendra te sauver. Personne ne sait que tu es ici, si bien que tu pourrais disparaître sans que nul s'en aperçoive avant plusieurs jours, ou semaines. Et crois-moi, tu n'es pas de taille à supporter ce que nous pourrions te faire subir. Nous avons beaucoup d'imagination…

*

Thibault Pont-Bois était intarissable. Il a tout déballé, parlant lentement pour structurer ses propos, comme le conférencier qu'il est car il a déclaré qu'il intervient souvent lors de colloques, ou sur invitation dans des universités. Au cours de ses études en histoire, dans la continuité de son master 1 puis de son master 2, pour son doctorat, il s'est penché sur les mégalithes, les cairns et les allées couvertes de la région. Par le plus grand hasard, il avait crevé un pneu à une centaine de mètres de la maison de mon copain Lucien. Bavard impénitent, le vieil homme lui avait appris l'anecdote des deux familles qui s'étaient enrichies mystérieusement il y a plus d'un siècle. De cette information, Pont-Bois n'en avait rien fait durant deux ans, jusqu'à ce qu'en étudiant un document relatif à Georges Cadoudal, il se penche sur ce personnage historique. Ce n'était pas du tout en lien avec sa thèse mais, pour ce boulimique de recherches, il y avait là un sujet à creuser. C'est ce qu'il avait fait. Et tant qu'à creuser, il avait trouvé. Né dans une famille relativement aisée, le jeune Cadoudal fut confié à une nourrice, Jeanne Plounec, avec qui il avait conservé des liens malgré leur différence de statut social. Négligeant son passage aux archives municipales d'Auray, Pont-Bois narre son passage à la Bibliothèque nationale de France. Un premier registre évoquait certaines informations, et un deuxième se révéla du plus grand intérêt. Excité par ce qu'il découvrait, il délaissa un moment son doctorat et voua le plus clair de son temps à ce général chouan, fait maréchal à titre posthume. Alors qu'il investissait énormément de temps à ce qui était devenu une passion, il lui fallut l'abandonner à regret pour achever sa thèse dans le temps imparti.

Ses études terminées, le docteur en histoire alla d'abord à l'essentiel, obtenant un poste à l'université du Mans. La priorité était de travailler les cours qu'il donnait mais, lorsqu'il fut bien rodé ou lors de ses congés, c'est bouillant d'énergie qu'il revint vers Cadoudal. Il chercha, chercha, et un jour il parvint à établir que ce que les deux familles de paysans avaient mis au jour il y a plus d'un siècle n'était qu'une petite partie de ce que Cadoudal possédait. Pour lui, la cause était entendue, il y avait dans ce secteur un trésor qui sommeillait. Il avait trouvé un prétexte pour revenir voir Lucien, et l'avait habilement amené à désigner précisément l'endroit où, il y a longtemps, vivaient les deux familles. Celui-ci, peu avare de paroles, avait raconté ce qu'il savait. Le siège de Pont-Bois était fait. En achetant ce terrain, il y avait toutes les chances pour qu'il s'approprie une fortune colossale, car il avait estimé que ce qui avait été anciennement découvert n'était que le dixième de ce que Cadoudal possédait avant de naviguer vers l'Angleterre en 1800. Depuis, il n'avait eu de cesse de se tenir au courant du devenir de ce terrain en friche. Aux archives municipales, en consultant les registres de recensement, il avait lu un prénom et un nom qui ne lui étaient pas inconnus : Jeanne Plounec, nourrice, épouse de Yan Plounec, agriculteur. Il s'était alors souvenu des liens qui unissaient la nounou et Cadoudal. Se pouvait-il que la solution soit là ? En conversant habilement avec l'archiviste, il eut vent des attestations de propriété que revendiquaient les familles Barré et Combrait. Aussitôt, il s'était dit que si ces papiers disparaissaient, la voie de la richesse serait dégagée.

Peu après, pour une ultime vérification, il avait établi l'arbre généalogique de la famille Plounec. Pas sur une longue période, ce n'était pas indispensable, juste sur un peu plus d'un siècle. Il eut ainsi confirmation qu'Yves Plounec, celui qui avait signé un papier aux ancêtres Combrait et Barré, descendait en droite ligne de Yan et Jeanne Plounec. La boucle était bouclée.

Depuis peu, il s'était mis à les observer, ces descendants des découvreurs d'une partie du trésor. Supposant le papier des Barré au domicile des parents décédés, il s'était rendu de nuit à la maison de la ferme, il y a deux semaines. Il avait cassé un carreau pour entrer, avait fouillé, mais sans rien trouver. Si ce n'était là, ce devait être chez l'un des enfants, Axelle ou Élise. Des jours et des jours auparavant, il avait observé leur mode de vie. À quelle heure ils se levaient, à quelle heure ils se couchaient, leurs habitudes, les allers-retours des membres de la famille… La fièvre de l'argent facile l'avait convaincu de prendre un risque. Il allait commencer par une première maison, au moment où les hommes travaillaient dans les champs, les femmes à des kilomètres de là, les jeunes filles au collège. Hélas pour lui, alors qu'il n'était plus qu'à quelques mètres de la maison d'Axelle et Sébastien, ce dernier arriva. Il paniqua. Le propriétaire des lieux allait le voir, et il n'aurait aucune explication plausible à livrer. En venant à travers champ, instinctivement, il avait ramassé une pierre, comme ça, au cas où… À l'aide de cette pierre, il avait asséné un coup sur l'arrière de la tête du gêneur, qui s'était effondré. L'agriculteur ne bougeant pas, il n'avait pu se retenir de réitérer son geste sur le torse, le bras, la jambe. Il avait entendu des os craquer. Effrayé par son geste, qui ne correspondait pas du tout à ce qu'il était, il s'était empressé de filer, annulant son intention d'entrer pour chercher le papier valant possession du terrain.

Plus tard, il avait lu dans la presse le compte rendu de son agression, et n'en était pas fier. Mais, au fond de lui, le feu brûlait. Il voulait ce terrain. Tous les moyens seraient bons pour parvenir à ses fins. Un soir, le soir où tous nous dînions sur la terrasse, il avait vu que l'alcool coulait à flots. Il s'était dit que pareil somnifère lui garantirait de s'introduire en douce. Quand il s'aperçut qu'Axelle et ses filles restaient dormir chez Élise et Steven, il avait saisi sa chance, fouillant la maison de fond en comble. Sa recherche étant stérile, indubitablement, le document était chez l'autre couple.

Dès que son emploi du temps le lui permettait, il revenait planquer à proximité, concentrant son attention sur les habitudes d'Élise et Steven pour attendre le moment opportun et passer à l'action. Dans le même temps, il ne négligeait pas les Combrait car, selon les dires de l'archiviste, eux aussi possédaient un document valant semble-t-il acte de propriété. Une nuit, il passa à l'action en s'introduisant dans la maison de la ferme. Hélas pour lui, il fit chou blanc. Il lui faudrait faire preuve d'acharnement pour atteindre son but, mais un jour, il en était certain, il parviendrait à dérober les actes donnant jouissance du terrain. Il lui suffirait alors de les détruire et, en se rendant au cadastre, de se porter acquéreur de ce bien sans maître.

Il en était là quand avec stupéfaction, il vit le panneau indiquant la vente du terrain. Lui qui se préparait à prendre des risques, voilà qu'on lui servait sur un plateau la possibilité d'atteindre son Graal. Sa joie fut de courte durée car, quelques heures plus tard, il apprit qu'il y avait déjà des acquéreurs. Ce ne pouvait être possible ! Il le voulait tellement, ce champ abandonné. Dépité, il avait réfléchi à ce qu'il devait faire, à ce qui pourrait annuler la vente. Une seule solution lui vint : éliminer les acheteurs et, en temps voulu, se porter acquéreur du bien. L'affaire ne pouvait lui échapper.

Hier matin, en discutant avec le vieux Lucien, il avait appris l'identité du couple qui lui barrait le chemin vers une vie fastueuse. Il était retourné à Laval, où habitent toujours ses parents alors que lui possède un appartement au Mans. Promettant une belle somme en espèces, il avait convaincu un gars croisé dans un bar de l'accompagner. Un dur, qui pour une misère était prêt à tout, même au pire. Oui, avoua-t-il, il voulait tuer cette femme et cet homme pour annuler la vente. Ils avaient volé une voiture, et avaient attendu ce qu'ils croyaient être le moment propice.

*

L'intégralité des aveux enregistrée sur mon téléphone portable, que pour me protéger je n'avais activé qu'après la mandale de mise en garde, nous pouvions contacter les autorités locales. À quatre heures trente du matin, il était compréhensible que la réaction tarde. Du moins, celle du lieutenant Jacq et de l'adjudant Levesque car, dix minutes plus tard, trois gendarmes étaient présents. Informés des faits, en relation directe avec l'agression de Sébastien et les trois cambriolages, ils prévinrent leurs supérieurs de ce retournement de situation.

Levesque fut le premier, logique car il avait moins de route à parcourir. Il se retint de toute initiative, se pliant à ce que l'officier lui avait dit au téléphone.

Les frères Combrait, Élise et Steven, les trois gendarmes, Murielle et moi, étions autour d'un café, de crêpes, beurre et confitures, quand le lieutenant Jacq frappa à la porte. Pont-Bois et son acolyte, menottés les mains dans le dos, faisaient abstinence. Enfin, par correction pour la vérité, il importe de préciser que nous ne leur avions pas demandé s'ils avaient faim ou soif. L'officier avait sa tête des mauvais jours, et ceci pas uniquement parce qu'il n'avait pas dormi son saoul. Ni parce qu'il faisait encore nuit. Désigné par nous tous, en complément de ce que l'adjudant avait annoncé plus tôt au téléphone pour solliciter sa venue, ce fut Steven qui résuma les événements de la nuit. Jacq écouta posément, posant de rares questions pour se faire expliciter un point précis.

S'il avait refusé un premier arabica, maintenant qu'il connaissait tout des rebondissements de l'affaire, et qu'intérieurement il se félicitait qu'un dossier soit évacué de la surface de son bureau où tant d'autres s'accumulaient, il montra une forme de détente et accepta une tasse. Car il se devait de l'admettre, le mérite reviendrait à lui et à ses hommes, notre rôle se limitant à être intervenus à l'instant adéquat pour mettre fin aux agissements de deux hommes déterminés, l'un surtout.

Quand les trois gendarmes emmenèrent les deux prévenus, il fit en sorte de m'isoler.

— Capitaine Moreau, je suppose que vous y êtes pour beaucoup dans cette arrestation. Je n'en ferai pas mention dans mon rapport, vous plaçant au même titre que les autres au rang de particuliers qui ont eu le courage d'affronter ces crapules. Mais je ne suis pas dupe. Dès aujourd'hui, les empreintes papillaires que nous avons relevées lors des trois cambriolages impliqueront la présence de Pont-Bois. Ce ne devrait pas être très compliqué d'obtenir l'endroit où il a jeté la pierre ayant servi pour l'agression.

Il lève la tête vers le ciel, où des étoiles dans le ciel dégagé augurent d'une belle journée, la pluie ne s'éternisant pas, cela pour clore agréablement nos congés.

— Astucieux, votre système de caméras pour guetter leur venue.

— C'était pour observer des chevreuils. Paraît-il qu'il y en a beaucoup dans ce secteur.

— Vous avez fait du bon boulot, émet-il en souriant pour signifier que, là non plus, il n'est pas dupe. Au plaisir de vous rencontrer en d'autres circonstances.

— Au revoir, mon Lieutenant. Heu… Si vous entendez dire que ma compagne et moi désirons construire une maison, ou pourquoi pas une résidence de standing avec piscine, ou je ne sais quelle élucubration, n'en tenez pas compte. Nous retournons aujourd'hui chez nous, à Concarneau, et nous savons que monsieur et madame Pourriou ne refuseront pas de nous accueillir lors d'un autre séjour, si nous voulons changer d'air pour quelques jours.

— Oui, ils vous doivent bien cela. Je ne serais pas stupéfait si les Combrait, eux aussi, vous invitaient, ajoute-t-il en me gratifiant d'un clin d'œil amusé.

Avant de s'éloigner, il porte une main à la tempe pour un salut réglementaire, témoignage d'un respect mutuel.

*

Si nous étions restés debout, la journée nous aurait paru interminable. Alors que Steven, Yannick et Ludovic sont allés directement à leur ferme pour la traite des vaches, Murielle et moi nous sommes couchés.

Ben oui, il ne faut pas oublier que nous sommes en vacances.

Vers treize heures, suffisamment reposés pour ne pas nous effondrer avant ce soir, nous avons enfilé les premiers vêtements venus, et sommes allés chez Élise et Steven. Ils venaient de passer à table pour le sacro-saint poulet-frites du dimanche. C'était une belle bête, élevée par leurs soins. Il y avait assez pour six.

Plus tard, en dégustant une tarte aux pommes maison, nos discussions tendent à nous ramener aux péripéties de la nuit, mais vite nous les écartons, soucieux d'en tenir les filles éloignées.

Quand elles désertent les lieux pour aller voir leurs cousines à la maison voisine, nous en parlons une dizaine de minutes, avant de changer de sujet.

— Au fait, nous n'avons rien réglé. Combien pour la location de la maison pour les deux semaines ?

— Murielle, tu rigoles ou quoi ? s'exclame Élise. Et nous, combien on vous doit ? Vous nous avez sortis d'un beau pétrin, vous avez dépensé pas mal d'argent pour les caméras, sans compter le drone. Non, c'est nous qui vous devons de l'argent. À combien estimez-vous vos dépenses ?

— À beaucoup, pouffe ma chérie. Tu ne parviendras jamais à réunir la somme, alors laisse tomber.

— Je crois que tu te goures, s'amuse Steven. Si ce que Pont-Bois avance est vrai, il se pourrait que nous soyons bientôt pleins aux as.

— Tu parles, vous devrez partager avec les Combrait. Ça promet de nouvelles embrouilles.

— Là encore, tu te plantes ! Nous en avons parlé quand on s'est vus sur la route, ce matin. On a décidé de faire valider notre possession légitime du terrain et, quand ce sera fait, on s'y mettra tous ensemble et nous partagerons à parts égales. Du moins, s'il y a vraiment un trésor.

— C'est tout le mal que nous vous souhaitons. Alors, combien pour les deux semaines de location ? J'en ai maté des plus durs que vous. Je veux une réponse, sinon je sors mon fusil de chasse sous-marine !

Élise et Steven se jettent une œillade complice, qui traduit ce que tous deux pensent.

— Non seulement vous ne nous devez rien, mais nous vous invitons à revenir dès que vous le souhaitez. Vous êtes et vous serez toujours les bienvenus. Comme à Koh-Lanta, notre sentence est irrévocable. On n'en parle plus.

— Non, Murielle ! gronde Steven quand elle va pour ouvrir la bouche. Le débat est clos.

Nous rions. La cause est entendue, rien ne les fera changer d'avis.

XVII

Un mois plus tard

Les accords de *Whole lotta love*, la sonnerie de mon téléphone, emplissent mon bureau.

— Allô, Max ? Je te dérange ?

— Pas du tout, Steven. Comment vas-tu ?

— On ne peut mieux ! C'est une histoire de fou ! Vous faites quoi, ce week-end, toi et Murielle ?

— Théoriquement, on termine les travaux dans notre maison. Deux murs à tapisser, et on sera peinards pour plusieurs années.

— OK. Donc, ça peut attendre quelques jours de plus.

— Pas vraiment, j'en connais une qui ne sera pas enchantée si le chantier n'est pas bouclé.

— Pas grave. Pendant que je discute avec toi, Élise est au téléphone avec Murielle. On vous attend dès vendredi soir, ou au plus tard samedi matin pour un week-end inoubliable.

— Qu'est-ce que c'est que cette histoire ?

— Pour l'instant, je ne t'en dis pas trop, surtout pas au téléphone, mais il nous arrive un truc incroyable. Avec les Combrait, on a acheté le terrain. Il est officiellement à nous depuis une semaine. On a bossé comme des furieux pour le défricher, et… Tu en sauras plus vendredi. On compte sur vous ?

— Perso, ça me va. Reste à savoir si Murielle approuvera.

— Elle ne peut rien refuser à Élise et, là, les circonstances sont exceptionnelles. À vendredi !

*

Ma chérie travaillait dans l'équipe du matin. Elle s'est accordé une sieste pour être en pleine forme malgré une semaine costaud au niveau rendement et, quand je suis rentré de Quimper, nous avons pris la route, direction Auray.

Vers vingt heures, en arrivant devant chez Élise et Steven, Murielle sort de la voiture pour ouvrir le portail, ceci afin d'éviter une nouvelle algarade avec les voisins irascibles. Les relations se sont réchauffées, il ne faudrait pas qu'un incident, même mineur, pollue l'ambiance. Curieusement, personne ne vient à notre rencontre. J'attrape la valise dans le coffre pendant qu'elle actionne la sonnette.

— On dirait qu'ils ne sont pas là, dit-elle en se retournant. Personne ne vient ouvrir, il n'y a pas de lumière…

— Faisons le tour de la maison, ils sont peut-être sur la terrasse.

Il fait une quinzaine de degrés en ce mois d'octobre. Aussi est-il possible qu'ils profitent d'une dernière soirée avant que les rigueurs de l'hiver n'arrivent. Alors que nous survenons à l'angle de la maison, nous découvrons une scène à laquelle nous ne pouvions nous attendre. Des enfants, garçons et filles, jouent dans le jardin, faisant tourner en bourrique le pauvre Frenchi. Sur la terrasse, les trois frères Combrait, ainsi que les épouses de Ludovic et Nicolas, sont confortablement installés avec nos amis Pourriou et Séminou. Ceci n'était pas envisageable il y a peu.

— Bienvenue, Murielle et Maxime ! Approchez, vous êtes ici chez vous !

Tous sont habillés sur leur trente-et-un. Covid à répétition ou pas, impossible de déroger aux poignées de main. Quand je serre celle de Ludovic, il la garde plus longtemps que ce qui se fait habituellement, et me décoche un sourire étincelant, tout en hochant la tête.

— Bravo, mec. Tu avais bon sur toute la ligne.

Les mots ne venant pas, je me contente de serrer la sienne un peu plus fort en bafouillant un merci.

— Venez, les enfants ! les apostrophe Axelle. Venez dire bonjour à Mumu et Max !

Les filles nous embrassent et, sans réticence, les

fils Combrait nous en serrent cinq. Puis, telle une volée de moineaux, tous retournent jouer.

— Asseyez-vous, propose Steven en désignant deux chaises vacantes.

La priorité est de nous servir un verre. Tandis que nos hôtes s'y collent, nous prenons des nouvelles de Sébastien, assis sur une chaise roulante.

— Ça va. Je galère un peu pour certains gestes du quotidien, mais dans quinze jours je compte être sur pied.

— Tut, tut ! émet Axelle. Ne brûle pas les étapes. Ça va venir, c'est clair, mais ne te fixe pas une date. Chaque chose en son temps.

— Trinquons ! lance Élise.

Les verres s'entrechoquent, les sourires sont de sortie.

— Nous avons une belle histoire à vous raconter, commence Steven. Qui s'en charge ?

Tous se regardent. Axelle se lance.

— On ne va pas perdre de temps, vous en connaissez les trois quarts, voire plus. Le lendemain de votre départ, nos deux familles se sont rencontrées. Nous avons longuement discuté de ce qu'il convenait de faire. Nous avions tous un doute sur la légitimité du papier signé par Yves Plounec, que nos familles possèdent, alors nous avons décidé de faire les choses dans les règles. Angèle et moi, nous sommes allées à la mairie. Au service de l'urbanisme, nous avons rencontré une femme qui nous a parfaitement expliqué les démarches à suivre pour acheter le terrain. La mairie ne faisant pas jouer son droit de préemption, l'affaire a été conclue en un rien de temps. Peut-être que la signature de Plounec a joué en notre faveur, malgré tout, l'administration ne voulant pas s'embarquer dans une histoire interminable.

Elle boit une gorgée de clairette de Die, s'éclaircit la voix, et poursuit :

— Dès que nous avons reçu le courrier de la mairie, il n'était plus possible d'empêcher les hommes d'accéder au terrain.

— Sauf moi, rigole Sébastien. Je les ai regardés bosser.

— On sait très bien que tu n'aurais pas été le dernier, si tu avais pu, souligne Steven.

— À quatre, ils ont speedé comme des furieux pour débarrasser le terrain de sa végétation. Ils ont dégagé les murs d'une maison maltraitée par les décennies et, un peu plus loin, ils ont découvert deux tombes. Celle d'Yves Plounec et celle de son épouse, décédée bien des années avant lui. La morale leur interdisait d'y toucher. Ils ont loué une poêle à frire, vous savez ces appareils qui servent à détecter les métaux, dans le magasin où vous aviez acheté les caméras et l'écran. Ils ont sillonné le champ et… à un moment, une série de bib-bip a révélé qu'il y avait du positif. C'était juste à côté de la tombe de la femme. Ils ont fouillé, un peu comme les archéologues, doucement, pas à grands coups de pioche, et… et ils ont découvert le trésor de Cadoudal. Il y avait une incroyable quantité de pièces de vingt et quarante francs en or, toutes en parfait état.

Comme elle marque un temps, Élise prend le relais.

— Sur Internet, nous avons tenté d'estimer la valeur que cela représente. On ne le sait pas précisément, mais c'est énorme !

— Tout cela, enchaîne Steven, nous vous le devons. Sans vous, sans votre aide, sans votre pugnacité, cette fortune serait encore sous trente ou quarante centimètres de terre.

— Et on continuerait à se faire la gueule ! tonne Ludovic avant de lâcher un rire tonitruant. Maintenant, on fait table rase du passé. Nous allons repartir sur des bases solides, apprendre à nous connaître, apprendre à nos enfants à connaître leurs voisines de leur âge. C'est la plus belle leçon que j'ai reçue de ma vie. Merci à vous deux. Vraiment.

Son émotion se lit sur son visage. Il n'est pas homme à verser des larmes facilement, n'empêche que ses yeux brillent. Sentant sa gêne, Angèle vient à son secours.

— Nous avons discuté, ces derniers jours. Ce que nous supposons, c'est que les aïeux d'Axelle et

Élise, et de mon mari et ses frères, ont découvert le corps sans vie d'Yves Plounec, et l'ont enterré à côté de sa femme. Il faut croire qu'ils ne voulaient pas que la mort les sépare en l'inhumant au cimetière. En creusant la terre à côté de la tombe de la femme, ils ont découvert des pièces d'or, qu'ils se sont partagées, et dont ils se sont ensuite servis pour bâtir chacun une ferme et acheter des animaux. Malheureusement, on sait que l'argent rend con. Au lieu de continuer à creuser et vivre dans l'opulence, ils se sont embrouillés, se sont fâchés, et se sont réciproquement interdit de mettre un pied sur le terrain, au risque de représailles. C'est sans doute ainsi que la rivalité entre les familles est née.

Reposant son verre, dont il vient d'avaler une copieuse gorgée, Steven y va de sa conclusion :

— Nous avons décidé d'être moins bêtes qu'eux. Non seulement nous n'allons pas nous brouiller, ce qui serait une aberration, mais nous n'allons pas dépenser de façon outrancière, sans réfléchir, et nous faire remarquer par un soudain changement de train de vie.

— On ne devrait peut-être pas te le dire, Max, s'amuse Élise, mais nous ne voulons pas déclarer cette trouvaille. L'état nous prendrait un pourcentage trop important.

— Je n'ai rien entendu. Il faudra cependant savoir comment les écouler.

— On a trouvé. Du velours, aucun risque. Avant votre arrivée, nous avons discuté : vous êtes à jamais nos invités. Ici, il se trouvera toujours une famille pour vous accueillir.

— Ils le savaient déjà, plaisante Steven. Si on passait aux choses sérieuses en buvant un autre verre ?

*

J'ignore à quelle heure nous nous sommes couchés. Ce matin... heu, à midi, j'ai une gueule de bois comme je ne me souviens pas d'en avoir eu depuis longtemps. Impossible de boire un café, d'avaler une tartine de confiture, un fruit ou un yaourt... Comme il semble que tout le monde dort encore, je décide de m'aérer. D'une démarche peu assurée, je prends la direction de la maison de mon copain Lucien. Comme il fallait s'y attendre, il est appuyé à son portillon.

— Salut, Maxime ! Dis donc, tu en as une drôle de tête, aujourd'hui.

— J'ai un peu abusé hier soir. Ou plutôt cette nuit.

— Ce n'est pas grave, ça n'arrive qu'aux vivants.

— C'est ce qu'on dit, oui.

— Tu veux un verre de cidre ?

— Surtout pas, je ne peux rien engloutir sans risquer un aller-retour.

Il rit de me voir ainsi.

— Quel bon vent t'amène ?

— Je voulais te dire que, finalement, je ne vais pas acheter le terrain situé au bout du cul-de-sac.

— C'est la querelle entre les Combrait et les Barré qui te dérange ?

— Non, il n'y a plus de problème. Désormais, ils s'entendent très bien.

— C'est une bonne chose, ils sont plus intelligents que leurs parents.

— Oui. En fin de compte, je ne vais pas l'acheter, parce que mes amis proposent de nous accueillir, ma compagne et moi, dès que nous voudrons passer quelques jours dans la région.

— C'est de sacrés copains, que tu as là. Il faut croire qu'ils t'apprécient.

— Tout comme moi je t'apprécie, mon ami, Lulu. Promis, la prochaine fois, je boirai de ton cidre. Tu n'as pas fini de me voir, j'espère que tu m'en laisseras quelques verres.

FIN

125, Vieille Route de Rosporden - 29000 Quimper
E-mail : contact@editionsalainbargain.fr
Site Internet : www.editionsalainbargain.fr

EDITEURS DE BRETAGNE

Dépôt légal n°3 - 1er trimestre 2022
ISBN 978-2-35550-827-1 - ISSN 1281-7813
N° d'impression : 201635
Imprimé en France